좋은 말이 너무 많다
내 삶에 새긴 문장들

좋은 말이 너무 많다

내 삶에
새긴
문장들

김주아
송슬기
안영란
오기택
조연교
홍정실
황세정
공저

도서권 더 로드
The Road Books

당신의 가슴을 뛰게 하는 말은 무엇입니까?

학창 시절, 학기 초만 되면 기초 조사표를 작성했었습니다. 가족 사항과 특기, 취미 등 신상에 대한 기초 자료를 제출했었지요. 거기엔 장래 희망 기입란도 빠지지 않았습니다. 칸을 비우면 안 될 것 같아 선생님, 변호사 같은 직업을 적어두곤 했습니다. 인기 있었던 드라마에 나오는 주인공의 직업이 곧 저의 장래 희망이 된 날도 많습니다. 드라마 주인공처럼 멋진 삶을 살 것이라 기대했던 어린 여자아이의 헛되지만 귀여운 바람 같은 것이었지요. 망상과도 같은 생각은 구체적이지 않았고 이루려는 시도나 노력도 없었습니다. 그렇게 어른이 되었습니다.

더 나은 삶을 위해 열정과 목표를 가지고 도전, 노력하는 사람들이 멋있어 보였습니다. 수많은 자기 계발 중에서도 꾸준한 독서로 삶을 바꿨다는 이야기는 '다른 세상 이야기' 같았습니다.

어릴 땐, 책도 제법 봤습니다. 학교에서 배운 시인들의 시는 가슴을 울리기도 했었습니다. 어른이 되니, 시간이 없다는 핑계로 책을 멀리했습니다. 먹고 사느라 바쁘다는 핑계였습니다. 1960년대 가난했던 보릿고개를 사는 것도 아니면서 하루를 치열하게 살아내느라 정신없었지요. 분명 열심히 살고 있는데 자꾸만 제자리걸음인 것만 같았습니다. 잘 사는 사람들을 볼 때면 '지금 나는 잘 살고 있나?' 하는 의문이 생겼고, 불안했습니다. 돌아볼 여유는 없는데 자꾸만 무언가를 놓치고 있다는 생각도 들었습니다. 행복은 파랑새와 같아서 멀리 있지 않다는 것. 머리로는 알고 있었지만 와닿지 않았습니다.

'글쓰기를 통한 마음 치유' 홍보문구를 보고 홀린 듯이 신청해 강의를 들었습니다. 거창한 계기가 있었던 것도, 작가가 꿈도 아니었습니다. 글쓰기라고는 의무적으로 참석했던 교내 백일장과 밀린 일기 숙제 정도였지요. 비싼 수강료를 지원해 준다는 말에 덥석 신청해 오리엔테이션에 참가했습니다. 시골 촌구석에서 글쓰기에 관심이 있는 청년 얼마나 되겠냐 생각했었습니다. 아니, '애초에 청년이 있긴 한가?' 하는 오만한 생각도 했었지요. 아무런 기대도 없었지만, 그 첫날이 생생합니다.

　1월의 추운 겨울, 창밖은 어두운 데 환한 인사로 반겨주는 담당 공무원의 모습이 불 켜진 강의실을 더 환하게 밝혀주는 것 같았습니다. 그제야 자리를 채우고 있는 사람들이 하나, 둘 보였습니다. 아이들의 손을 잡고 온 아기 엄마, 방금 일을 마치고 저녁을 먹지도 못한 채 참석했다는 30대 직장인, 이제 갓 고

내 삶에 새긴 문장들

등학교를 졸업한 듯한 앳된 청년…. 지원 동기야 다들 다르겠지만 모인 이들 모두가 반짝이는 것 같았습니다. 그게 시작이었습니다. 열정과 꿈을 가진 사람들과 함께한다는 것만으로도 동기 부여가 되었습니다. 그렇게 본격적으로 글쓰기 강의를 들었습니다.

기대 없이 들었던 강의는 글을 쓰는 법만 가르쳐 주지 않았습니다. '무엇을 어떻게 써야 하는가?'라는 질문은 잠깐 멈춰서서 어떻게 살아왔는가에 대해 돌아보게 했고 어떻게 살아갈 것인가를 끊임없이 되물었습니다. 자신의 이야기를 솔직하게 쓰고 다르게 바라보면서 삶에 새로운 가치를 부여하기도 했습니다.

책을 쓰겠다고 마음을 먹었다면 완성하기 어려웠을 것입니다. 매일 한 편의 글을 완성해 나가며 하루만 더, 하루만 더 하는 마음이 책을 출간하는 과정까지 이르게 했던 것도 사실입니다. 이 과정을 함께 하는 사람들은 좋은 동기가 되었고 자극도 되었습니다. 잘 쓰고 싶다는 마음이 결국 삶을 잘 살고 싶도록, 나아가고 싶은 마음을 가지게도 했습니다. 이쯤 되니 글쓰기 강의라고 쓰고 '인생 공부'라고 읽게 됩니다.

청년靑年. 표준국어 대사전에 따르면 청년은 신체적, 정신적으로 한창 성장하거나 무르익은 시기에 있는 사람을 말합니다.

이 책에는 7명의 청년 작가들의 이야기가 담겨있습니다. 직업도 성별도 나이도 모두 다릅니다. 청년으로 지칭할 수 있는가 고민해 보기도 잠시, 어떤 사람은 젊고도 늙었고 어떤 사람은 늙어도 젊다는 탈무드의 말이 생각이 납니다. 어쩌면 '젊음'은 물리적인 나이가 전부가 아닐지도 모릅니다.

청년이라는 단어와 함께 떠오르는 꿈, 도전, 열정, 희망과 같은 설레고 진취적인 단어가 처음에는 어울리지 않는다고 생각했습니다. 우리도 시작은 미약했습니다. 함께 쓰며 책을 출간하겠다는 하나의 꿈을 가지고 도전했고 여전히 삶을 배우며 성장하는 중입니다. 그리고 그 옆에 조심스레 청년이라 이름 붙입니다. '청년의 특권이 배우는 것'이라는 한 줄 문장처럼 나이보다는 인생을 배워가는 모두를 청년으로 정의하고 싶습니다.

더 나은 삶을 갈망했습니다. 변화와 성장도 원해 글을 쓰고 책을 읽었습니다. 어느 엄마 작가의 육아서에 적힌 한 줄 문장에 깔깔 웃으며 공감했고, 사회적으로 성공한 작가의 자기 계발서를 읽으며 나태하게 사는 삶을 반성하기도 했습니다. "줄거리만 읽는 독서가 아니라, 단 한 줄이라도 삶으로 가져오는 문장

독서를 해야 한다"라는 이은대 작가의 말처럼 좋은 말이 너무 많았습니다.

영화 속 인물의 한 줄 대사에서 꿈과 희망을 발견하기도 하고, 드라마 주인공의 삶에서 용기를 가지기도 했습니다. 어느 광고의 한 줄 문장이 가슴에 꽂혀 도전하는 삶도 되었고, 라디오에서 우연히 흘러나온 노래 가사에 따뜻한 위로를 받기도 했습니다. 내 곁에 있는 사람들이 해준 한마디 말이 얼마나 소중한지 깨닫고 감사의 마음을 가졌습니다. 한 줄 문장을 삶으로 가져오니 비로소 변한다는 것을 실감합니다.

살면서 힘든 날도, 가슴 아픈 날도 많을 것입니다. 어쩌면 그동안 살아온 수많은 실패와 좌절로 다시 주저하고 여러 번 망설이게 될지도 모릅니다. 글을 쓰며 삶을 돌아보고 인생을 배읍니다. 성장과 변화를 알아가며 더 나아가기를 희망합니다. 보고 들은 수많은 글 중 만난 한 줄 문장으로 뜨거운 가슴을, 두근거리는 가슴을 가지게 되었습니다.

여기 일곱 명의 작가들처럼 살면서 어느 날, 당신의 가슴을 뛰게 할 하나의 문장을 만나게 되면 좋겠습니다.

차 례

제1장 밑줄을 긋고 내 삶으로 가져온다
(책에서 읽은 좋은 글귀)

제2장   영화 속 주인공처럼
(영화 대사 중에서)

제3장 인생, 드라마처럼
(드라마 명대사)

제4장 갖고 싶다, 그들처럼
(CF 또는 광고문구)

제5장 매일 노래 부르며 살고 싶다
(노래 가사 중에서)

제6장 내 곁에 있는 사람들
(가족, 친구, 지인들이 내게 해준 한 마디)

제1장

밑줄을 긋고 내 삶으로 가져온다

(책에서 읽은 좋은 글귀)

1

행복의 씨앗은 자존감

김주아

　'와 허벅지 굵기 봐' 정확하게 누가 말한 건 기억이 나지 않는다. 어릴 때부터 나는 그렇게 날씬한 사람이 아니었다. 상처 주는 말을 서슴없이 내뱉는 친구들이 주변에 많았다. 나는 항상 상처받았다. 발끈하면 스스로가 인정하는 것 같아 아닌 척 했다. 하지만 이런 말이 어느 순간 나의 자존감을 낮추게 하고 있었다. 낮은 자존감은 눈치 보는 사람으로 성장하게 했다. 그렇게 시간이 흘러 고등학생이 되었다. 자존감이 낮으니 내가 진짜 하고 싶어 하는 것을 입 밖으로 내뱉지 못했고 주변 사람들의 조언을 들으며 목표를 정했었다. '국립대 가는 것이 진짜 효

도야', '곧 지역에 공공기관이 많이 내려오니 공학 대학교로 진학을 하는 것이 더 나을 것 같아' 등 조언을 듣고 자연스럽게 나는 국립대 공대로 목표를 정했다. 하지만 주변 친구들은 조금은 달랐다. 스스로가 무엇을 하고 싶어 하는지 정확하게 알고 있었고 그 목표를 향해 나아갔다. 급식을 같이 먹는 친구 중에 승무원을 준비하는 친구가 있었다. 그 친구가 너무 부러웠다. 자신의 목표가 정확하게 있고 그 목표를 향해 나아가는 모습이 너무 부러웠다. 사실 나도 많은 것을 하고 싶었다. 논술, 미술, 승무원 학원 등 하고 싶은 것이 너무 많았지만 '내가 한다고 하면 주변 사람들이 비웃겠지? 부모님도 허락해주지 않으실 거야'라고 생각했다. 시간이 흘러 수능을 쳤고 국립대 공대에 들어갈 수 있는 성적을 받았다. 대학교는 고등학교와 완전히 달랐다. 여러 지역에서 사람들이 모여 가지각색 특징을 가진 친구들이 많았다. 그중에서 가장 충격을 받았던 건 친구들이 다 너무 예쁘고 자신의 개성을 잘 살리는 것이었다. 화장도 예쁘게 하고 자신에게 어울리는 옷도 잘 입은 모습이 너무 충격적이었다. 고등학생 때 나는 정말 학교-집만을 오갔던지라 어떻게 화장하고 옷을 입는지 전혀 몰랐다. 오리엔테이션에서 충격을 받은 채로 집으로 돌아왔고 '난 왜 저러지 못할까'라는 생각을 가졌다. 스스로 자존감을 낮추는 생각을 계속하고 있었다.

이러한 생각은 내성적인 성격으로 변했고 친구들과 잘 어울리지 못했다. 그러던 중 첫 남자친구를 만나게 되었다. 같은 학과 같은 학번 동기였다. 잘생겼다는 이야기를 많이 듣는 친구였다. 그 친구와 함께 다니니 자연스럽게 동기들과 어울리게 되었고 친구들도 생기기 시작했다. 잘생긴 친구가 나를 좋아해 주고 예뻐해 주니 자존감이 채워졌다. 하지만 나는 마음속 한편에 '왜 나를 좋아하지?'라는 의심만 계속 있었다. 이 의심은 그 친구를 힘들게 만들었다. 애정을 확인받고 싶어 했고 갈구했다. 그러던 중 남자친구는 입대하게 되었고 나의 행복은 없어졌다. 항상 그 친구의 연락을 기다렸고 나의 생활은 그 친구의 생활을 중심으로 돌아갔다. 그렇게 전역하기만을 기다렸다. 아르바이트하더라도 남자친구가 전화 오는 시간대를 피해서 잡았고, 휴가 기간이 되면 친구들과의 약속을 뒤로 미루고 남자친구를 보았다. 처음에는 이렇게 생활패턴을 만드느라 힘들었지만, 점차 이 생활패턴에 익숙해져 갔다. 시간이 흘러 함께 전역을 맞이하게 되었다. 눈물을 흘리면서 서로 고생했다고 앞으로 더 예쁘게 만나자고 다짐하였다. 하지만 그 다짐은 오래가지 못했다. 4학년이 되어 주변의 추천으로 나는 교육행정직 공무원 시험을 준비했다. 이것 역시 여성에게 제일 좋은 직업이니 공부하라는 주변의 조언이었다. 나는 휴학을 하고 시험을 준비했고 남자친구는 한창

내 삶에 새긴 문장들

학과 생활로 바빴다. 학과에서 신입생들을 지도하는 역할을 해서 나와 연락하는 시간이 없어졌고, 술자리가 잦았다. 공부하면서 계속 싸우는 일이 잦아졌고 어두운 독서실은 나의 자존감도 더 어둡게 만들었다. 나의 우울감이 남자친구에게는 전혀 도움이 되지 못했다. 그래서인지 남자친구는 시험 한 달 전에 메시지로 이별을 고했다. 사실은 헤어질 거라는 것을 알고 있었다. 가끔 데이트할 때 손을 잡으면 나만 잡고 있는 느낌이 들었으니 말이다. 정말 중요한 시험이었고 모의고사를 치면 항상 상위권에 있었기에 다들 감정을 잡고 공부해야 한다고 했었다. 하지만 나는 그러지 못했다. 독서실에 들어가서 울기만 했고 울다가 공부하다 울다가 공부하다가를 반복했다. 시험에서는 0.5점이라는 점수로 떨어지게 되었고 그때의 나는 쓸모없는 사람이라고 생각했다. 얼마나 나를 한심하게 볼까 하는 생각에 부모님과 말도 하지 않았고 친구들과 연락도 하지 않았다. 그렇게 침대에서 일주일을 누워있었다.

자고 일어났는데 부모님이 나를 쳐다보고 있었다. 많이 놀랐다. 부모님이 나를 쳐다보는 눈빛이 헤어졌던 남자친구가 처음에 나한테 보인 사랑에 빠진 눈빛과 똑같았기 때문이다. 일주일 동안 씻지도 않고 먹지도 않고 폐인같이 지내고 있는 나에게 저런 눈빛을 부모님은 23년간 보내주고 계신다는 사실을 그

때 알았다. 누군가에게 머리를 세게 얻어맞는 느낌이었다. 핸드폰을 열어 메시지 함을 보았다. 친구들이 매일 연락해오고 있었다. '오늘은 괜찮아져서 연락이 닿았으면 좋겠어.', '맛있는 거 먹으러 가자' 등등 아무 일 없다는 듯이 친구들은 일상적인 이야기들로 매일 연락해오고 있었다. 너무 부끄러웠다. 나를 사랑하지 않는 건 나와 헤어진 남자친구뿐이라는 사실을 깨달았다.

일주일 만에 일어나 집 밖으로 나갔다. 나가서 좋아하는 커피를 마시기 위해 버스를 탔다. 버스 정류장 앞에 서점이 있었다. 무언가에 홀리듯이 서점으로 들어갔고 베스트셀러를 구매해 카페에 가서 읽었다. 그 책이 바로 《자존감 수업》이라는 책이었다. 호기롭게 책장을 넘기며 읽고 있었는데 어느새 나는 카페에서 처량하게 울고 있었다. 책에서 하는 한마디 한마디가 나를 위로해 주는 것 같았다. 책을 다 읽으니 마음 한편이 개운해졌다. 그리고 앞으로 내가 무엇을 하고 싶은지 적었다. 아무거나 다 적었다 초등학교 때 꿈이었던 아나운서, 중학교 때 하고 싶어 했던 콘서트 가보기 고등학교 때 친구들이 다녀서 부러워했던 승무원, 꼭 해야만 하는 다이어트, 독서실 앞에 붙여져 있던 미스코리아 참가 포스터, 백화점 VIP 라운지이건 왜 하고 싶어 했는지 모르겠다 등등 머릿속에 있던 모든 것을 다 적었다. 그 뒤로 하나하나 다 도전해보고 경험해 보았다.

바뀌는 내 모습은 자연스럽게 내 자존감을 쌓이게 했다. 자존감이 쌓이니 내 모습이 바뀌었다. 어떤 말을 들어도 그 말에 흔들리지 않고 내가 하고 싶은 것을 해나갔다. 그렇게 1년이 지나서 내 모습을 오랜만에 본 사람들은 저마다 놀랐다. 당연하였다. 다이어트도 성공했고 여러 학원에 다니면서 어떤 모습이 나에게 어울리는지 알게 되었으니 말이다. 외모적으로도 많이 바뀌었고 다양한 경험으로 쌓은 탄탄한 자존감에서 전과 다른 내 모습만 있었기 때문이다. 한 번씩 내 자존감이 줄어드는 것 같은 느낌이 들 때 나는 이 책을 다시 읽는다. '자존감이 있어야 행복이 온다'라는 말을 되뇌고 있다.

세상에 재미없는 책은 없다

송슬기

초등학교 3학년 때부터 한 시간에 한 대씩 오는 마을버스를 타고 학교에 다녔다. 버스 시간은 하교 시간과 맞지 않는 날이 더 많았다. 교문 건너편 2층 상가건물에 자리한 도서 대여점은 버스를 기다리는 데 최적의 장소였다. 넉넉하지 않은 용돈 탓에 보고 싶은 만화책을 다 빌려 볼 순 없었다. 만화책을 고르는 척하며 그 자리에 서서 여러 권을 순식간에 읽고, 마지막엔 꼭 200원짜리 만화책 한두 권을 빌려 나왔다. 그게 주인아저씨에 대한 예의라고 생각했었다.

책을 읽을 때는 장르를 가리지 않았다. 만화책 다음에는 각종 무협 소설과 판타지 소설, 문학 소설, 에세이, 시집 등을 읽었다. 당시 별명이 책벌레일 정도로 전교생이 알아주는 독서광이자 전교 1등을 하던 친구와 한동네에 살았었다. 처음부터 친했던 것은 아니었으나, 도서 대여점에서 자연스럽게 만나다 보니 '책'이라는 공통의 관심사가 있었다. 버스를 타고 가며, 읽은 책에 관한 이야기를 나눌 때는 공감대도 생겼고 제법 대화도 잘 통했다. 그 친구가 추천한 소설을 읽을 때면 '전교 1등이 읽는 책을 나도 읽고 있다'는 묘한 만족감도 느꼈다.

책이 좋았다. 유명하거나 성공한 사람들이 공통된 습관으로 '독서'를 소개할 때면, 나도 썩 괜찮은 사람으로 느껴졌다. 완독하면 만족감도 들었다. 만화책을 빌리며 선 자리에서 빠르게 읽었던 경험 덕분에 책을 빠르게 읽는 습관도 생겼다.

살면서 내 이름으로 책 한 권 쓰고 싶었고, 기회를 만났다. 제법 책을 읽었다고 자신했었다. 많이 읽었으니 쉽게 쓸 줄 알았다. 착각이었다. 문장 한 줄, 단어 하나 적확하게 표현하는 것이 어려웠다. 그동안의 독서는 아무 소용이 없었다.

나의 독서는 모두 가짜였다. '인생 책'이 뭐냐는 물음에 파울로 코엘료의 《연금술사》라고 제목만 대답할 뿐 이유는 쉽게 말할 수 없었다. 책의 줄거리만 어렴풋이 기억났다. 주인공인 양치기가 자신의 꿈을 실현하기 위해 길을 떠나 다양한 사람들을 만나고, 대화와 경험을 통해 깨달음을 얻어 자신의 진정한 삶의 의미를 찾는다는 내용이었다. 대략적인 흐름만 기억할 뿐, 내 삶에 영향을 받았다고 할 만큼 마음을 울리는 문장이나, 가슴을 뛰게 하는 장면도 떠오르지 않았다. 그제야 알았다. 제대로 된 독서가 아니라는 것을. 활자를 눈으로 좇으며 책을 읽는 흉내만 내고 있었다.

글을 잘 쓰기 위해서는 많이 써 보는 것도 중요하지만 책을 제대로 읽어야 한다고 했다. 유근용 작가의 《일독일행 독서법》에는 책을 단순하게 읽으면 '책만 읽는 바보'가 될 수 있다고 말한다. 책을 읽는 것과 그 내용을 내 것으로 만드는 일은 전혀 다르다는 뜻이다. 독서의 필요성이나 독서법에 대한 책이 많지만, 진정한 독서는 책에서 배운 것을 행동으로 옮겨야 한다고 강조한다.

블로그에 나만의 독서 노트를 작성하기 시작했다. 처음에는 책을 깨끗하게 보려고만 했다. 한 권의 책을 두 번, 세 번 읽을 때마다 느낌이 달랐다. 공감 가는 문장, 마음을 울리는 문장을 발췌해 의식적으로 밑줄을 그었다. 그냥 읽을 때보다 속도가 더 뎠지만, 내 삶에 적용하고 싶은 문장과 나름의 생각을 적으니 독서가 훨씬 풍성해진 느낌이었다.

김호연 작가의 《불편한 편의점》을 읽고, 편의점을 운영하시던 부모님이 생각났다. 담배 한 갑을 사면서도 자기 이야기를 쏟아내고 가는 손님들이 책에 나오는 등장인물과 겹쳐 보였다. 동네 작은 편의점을 통해 위로받는 사람들. 나의 현실 경험이 책 속에 그대로 담겨 있는 것 같아 더욱 와닿았다. 내 경험과 비교해서 책을 읽거나 책을 통해 내 삶을 돌아보니 독서가 주는 의미도 달랐다. 의무감이나 우쭐대고 싶어서 읽는 것이 아니라, 독서의 맛을 알게 된 것이다.

책을 제대로 읽어야 하는 이유를 나름 정리해 본다.

첫째, 책은 위로와 공감을 준다. 한때 책을 멀리했었다. 무기력해서 아무것도 하고 싶지 않았지만 책을 읽을 때면 작가가 '뭐라도 해야 한다'를 강조하는 것 같았다. 책 속에 담긴 메시지와 나의 현실이 달라 책을 읽을 때마다 힘들었다. 하지만 오래지 않아 다시 책을 찾았다. 아이러니하게도 책을 읽으며 위로도 받았다. 하완 작가의 《하마터면 열심히 살 뻔했다》는 지친 내 마음을 알아주는 친구 같았다. "열심히 살지 않아도 돼!"라고 말하는 것이 아니라, "그동안 열심히 살아왔으니 내려놓아도 괜찮다"고 다독여 주는 것 같았다. 열정 없이도 잘 살 수 있다고, 성과나 성공이 아니라 원하는 대로 재미있게 살아도 괜찮다고 격려와 응원을 받는 느낌이 들었다. 작가가 책을 통해 건네는 말이 내 마음을 알아주는 것 같아, 그것만으로도 충분한 위로가 되었다.

둘째, 성취 경험이 생긴다. 책을 읽으니 삶도 조금씩 변했다. 과거에는 꾸준히 하는 것을 어려워했다. 나약한 의지라며 핑계만 댔다. 포기도 반복했었다. 독서하는 삶을 살겠다고 마음먹고, 내 속도대로 읽기 시작했다. 완독이 아니어도 괜찮았다. 읽은 부분만으로도 내 삶에 적용 할 수 있는 내용을 찾으니 신념이나 가치관도 생겼다. 매일 조금이라도 읽으니 뿌듯했다. 삶을 원하는 대로 살아가고 있다는 성취감과 만족감도 들었다.

셋째, 변화와 성장이 가능하다. 책을 읽으면서 내 경험에 비추어 생각했다. 작가의 경험을 통해 나의 과거를 돌아보고 반성했다. 스스로 의미를 부여하고 현재에 도움이 되는 메시지를 찾으려 했다. 책 속 한 줄 문장으로 매사에 부정적이었던 태도가 차츰 달라졌다. 내 삶에 적용하려 노력하다 보니 과거를 교훈 삼아 성장도 했다.

'어느 책이나 배울 점이 있고, 그 속에 행동으로 옮겨야 할 숙제가 들어있다. 책 내용이 모두가 알고 있는 뻔한 내용일지라도 말이다. 책을 읽었다면 반드시 행동으로 옮기자.' 유근용 작가의 《일독일행 독서법》에 나오는 말이다.

글자만 읽으며 남들에게 있어 보이고 싶다는 마음으로 시간을 낭비했었다. 두 번 다시 '글자만 읽는 독서'는 하지 않으려 한다. 나만의 독서법으로 읽는다. 한 페이지를 읽더라도 삶으로 가져온다. 책 한 번 제대로 읽어 본다. 진정으로 책이 주는 재미를 느낄 수 있기를 바란다.

고난은 축복입니다

안영란

　계속 떠오르고 되새기게 되어 '슬프고, 잔인한' 드라마나 영화를 보는 게 힘들다. 《지선아 사랑해》를 읽기 전 용기가 필요했다. 작가 소개란에 언급되어있는 교통사고, 화상, 끔찍하게 고통스러운 치료라는 글이 눈에 밟혔다. 23살 대학생 지선이는 오빠가 운전하는 차를 타고 집으로 돌아가던 중, 음주 운전자가 낸 교통사고를 당한다. 전신의 55퍼센트 3도 화상을 입고 생사의 갈림길에 서게 된다. 사고로 차량은 불길에 휩싸였고, 지선이는 의식을 잃은 채, 불이 난 곳에 떨어져 얼굴에 심한 화상을 입었다. 화상 치료 과정을 몇 마디의 글로 표현했다. 고통스러워하는 모습을 떠올리니, 읽으면서도 눈시울이 붉어지고 몸서리가 쳐졌다. 피부이식수술을 받고 고통에 울부짖다가도 '살아야겠다'라고 생각한, 의지가 강한 사람이었다. 원망하거나 비관하지도 않았다. 감사하고 또 감사하다고 했다. 나였다면 '죽고 싶다' 생각했을 것이다. 같은 나이인데 지선이가 대단하고 멋졌다. 지선이는 11차례의 수술과 7개월 동안의 화상 치료를 이겨내고 죽음에서 삶으로 돌아왔다.

"고난은 축복입니다. 힘겹고 괴로운 시간을 보내고 이기고 나면 주어지는 보물이 있습니다. 고난을 통하지 않고서는 배울 수 없고, 가질 수 없는 열매들이 얼마나 귀한 것인지 저는 이제 알 수 있습니다" 지선이는 고난이 축복이라 말한다. 고난이 축복이라니, 어떻게 고난이 축복이 될 수 있을까? 책을 읽은 2004년, 힘든 시간을 보내고 있었다. 엄마가 사고로 돌아가시고, 아버지와 외할머니의 사이는 더욱 골이 깊어져 갔다. 두 사람 사이에서 힘들었던 나는 의지와 상관없이 삐뚤어졌다. 《지선아 사랑해》를 읽고 어떠한 어려움이 와도 포기하지 않고, 나 자신을 믿자고 생각한 순간도 있었다. 하지만 현실의 나는 마음의 여유가 없었다. 모든 것이 싫고 지쳐 있었다.

책의 존재를 까맣게 잊고 지내던 최근, 남편의 퇴원에 맞춰

대청소하던 중 책을 발견했다. 청소도 잊은 채 책장을 넘겨 보았다. 고난이 축복이라던 지선이의 말에 고개가 끄덕여졌다. '고난은 축복입니다. 힘겹고 괴로운 시간을 보내고, 이기고 나면 주어지는 보물이 있다.'라는 말이 이제는 이해되었다. 숨 쉬며 살아있는 모든 순간이 감사함의 연속이다.

남편은 건강이 좋지 않았다. 언젠가는 완치를 목표로 치료해야 한다는 것을 알고 있었다. 급속도로 나빠진 건강에 걱정이 되었지만 괜찮은 척 내색하지 않았었다. 그게 문제였다. 남편과 나는 서로가 힘들어할 것을 걱정해 말하지 못하고 오해만 쌓여갔다. 둘째 유빈이 키우느라 고생하는 모습에 말을 하지 못했다고 했다. 홀로 병원을 다니던 남편이 전보다 더 예민한 적이 있었다. 남편을 따라 처음으로 병원에 함께 갔다. 그날 남편이 조혈모세포 이식을 망설이고 있다는 것을 알게 되었다. 집으로 돌아오는 길에 남편과 많은 대화를 했다. 남편은 용기를 내기로 했다. 남편이 입원해 있는 동안 나도, 큰아이도 잘 지냈다. 내가 저녁을 차리거나, 분리수거를 하러 나갈 때면 동생을 돌봐주었다. 둘째는 아빠가 없는 것에 적응하지 못했다. 짜증이 늘었고 통제가 어려워졌다. 아이의 행동 변화로 인해 힘들었지만, 고통스러운 치료 과정을 혼자 버티고 있을 남편 생각에 힘을 냈다.

내 삶에 새긴 문장들

3개월의 투병 생활을 마치고 집으로 왔다. 아빠가 돌아오고 가족이 다 모이니 큰아이의 얼굴이 환해졌다. 유빈이도 안정을 찾았고, 남편의 치료 경과도 괜찮았다. 이식 부작용이 언제 어떻게 나타날지 모르지만, '다 잘 될거라야'라는 긍정의 힘을 믿어보기로 했다. 우리 가족은 전보다 화목해졌다.

가끔 의도하지 않은 상황으로 흘러갈 때가 있다. 자책하기 바빴다. 이제는 웃어넘길 여유가 생겼다. 나의 변화는 감사함을 알고부터였다. 예전에는 둘째 유빈이가 뜻밖의 행동을 하면 인상이 굳고 한숨부터 나왔다. 지금은 아이의 행동에 화내기보단 이해하려 노력한다. 식용유를 주방 바닥에 쏟아놓고 헤엄을 쳐도, 조미료를 바닥에 뿌려도, 똥을 싼 뒤 꺼내 양손에 묻혀 집 안 여기저기 손바닥으로 문지를 때도 침착하게 상황을 정리한다. 하루는 아이 크림을 방바닥에 정성스럽게 발라주고 손가락에 묻은 크림을 빨아먹고 있었다. "바닥은 좋겠다. 주름 쫙 쫙 펴지겠네. 엄마 얼굴에도 발라줘" 손을 닦이고 통에 남은 아이 크림을 아이 손에 잔뜩 묻혀 얼굴에 비볐다. 유빈이는 잠시라도 한눈을 팔면 사고를 쳤다. 지치지 않는 체력은 누굴 닮았을까 생각해 본다. 화를 내려다가도 유빈이의 해맑은 미소에 같이 웃어버린다. 주말 아침 일찍 일어나 쌀 점이라도 본 건지 온 바닥에 쌀이 뿌려져 있었다. 둘째의 손에는 아직 쌀이 쥐어져 있었다. "오늘의 운세는 잘 나왔나?" 하며 청소기를 든다. 녀석은 과자를 먹을 때도, 밥을 먹을 때도 바닥에 잔뜩 뿌려놓는다. 청소기도, 나도 쉴 틈이 없다.

누군가 지선이에게 예전의 모습으로 돌아가고 싶냐고 물었다. 지선이는 "되돌아가고 싶지 않다."라고 말했다. 지금의 모습이 아니고는 만날 수 없는 사람들을 만나고 지금의 모습으로 할 수 있는 일이 있을 거라고 말한다. 유빈이의 장애를 마주하고, 내 인생도 마음가짐도 바뀌었다. 누군가 유빈이를 낳기 전으로 돌아가고 싶지 않냐고 묻는다면, 일말의 망설임도 없이 "돌아가고 싶지 않다!"라고 대답할 것이다. 힘들어도 지금이 좋다. 지선이와 마찬가지로 나 역시 유빈이가 없는 시간은 생각할 수가 없었다.

내가 살아온 시간을 원망하던 때가 있었다. 인정하고 싶지 않아 발버둥 치며, 원망할 대상을 찾기에 급급했다. 그러다 나를 원망하게 되었다. 나 자신을 탓하며 몸과 마음은 피폐해졌다. 빛 한 점 없는 삶에 지선이의 한마디는 나를 원망하던 시간 안에서 나오게 해주었다.

내 삶에 새긴 문장들

《지선아 사랑해》를 읽으며 밑줄을 그은 '고난은 축복이다.'라는 문장을 내 삶으로 가져왔다. 고난을 이겨내며 얻은 것이 더 많다. 고난 속에서 배우고 깨닫는 것이 얼마나 값진 경험인지 이제는 안다.

어리석었던 지난날을 정리하고 적극적으로 살게 되었다. 나를 지지해 주는 사람도 많아졌다. 그들은 나를 좀 더 나은 사람이 되게 해 준다. 세상을 아름답게 바라볼 수 있는 눈을 가지게 되었다. 사소한 것에 감사할 줄 알고 긍정적으로 살아가는 내 모습이 좋다. '나'는 '나'를 사랑하게 되었다. 내 인생은 행복하고, 만족스럽다.

4

피그말리온 효과

오기택

　대학을 졸업하고 병원에 근무하면서 막연히 배우자에 관한 생각을 한 적이 있다. 영어를 전공한 사람과 결혼해야겠다고 마음먹었다. 집은 어디로 구하지?, 아이는 몇 명이나 낳지? 라는 구체적인 생각도 해보았다. 아파트에서 아이 한 명 낳고 오순도순 살면 좋겠다고 기도했다. 여건이 된다면 빚을 내서라도 자가로 살았으면 했는데, 생각은 현실이 되었다. 나는 현재 영어를 전공한 아내와 딸을 낳고 아파트에서 살고 있다. 지금 생각해보면 정말 허무맹랑한 생각이었다. 다른 사람들은 믿지 않을 수 있겠지만, 꿈은 현실이 되었다. 나에게는 굳게 믿었던 한 문구가 있다. '피그말리온 효과'라는 말이다.

피그말리온 효과Pygmalion effect는 긍정적인 기대나 관심이 사람에게 좋은 영향을 미치는 효과로 자기충족적 예언이라고도 한다. 처음 이 단어를 접했을 당시에는 사전적 의미를 몰랐다. 단순히 '말하는 대로', '생각하는 대로' 곱씹고, 생각하고, 스스로를 세뇌하다 보면 마음먹은 대로 되는 줄 알았다. 그렇게 믿어왔다. 간절한 바람이었다. 기도하듯이 생각하고 또 생각했다. 병원을 그만두고 진단검사의학과 파트와 뇌파검사 파트를 중점적으로 입사지원서를 제출했다. 채용모집공고가 뜨는 곳 마다 넣었는데, 면접을 10여 차례 다녀왔다. 경기도 오산시와 용인시, 강원도 강릉시와 원주시, 부산시, 충청북도 청주시 등 병원급 병원과 대학병원에서 주로 면접을 봤다.

새벽에 차를 몰고 가거나, 버스를 타고 가면서 '면접 잘 보고 오자.', '떨지 말고 잘 보자.'라는 마음으로, 머리로 기도하듯 속삭였다. 결과는 낙방이었다. 어디 한 군데라도 합격할 줄 알았지만 계속 떨어졌다. 서울에서 내려온 2008년 하반기에는 입사원서 제출하고 면접만 보고 다녔다. 면접 때마다 잘 보고 오라는 부모님 얼굴을 보기가 미안했다. 벌어놓은 돈도 없고, 시험 보러 움직일 때마다 경비를 타서 쓰는 내 모습이 한심하고 기도 찼다. 그렇다고 아르바이트를 할 수도 없었다. 하루라도 빨리 이 시기를 벗어나야 했기에, 연말이 됐을 때 결심했다. 전공의 특성상 이직 기간이 길어질수록 채용에 불리했다. 의료기사의 경험을 중시하는 이 업계에서는 내 이력은 너무 불리했다. 내 삶의 멘토, 형과 상의했다. 대학을 갈 때, 서울에서 내려올 때, 새 직장을 구해야 할 때, 중요한 때마다 형과 상의했다. 초등교사로 근무하고 있는 형으로서 공무원만 한 직업이 없다고 생각했다. 지금 교대에 갈 수도 없으니, 공무원 준비를 해보라고 권했다. 해가 바뀌고 당장 학원부터 등록했다.

첫해에는 전공을 연계한 보건직공무원을 준비했다. 지방에 보건 직렬을 위한 학원 과정은 없었다. 마산에 행정직과 경찰을 전문으로 하는 학원에 등록하고, 보건 전공 2과목은 인터넷 강의를 들으며 공부했다. 1년 반 동안 준비한 시험에서 떨어지고, 행정 직렬로 전과했다. 다니는 학원 선생님들은 우려했다. 합격 커트라인과 대비해 행정직으로 바꿔서 새로 공부하면 합격하기까지 시간이 더 걸린다고 했지만 나름의 계산도 있었다. 단순히 합격해서 근무하고 월급을 받아 살기엔 한 가지 문제가 있었다. 알아본 바로는 보건직공무원으로 근무하면 평생을 보건소에서 근무해야 한다는 점이다. 그래서 여러 업무를 할 수 있는 행정직으로 바꾸기로 했다. 후에 안 사실이지만 승진의 기회도 기타 직렬과 달랐다. 공무원은 관료제 조직이다. 극히 드물지만 실적을 반영한 파격적인 승진 인사가 있기도 하지만 대부분은 실적주의가 아니라 연공 서열로 호봉과 근무 경력에 따라 승진이 반영된다. 직렬을 바꾸고 꼬박 1년 반을 더 공부해서 행정공무원으로 임용됐다.

공부하는 동안 합격을 위한 건강한 마음을 가지려 애썼다. 아침에 눈 뜨면 여기저기 써 놓은 좋은 글귀를 통해 마음을 편안히 했다. 마음을 먼저 다독여야 무리 없이 그날 해야 할 분량을 채웠다. 마음 다스리는 것이 먼저라 생각했다. 마인드 컨트롤 이전에 머리도 깨워야 했다. 공무원 시험은 오전 9시에 시작된다. 뇌는 일어나고 세 시간이 지나야 활성화된다. 수험기간 마지막 해인 2013년에는 고시원 생활을 했다. 규칙적인 생활을 통해 뇌를 최적의 상태로 만들기 위한 트레이닝도 했다. 아침 6시 이전에 일어나서 찬물에 세수하고 머리를 감았다. 더운 날에는 옷 벗고 바로 찬물에 샤워했다. 그해 시험은 8월에 있었기 때문에 아침부터 땀이 났다. 그래서 시험 직전 한 달은 찬물에 샤워하는 것이 습관이 되었다. 그렇게 찬물 샤워로 몸을 먼저 깨웠다. 다음에는 뇌를 깨웠다. 애연가인 나도 뇌를 깨우기 위해 시험공부를 하는 동안에는 아침 담배는 멀리했다. 그러고 나서 책상 이곳 저곳에 붙어있는 메모지를 보며 합격을 위해 말했다. 오늘 해야 할 양을 채우고 시간이 쌓이면 반드시 합격

한다고 중얼거렸다. 우수한 성적을 기대하지 않았다. 합격을 위한 커트라인 이상만 된다면 만족이라고 생각했다. 그리고 결국 합격하였다.

공무원으로 일한 지 벌써 10년이 되었다. 시험공부를 위해 책을 읽던 것 말고는 마음의 양식을 위한 책 한 권을 읽지 않은 기간이 10년이다. 우리나라 사람들이 일 년 평균 독서량이 1권인데, 그 평균치에 미달이다. 책을 읽으려고, 습관화하려고 올 초부터 애쓰고 있다. 정확히 2022년 2월 28일부터 책에 익숙해지려고 아침, 점심, 저녁 시간을 내서 책을 읽고 있다. '자이언트 북 컨설팅' 이은대 작가님과 인연을 맺고 나서부터다. 맡은 업무와 연관해서 '힐링 북 컨설팅'이라는 사업을 진행했다. 정규 과정과 특강을 통해 책과 글쓰기에 익숙해지려 한다. 일기 쓰기, 짧은 글쓰기도 했다. 무엇보다 글쓰기의 기본인 독서에 충실하기로 했다. 처음에는 좋은 책을 고를 수 없는 수준이었다. 그래서 추천 도서와 이은대 작가님의 책을 우선해서 읽었다. 작가님의 두 번째 책인 《최고다 내 인생》에서 내가 평소 믿고 따랐던 피그말리온 효과와 비슷한 내용을 읽고 멈춰 섰다.

"여기저기 붙여 놓은 우리의 목표는 시각을 통해 무의식적으로 전해진다. 굳이 읽으려고 애쓸 필요도 없다. 그저 가만히 눈길만 한 번씩 주는 것만으로도 이미 무의식은 그 목표가 진실인 것처럼 받아들인다."라는 문구다. 문맥과 의미를 따지자면 피그말리온과 차이는 있다. 다만, 내가 이해하고 또 믿고 있는 두 문구의 공통된 내용은 '건강한 마음과 말로 스스로를 세뇌시키고, 그것이 진실인 것처럼 받아들인다.'라는 것이다. 독실하게 새벽기도 하는 사람의 그 마음과 다르지 않다고 생각한다. 내가 건강한 마음을 갖고, 간절히 원하고, 세뇌시키다 보니 지금의 나로 살고 있다. 영어를 전공한 아내를 만나고, 결혼 준비할 때 집을 장만해서 신혼을 시작하며, 결혼 후 9개월 되던 때 자연스레 임신한 것들이 마음과 머리로 세뇌하던 '건강한 생각'의 결과다.

누군가는 자신만의 만트라Mantra를 중얼거리며 더 나은 현실을 주문한다. 또 누군가는 새벽기도로 마음을 가다듬으며 평온한 인생을 바란다. 나는 '건강한 생각'으로 하루를 살아내기 위해 노력한다. 주문, 기도, 생각……. 표현만 다를 뿐, 모두가 행복하고 건강한 삶을 바라며 살아간다. 좋은 생각을 반복하고 또 말하는 과정에서 스스로 건강하고 행복한 인생을 만들어가고 있다고 믿는다. 삶은 내가 만드는 것이니까.

미움 받을 용기

조연교

아들러 심리학 내용을 담은 《미움 받을 용기》가 한국에 소개되었을 때, 단숨에 베스트셀러가 되었다. 이 책을 처음 읽고 나 또한 뒤통수를 맞은 느낌이었다. 내 삶에 대입시켜보려고 애쓸수록 마음 깊은 곳에서 저릿함이 밀려오는 듯했다. 마지막 장을 덮었을 때, 두 가지 의문점이 생겨 고개를 갸웃거렸다. 첫 번째, 아들러의 개인심리학은 서양에서 이미 오래전부터 널리 알려져 있었는데, 왜 지금 한국 사회에서 이토록 반향을 일으키는 것일까? 두 번째, 내가 이토록 이 책에 매료된 이유는 무엇일까?

그에 대한 답으로 사회심리학자 허태균 교수의 강의에서 힌트를 얻었다. 그는 한국 사회의 특징을 관계와 소통이 중요한 사회라고 설명하였다. 서양 문화는 '개인의 자유, 권리 등'을 중시하는 데에 비해 한국문화는 '집단속의 조화와 화합'을 중시하는 경향이 있다는 것이다. 나도 한국인으로서 개인의 독립과 자율을 연습할 기회보다는 타인의 관계에 더 집중하였다는 사실을 알게 되었다. 여태 존재가치를 스스로에게서 찾아본 적이 없었다는 사실과 인생의 주인이 내가 아닌 채로 살아왔다는 것을 깨달았다. 항상 남의 시선에 신경을 쓰고 살아왔기에 그토록 불편하였으니 이제 변화를 위한 용기를 가지라고 자극하는 듯하였다.

나는 대인관계에 어려움을 느끼고 위축되었던 경험이 많다. 성인이 되어 몇 번 직장을 옮긴 적이 있다. 새로운 시작은 항상 설렜지만, 늘 비슷한 걱정이 앞섰다. 그 걱정을 무마시키기 위해 다음과 같은 다짐을 반복하였다. '이 직장에서는 더욱 좋은 사람이 되어 그전 직장에서 겪었던 인간관계의 어려움을 반복하지 않도록 최선을 다할 것'이라는 생각이었다. 그래서 모든 사람이 나를 좋아하도록 무척이나 열심히 살았다. 그런데 어딜 가나 반드시 이런 나를 불편해하는 사람들이 있었다. 나는 이런 종류의 피드백에 매우 예민하여 비슷한 낌새라도 눈치채면 속이 상해 기분이 나락으로 떨어졌다. 그 사람이 왜 나를 싫어하는지 도무지 이해되지 않았다. 항상 양보하고 조직을 위해 희생하였는데, 내가 무엇을 잘못하여 이런 평가를 받아야 하는지 늘 억울하기만 했다. 때때로 행복하지 않았고, 그 이유를 알지 못해 답답함을 느꼈다. 친한 친구에게 하소연도 했지만 아무리 수다를 떨어도 문제가 속 시원히 해결될 리 만무했다. 결국 또 나를 인정해 줄 새로운 인간관계와 직장을 찾아 기웃거렸고 매번 비슷한 경험으로 힘든 상황을 맞이하는 악순환을 반복하였다.

이 책은 타인의 시선에 연연해할 필요가 없다고 이야기하니, 나는 위로받는 느낌이었다. 관련 서적을 뒤적이며 책을 사서 열심히 읽었고, 아들러 심리학 연구 과정에도 참여하게 되었다. 이 과정에서 초기 회상 작업을 통해 나의 첫 기억을 점검하게 되었다.

사람은 인생을 통틀어 가장 어린 시절에 대한 첫 번째 기억이 있다. 세상에 태어나 첫 호흡을 시작한 후부터 경험하는 수많은 사건 중에서 머릿속에 떠오르는 가장 첫 기억은 개인에게 시사하는 바가 크다. 이 작업을 통해 타인의 인정에 매달리는 이유를 찾을 수 있었다.

　나의 첫 기억은 5~6살 때쯤 일어난 설거지 사건이다. 막냇동생이 막 태어났고, 나와 연년생인 여동생은 방에서 놀고 있었다. 아빠는 어린 자식들을 부양하기 위해 막중한 책임감을 어깨에 메고 일을 나갔다. 엄마에게는 고만고만한 어린 삼남매 육아를 도와줄 사람이 아무도 없었다. 나는 없는 살림에 독박육아로 힘들어하는 엄마 마음이 너무도 이해되는 장녀였다. 우리는 조그만 부엌이 딸린 단칸방에 살았다. 어느 날 엄마는 마당에서 빨랫줄에 손바닥만 한 옷가지와 기저귀를 널고 계셨다. 문득 엄마가 빨래를 다 널면 설거지를 할 것 같았는데, 나는 그것을 돕고 싶어졌다. 난생처음 설거지통에 손을 넣었다. 순간 매우 당혹스러웠다. 이런 일을 해도 되는지, 엄마에게 혼나는 것은 아닌지, 어색하고 무서워 당장 그만둘까 고민도 했던 것 같다. 그 사이 엄마가 빨래를 다 널고 집으로 들어오다 설거지하는 나를 발견하였다. 엄마는 화들짝 놀라며 세 걸음도 안 되는 옆집 단칸방에 사는 똘이 엄마를 큰 소리고 불렀다. 그리고 자랑스러운 말투로 "우리 딸이 이렇게 설거지를 하고 있어요!"라고 소리쳤다. 옆집 똘이 엄마의 찬탄과 부러움이 섞인 눈빛이 나에게 꽂히는 것을 느꼈다. 은근히 뿌듯하였고 기뻤다. 그때부터였을까? 타인으로부터 '좋다'라는 평가를 듣지 못하면 견디기가 힘들었다.

이 기억을 분석하면서 내가 겪고 있는 어려움의 원인이 남 탓이 아닌 내 탓임을 알게 되었다. 그러나 타인 중심적인 나의 태도가 문제였음을 알게 되었다고 단숨에 내 삶이 드라마틱하게 바뀌지는 않았다. 한동안 생각과 행동의 습관이 고쳐지지 않아 차근차근 연습을 해야 했다. 우선 알아차리기 시작했다. 예를 들어 직장에서 불편한 일이 생기면 나의 인정욕구가 발동하지 않는지 점검하였다. 점검이 끝나면 이것에 몰입하지 않기 위해서 나에게 집중해야 했다. 처음에는 내가 원하는 것이 무엇인지, 나를 사랑하는 방법이 무엇인지조차 감이 잡히지 않았다. 심지어 나에게 집중하는 방법을 찾는 것이 큰 숙제처럼 느껴지기도 했다.

답답하던 어느 날, 멍때리며 운전하다가 번쩍하고 '내가 사랑하는 사람에게 무엇을 해주고 싶을까?'로 질문을 바꿔보게 되었다. 그러자 너무나 쉽게 답을 찾을 수 있었다. 나는 사랑하는 사람을 위해 그 사람의 이야기를 들어줄 것 같았다. 그 사람에게 맛있는 것을 해주고 좋은 선물을 사주고 싶다는 생각에 이르렀다. 그렇다면 내가 나를 사랑하는 방법도 그 질문에 대상자만 바꾸면 되지 않는가! 나를 위해 내 이야기에 귀 기울여줄 사람을 찾고, 맛있는 것과 선물을 사주 것이 사랑을 표현하는 방법이지 않은가! 당장 운전대를 돌려 대형 마트로 달려 갔다. 마트에서 여태 한 번도 사보지 못한 열대과일과 생소한 치즈들을 종류별로 카트에 담고 값이 나가는 와인 한 병을 구매했다. 그리고 집에 돌아와서 나만을 위한 만찬을 준비하고, 내 이야기를 들어줄 상담 선생님을 섭외하여 개인 상담 일정을 잡았다. 그렇게 나를 위해 돈을 쓰며 행동하고 나니 곧바로 속이 펑 뚫리는 시원함과 희열이 찾아왔다. 나는 좀 더 열심히 그 연습을 하고 싶어졌다. 그래서 행동을 멈추지 않고 그 주말 백화점으로 달려가 고급 니트를 구매하여 나에게 선물하였다. 그 때부터 나는 타인으로부터 '좋다'는 평가에 연연하지 않고, 오직 나에게 집중하는 연습을 차근차근 시작하였다. 그렇게 기억을 수정하고 새로운 인간관계 패턴을 연습하며 스스로를 사랑하기까지 꽤 오랜 시간이 걸렸다.

나는 지금도 여전히 열심히 산다. 그러나 이제는 남 눈치 따위 보지 않는다. 타인으로부터 인정받고자 했던 나약함. 다른 사람에게 기대려는 모습은 건강하지 않은 모습임을 깨달았다. 이제는 과거의 나도, 용기를 갖고 변화한 나도, 있는 그대로 수용하게 되었다. 더 이상 관계에 매달리지 않는다. 수용하고 나니 마음은 훨씬 편안해졌고, 일에도 더 집중할 수 있게 되었다.

억지스럽게 새로운 일을 찾아 헤매지도 않고, 꼭 뭔가를 이뤄내야 한다는 강박에서도 자유로워졌다. 나는 이제, '미움 받을 용기'를 가지게 되었다.

고슴도치 엄마

홍정실

　사람이 주는 상처는 아팠다. 아무도 다가오지 않기를 바랐고, 다가오면 주춤 물러섰다. 타인 앞에서 주눅이 들어 위축되고, 어려워 안절부절, 눈치를 살피느라 마음이 편하지 않았다. 하지만 그런 행동이나 마음과는 다르게 사람이 고팠다. 사람이 주는 정이 그립고 관심이 그리웠다.

　묵묵히 일만 했다. 지친 마음에 동료들과 정붙일 마음도 없었다. 풍으로 쓰러진 아버지의 병원비, 직장 내 따돌림과 괴롭힘에 지쳐 있었다. 나를 길에 세워 두고 욕을 하며 비웃던 어린 동료에게 '왜?'냐고 묻지 못했다. 따져 물을 용기가 없었다. 구경하며 웃던 일행들의 얼굴을 바로 보지 못했다. 월급은 통장에 흔적만 남겼다.

지친 나는 도피처로 결혼을 선택했다. 결혼하면 직장 다닐 때의 따돌림은 존재하지 않을 줄 알았다. 일로 엮이지 않으면 사람 관계가 쉬울 것으로 생각했다. 달콤한 말을 해주고, 미소를 지어주는 사람에게 쉽게 입을 열고 마음을 내줬다. 위로의 말을 하고 듣기 좋은 말을 해주는 언니들이 고마워 의지했다. 내가 없는 자리에서 나의 험담을 한다는 것을 알기 전까지는 그랬다. 24살에 결혼한 나는 엄마들 사이에서 어렸다. 언니들의 앞뒤가 다른 행동에 충격을 받았다. "어린년이 그렇다면 그런 줄 알지 또박또박 말대답이나 하고. 자기가 애를 얼마나 키워 봤다고 말대꾸야? 싹수없게." 내가 가장 따르던 언니였다. 좋아하고 따른 만큼의 배신감이 들었다. 나를 안쓰럽게 여겨 조용히 챙겨주던 언니만 남았다. 누구도 쉽게 믿지 말자 다짐했다. 몰려다니며 즐거워 웃다, 뒤통수 맞고 힘들다 우는 나를 보며 "순진해서 그렇다"라고 남편은 말했다. 무뚝뚝하고 위로 한마디 없는 경상도 남자. 재미있다는 듯 웃으며 하는 말이 더 아프다. '남편도 이런데 타인이야 오죽할까.' 세상에 홀로 고립된 것처럼 외로웠다.

"날 귀찮게 하지 마! 나한테 다가오지 마. 내가 모를 줄 알고? 나한테 다가와 또 나를 괴롭히려고 그러는 거지? 나를 그냥 내버려 둬! 누구든 가까이 오면 찔러 버릴 거야." 위기철의 〈고슴도치〉 속 한 문장이다. 대인기피증이 있는 헌제는 사람을 멀리하고 벽을 세우는 고슴도치 모습을 하고 있다. 엉뚱한 행동에 웃고, 타인을 기피하고 숨으려 하는 모습에 안타깝다. 헌제가 좋았다. 주인공 때문일 수도 있고, 작가의 능력일 수도 있지만, 읽을수록 헌제라는 작중 인물에 두근거렸다. 헌제의 이야기는 내가 힘들 때 위로가 되어주었다.

결혼하고 세 아이를 키울 때였다. 인터넷 카페에 올라온 고슴도치 분양 글을 봤다. 서둘러 쪽지를 보내고 연락처를 남겼다. 창원의 낯선 골목을 내비게이션에 의지해 찾아갔다. '약속이 있어 문 앞에 두고 나간다'라는 메시지를 봤기에 주택 2층 계단으로 바로 올라갔다. 문 앞에는 유모차가 비스듬히 세워져 있었고, 옆에 종이로 된 상자 하나가 있었다. 상자 안에는 새끼 고슴도치와 사료 그릇, 며칠 먹일 수 있는 사료, 집 모양 장식이 들어 있다. 집에 돌아와 아이들에게 상자를 내보이며 "고슴도치야. 2개월 됐데." 했다. 아이들과 나는 귀여운 고슴도치를 떠올리며 상자 안을 살폈다. 슬그머니 탐색하러 나온 녀석은 기척이 느껴졌는지 작은 몸을 폴짝폴짝 뛰며 '씩씩' 콧방귀를 뀌는 듯한 소리를 냈다. 성깔이 보통이 아닌 녀석에 우리는 한발씩 뒤로 물러났다. 낯선 장소, 낯선 사람이 보고 있으니 겁도 나고, 기분도 상한 듯했다. 녀석은 집에서 나오지 않았다.

40세 이후로는 전과 다르게 능숙하게 사람을 만나고, 적당히 돌려 거절도 할 수 있었다. 소심하고 위축된 과거의 모습을 숨긴 '척'에 지나지 않았지만, 티 나지 않을 만큼 자연스러워졌다. 늦둥이 찬영이가 6살이 되면서 느티나무 장애인 부모회할 안지부에 임원 신청서를 냈다. 이사가 되고 3번째 이사회가 열리던 날. 근무 중 하던 일을 멈추고, 외출을 허락받아 이사회에 참석했다. 일하던 마트에서 15분 거리에 있는 예비군 훈련소로 쓰이던 건물이 이사회가 열리는 장소였다. 무진정으로 가는 길 중간에 대문 없는 입구가 나온다. 울퉁불퉁 닦이지 않은 가파른 길에 올라서면 건물이 보였다. 관리가 되지 않은 앞마당, 허름한 담벼락, 건물 옆 강당도 페인트가 벗겨지고 입구도, 안쪽도 허름하다. 단상은 금이 가고 여기저기 깨져있다. 건물 앞으로 기울어진 벽돌은 나무가 있어 화단임을 알았다. 건물 입구에 들어서면 삭막하고 서늘함에 털이 곤두선다. 빌려 쓰는 건물에, 언제 비워야 할지 모르는 곳. 입구에 있는 게시판에는 토

내 삶에 새긴 문장들

요 학교와 방학 중 열린 학교를 이용하는 친구들이 생활한 흔적이 있다. 삐뚤삐뚤 그려 넣은 얼굴, 색종이를 찢어 붙인 꽃과 나비, 펜으로 그린 낙서 자국이 있다. 노후 된 건물, 허름한 교실, 제대로 작동하지 않는 난방기를 본다. 어디서도 환영받지 못하는 아이들에게 허락된 공간에 감사한 마음이 들다가도 마주한 현실에 서글퍼졌다.

"회장님은 월급 받고 있죠? 평소에 사무실은 지키고 있나요? 저번에 가니 안 계시던데? 친구들보다 먼저 와서 맞이해주고, 마지막까지 자리를 지켜야 하는 것 아닌가요? 회장이 누구인지도 모르는 친구들이 많아요. 회장이면 회장답게 자리 지키고 있어야죠. 전 회장들은 지금처럼 안 했어요." 앞의 사업설명부터 회장의 거취 문제까지 L 이사는 지적사항이 많았다. 퍼붓는 말들에 죄송하다 고개 숙이는 회장님을 보고 있자니 답답했다. 다른 이사들도 입을 닫고 있었다. 모든 상황이 이해가 가지 않고 불편하다. 참석해 듣기만 했던 앞의 회의와 다르게 그날은 충동질이 일었다. 마지막으로 할 말이 있는 사람은 손을 들라 했다. 머뭇거리며 손을 들었다. 긴장한 탓에 손에 땀이 차고, 얼굴 근육이 굳는 느낌이 들었다. '참을 걸 그랬나?' 했지만, 용기를 내기로 했으니 질러보자 했다. "궁금한 것이 있는데요. 제가 이사가 된 지 얼마 되지 않아서, 오늘 설명한 것도 잘은 몰라요. 그런데 잘 모르는 제 눈에도 이상해 보이는 게 있어서요. 이사회가 청문회인가요? 싸우자고 이사회를 하나요? 회장님 앞에 혀놓고 청문회 하는 줄 알았거든요. 이사회가 원래 이런 건가요?" L 이사가 나를 쳐다본다. "거기. 이름이 뭐라고 했죠? 오늘 처음 보는 얼굴 같은데? 아. 홍정실 이사님은 아기가 몇 학년이에요?" 앞에 놓여 있는 이름표를 보고 내 얼굴로 시선을 옮기며 묻는다. '거기'라는 말에 기분이 상했다. "아직 학교는 안 들어갔고, 6살인데요? 왜요?" 최대한 불만을 담았다. 처진 안경테 위로 보는 눈에 조롱이 담겨 있다. 피식 웃고는 입술이 한쪽으로 비뚜름하게 올라간다. "애가 그렇게 어린데 벌써 이런 델 나왔어요? 난 우리 애 6살 때 집에서 울기만 했는데. 이사님은 아직 애가 어려서 뭘 모르죠?" 어린 학생을 대하는 듯한 말투다. 애가 장애라는 것을 알았으면 집에서 울고 있지 왜 나왔냐는 말처럼 들렸다. "저는 안 울었는데요? 애가 아픈 게 울 일인가요?" 맞은편에 앉은 회장님이 고개를 절레절레 흔들며 입 모양은 '하지 마' 한다. 말을 더 잇지는 않았다. 회의를 마치고 나갈 때, 언니들이 진정하라며 어깨를 토닥여 준다.

아이가 커갈수록, 내가 나이를 먹을수록, 용기로 맞서야 하는 일이 생길 것이다. 새끼 고슴도치처럼 나를, 아이를 지키기 위해 기꺼이 가시를 세워 보기로 했다. 겁이 나도, 도망가고 싶어도, 참고 맞서자 했다. 상처 주는 말에 몸을 숨기는 법을 배우고, 아픈 말에 방어하는 법을 익힌다. 약해 보이거나 만만해 보이지 않아야 한다. 내 아이는 내가 지킨다. 언젠가 홀로 서는 날이 올 거라는, 희미한 믿음을 가져 본다. 혹여 그런 날이 오지 않는다면, 내 힘이 닿는 순간까지 힘껏 살아 보려 한다. 타인의 손끝에서 상처받고, 누군가의 혀끝에서 좌절하지 않을 날이 올 때까지.

7

그냥 열심히 해라

황세정

영업 관리직으로 일하던 시절에는 자기 계발 도서를 주로 읽었다. 성격상 같이 일하는 사람들에게 강압적인 태도로 대하기는 어렵고, 함께 일하고 있으니 실적을 낼 수 있도록 도와줘야 했다. 건강관리를 위해 평소 식단 조절과 운동을 하는 것처럼, 인성이나 지배력도 일상에서 꾸준하게 쌓아 그들이 따르게 하는 방법이 이상적인 그림이라 생각했다. 하지만 없던 리더십이 갑자기 생기는 건 아니니, 링거를 맞는 심정으로 자기 계발서의 도움을 받았다. 그때 읽었던 책이 《타이탄의 도구》이다. 그 중 '다른 방법이 없을 때는 그냥 열심히 하라'라는 문구가 기억에 남는다. 알코올 중독자였던 셰이가 술을 끊겠다고 결심했지만, 술을 어떻게 끊어야 할지 몰라 고민하다 기억해 낸 할아버지의 말씀이다.

성인이 되고 나서야 하고자 하는 일에 열심을 내기 시작했다. 반면 어린 시절 나는 공부든 뭐든 열심히 하는 아이는 아니었다. 어떤 일에도 별로 관심이 없었고, 열심히 하는 것에 대한 막연한 두려움이 있었다. 사람들이 열심히 해야 한다는 것은 알지만, 그렇게 하지 않는 이유는 다양할 것이다. 나도 마찬가지다. 학창 시절 열심히 하지 못했던 이유 두 가지만 되짚어 보려고 한다.

첫 번째 이유로는 무엇을 열심히 해야 할지 모르기 때문이었다. 공부하려고 마음을 먹고 책상에 앉으면 먼저 책상 위를 지우개 가루 하나 없이 깨끗하게 치운 후, 공부 계획서를 짜다가 잠이 들었다. 과목은 많고, 진도를 따라잡기엔 늦었다. 마음 잡고 시작하려고 하니, 어디서부터 어떻게 할지 몰라 막막해 고민만 열심히 하다 잠이 든다. 그러다 눈을 뜨면 어느새 아침이 되어있다. 공부는 전혀 하지 못했다. 엉뚱한 데다 열심을 쏟은 결과다. 시간을 써 공부하려면 효율적으로 잘해야 한다고 생각한 듯하다. 공부하려고 시작한 그 시간은 시작조차 못 한 채, 무엇을 열심히 할까 망설이다 끝나버린다. 무엇인가를 열심히 하려고 마음먹었다면, 두려움 없이 '하고자 하는 것'을 그냥 열심히 하면 된다. 잘 할 수 있는 방법을 찾지 못하였다 하더라도 말이다.

두 번째 이유로는 결과를 생각하면 '열심히 하는 것'이 두려웠기 때문이다. 어느 날 딸이 "학생들이 시험 치기 전날 텔레비전을 보는 이유가 뭔지 아세요?"라고 물은 적이 있다. 스트레스 해소를 위해, 또는 공부하기 싫어서라고 대답하려다, 어릴 적 나의 모습이 떠올라 "시험을 못 칠 상황을 대비해 '어제 나 텔레비전 봤다'라는 도망갈 길을 미리 만들어 놓은 것이 아닐까?"라고 말한다. 나는 텔레비전도 보지 않고 죽어라 열심히 공부했는데, 시험 치는 날 한 친구가 '나는 어제 텔레비전을 너무 많이 봤다'라고 해놓곤 시험을 잘 쳤다고 생각해 보자. 그럼 내가 아무리 시험을 잘 쳤다 하더라도 뭔가 진 느낌이 든다. 놀아도 시험을 잘 친 그 친구는 머리가 좋고, 죽으라고 공부해야 시험 성적이 나오는 나는 '머리가 좋지 않나 보다'라는 생각도 든다. 결과를 생각하면 열심히 하는 것이 두려울 때가 있다. 열심히 했는데 결과가 좋지 않으면 나는 머리가 아둔하거나 센스 없는 사람인 듯한 느낌이 든다. 그러면서 '나는 어제 텔레비전을 봤다'라든가 '어제 공부하려고 했는데 잠이 들어 버렸다'와 같은 핑곗거리를 만든다.

중학생까지 나는 수업 시간에 잠을 자는 건 있을 수 없는 일이라고 생각했다. 잠이 오지도 않았고 나름대로 수업 시간이 재미있었다. 그러다 보니 시험 기간에 공부하지 않아도 시험 성적은 제법 나왔다. 수업이 재미있으면 그 분야에 더 관심을 가지고, 관련된 책을 찾아 읽고, 깊이 공부할 수 있다. 그러나 아쉽게도 학교 공부는 시험을 잘 치기 위해 하는 것인 양, 어느 정도의 성적에 만족하고 더 이상의 무엇인가는 하지 않았다. 공부를 열심히 하지 않아도 성적이 나쁘지 않은 친구 그 정도의 평가에 만족했다. 그러다 고등학생이 되니 학습해야 할 양은 많아지고 어려워졌다. 내가 할 수 있을 만큼, 내가 좋아하는 과목만큼은 배우고 익히며 '그냥 열심히' 하면 될 텐데 떨어지는 성적에 공부를 포기하고 방황했다.

이솝우화에 나오는 토끼와 거북 이야기는 누구나 알고 있는 이야기이다. 얼핏 보면 꾸준하게 기어간 거북이 잠든 토끼를 이기는 '과정'의 중요성을 이야기하는 것처럼 보인다. 사람마다 생각은 다르겠지만, 나는 이 이야기가 '결과'를 강조하고 있다고 생각한다. 사실상 거북은 토끼를 이길 수 없다. 토끼가 잠든 것이 기회가 되어 '이김'으로 이야기가 마무리되니 '그래 이기는 것이 중요한 거구나'라는 생각이 자연스럽게 든다. '이김'이란 결과에 주목하게 된다. 비록 이번에 운으로 이겼다 하더라도 거북은 육지에서 토끼보다 더 잘 달리는 건 아니다. 이긴 건 아무런 상관이 없다. 거북은 느리고 토끼는 빠르다. 달리는 것이 좋아 달리다 보면 달리기를 잘하는, 달리는 것을 좋아하는 거북이 된다. 여기에 누구보다 더 잘하는 같은 수식어는 필요하지 않다. 누군가를 이겨야만 하는 이유가 있을까? '그냥 열심히'의 결과는 '이김'이지 않아도 좋다.

존 클라센의 그림책 《샘과 데이브가 땅을 팠어요》라는 책에서 샘과 데이브는 월요일 아침, 어마어마하게 멋진 것을 찾아내기 위해 땅을 파기 시작한다. 그림에선 땅속에 커다란 다이아몬드가 여러 개 있지만, 샘과 데이브는 방향을 바꿔가며 '열심히' 땅을 파는 바람에 다이아몬드를 피해서 땅을 판다. 결국 다이아몬드를 찾지 못한다. 하지만 "정말 어마어마하게 멋졌어."라고 둘은 동시에 말하곤 집으로 돌아오는 모습으로 이야기는 끝이 난다. 그들이 땅을 파며 찾아낸 어마어마하게 멋진 것은 다이아몬드가 아닌 함께 도전해 나가는 과정이었다.

시험 성적이 잘 나오면 잘 나왔으니 놀았고, 성적이 엉망이면 엉망이라 배우는 것을 포기해버린 나는 결과 중심의 사람이었다. 나는 배우는 것을 좋아한다. 책도 소설책이나 에세이 보다 역사나 예술에 관한 교양 도서를 좋아한다. 외우는 것도 아니고 그렇다고 시험을 칠 것도 아니다. 그냥 몰랐던 것을 알게 되는 그 순간이 좋았다. 초등학교, 중학교, 고등학교 총 12년을 성적에 매여 배움의 즐거움을 놓쳐버린 그 시간이 아깝다. 좋은 결과를 얻기 위해서만 열심히 하는 것은 고달프고 힘들다. 그저 열심히 하다 보면 어떤 일엔 좋은 결과가 따라오기도 한다. 물론 그렇지 않을 때도 있지만, '나의 열심'으로 조금 더 성장하고 성숙하면 그만이다.

딸이 시험을 망치고 속상해할 때, 지금의 나는 공부의 필요성과 의미에 관해 설명한다. 딸이 성적에 연연하지 않았으면 좋겠다. 배움의 즐거움. 학창 시절 내가 느껴보지 못했던 성장과 변화의 기쁨을 내 딸은 느껴볼 수 있기를 바란다. 고등학교 2학년인 딸은 매일 대부분 시간을 '시험 점수'를 위해 사용하고 있다. 딸의 노력이, 그 많은 시간과 젊은 날의 땀방울이 성적이 아닌 성장을 위한 시간이 되길 소망해 본다.

'그냥 열심히 하라'라는 문장이, 나와 내 딸의 삶에도 스며들었으면 좋겠다. 삶의 방향과 목적을 두되, 성공과 승리가 아닌 과정과 성장의 즐거움을 위한 '열심'이면 한다.

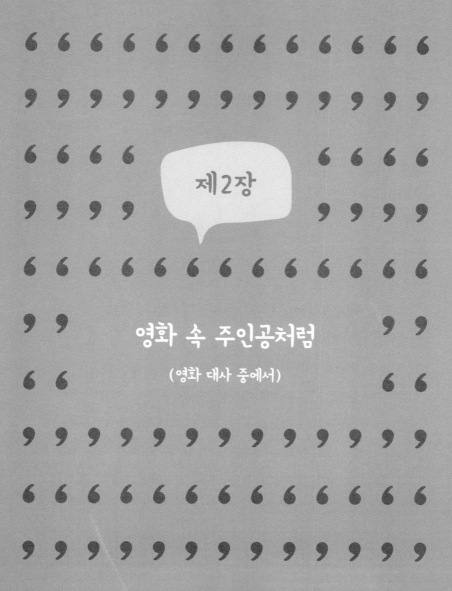

제2장

영화 속 주인공처럼

(영화 대사 중에서)

1

꿈의 마지노선

김주아

꿈을 이루기 위한 나이의 마지노선은 없다고 한다. 하지만 예외인 것이 있다.

그것은 바로 '미인대회'이다. 코로나로 작년 올해는 나이 제한이 풀렸지만 대부분 미인대회의 마지노선은 만 27세이다. 우리나라를 대표하는 MISS KOREA가 기본적으로 이 기준을 가지고 있으므로 여러 미인대회도 통상적으로 이 기준을 따르고 있다. 이 미인대회에 관심을 가지기 시작한 이유는 독서실 옆 버스 정류장에 미스코리아 참가 포스터가 붙여져 있었기 때문이다. 그 포스터를 보고 '이런 건 누가 나가는 거지?'의 '누가'

가 되고 싶었다. 포스터를 보면서 속으로 돈 조금 모으면 한 번쯤은 나가고 싶다는 생각을 은연중에 가지고 있었다. 시간이 흘러, 나는 한 지역연구원 안에 있는 청년센터라는 곳에서 일하게 되었고 돈을 조금씩 모았다. 수중에 돈이 있으니 자연스럽게 미인대회 나가고 싶다고 생각했다.

미인대회를 알아보면서 나의 생각은 점점 희미해졌다. 기본적으로 이런 미인대회에 나가려면 미인대회 학원을 등록해야 한다. 하지만 학원 등록비가 몇백만 원이었기 때문에 주저했다. 그리고 당선되는 친구들을 보면 뼈밖에 없는 친구들이 있었다. 말랐는데 얼굴은 정말 예뻤다. 신은 공평하지 않다고 생각했다. 다이어트를 하고 이것저것 알아보고 내년에 나가야 한다는 생각이 들었다. 하지만 신청자격란에 '만 27세'라는 글을 보게 되었다. 당시 나의 나이가 딱 마지노선이었고 내년에는 그 자격조차 얻을 수 없는 나이라는 사실을 알게 되었다. 30분 정도 고민했을까? 내가 사는 지역인 경남에서 대회가 열리는 시간이 2주조차 남지 않았지만, 신청했다. 어떻게 준비해야 할지 몰라 인터넷을 뒤지다 한 학원에 연락했다. 하지만 선생님께서 기간이 얼마 남지 않아 좋은 결과를 얻지 못할 것이라고 해주셨다. 그럼에도 불구하고 해보고 싶으면 선생님을 한 명 붙여주겠다고 말하였다. 마침 나와 비슷한 상황인 참가자가 한 명 더 있다고 하여 2명이 수업을 들었다. 수업의 내용은 어떻게 대회가 진행되는지, 어떤 말을 해야 하는지, 어떻게 걸어야 하는지, 다대일 면접에서는 어떤 질문이 나올 것인지_{많은 분은 모르겠지만 미스코리아는 15대1로 면접을 본다. 이를 인터뷰 심사라고 하는데 이때 진선미가 많이 갈리고 1, 2차 선정자들이 갈린다.} 등등 약 일주일 만에 이 모든 것을 배웠다. 수업은 들었지만 살은 빼지도 못한 채 대회에 나갔다. 입구부터 남달랐다. 저마다 몸이 드러나는 원피스를 입고 12cm 되는 구두를 아무렇지도 않게 신고 다니고 있었다. 내 키가 큰 편이라고 생각했었는데 그곳에 가니 평균에 머물러 있었다. 엘리베이터를 타면서 거울을 잠시 보았는데 화장이 얼마나 진했는지 여기서 눈물을 흘리면 눈 주변이 온통 검게 될 것만 같았다. 대회 첫날은 굽 높은 운동화를 신고 춤을 배운다. 걸그룹 춤을 배웠는데 하루 만에 모든 것을 다 배워야 해서 새벽까지 연습했다. 그다음 날 새벽에는 민낯 심사한다. 물티슈로 얼굴을 닦으면서 화장했는지 안 했는지 점검까지 하면서 심사를 한다. 민낯 심사 후 민낯 그대로 인터뷰 심사를 진행한다. 15명의 심사위원의 질문이 다 다르다. '경상남도의 자랑은 무엇인가요?', '경상남도를 어떻게 홍보하고 싶어요?' 등 다양한 질문이 오고 갔고 참가자 중 가장 고령자에게 하는 질문은 같았다. '왜 도전하게 되었나요?'라는 질문이었다.

"제가 제일 좋아하는 영화 중에 디즈니에서 만든 '피터 팬'이라는 만화 영화가 있습니다. 많은 대사 중에 가장 와닿는 대사가 '너에게는 꿈을 이룰 수 있는 시간은 충분히 있어'라는 대사입니다. 어릴 때나 지금이나 꿈은 마음만 먹으면 언제든지 이룰 수 있다고 생각을 해왔습니다. 하지만 그중에서 예외인 것이 바로 이 대회였습니다. 미스코리아라는 꿈을 꾼 지 얼마 되지 않았고 이 꿈을 이룰 수 있는 시간은 충분하지 않았습니다. 내년의 제가 후회를 남기지 않기 위해 올해 마지막인 나이로 도전하게 되었습니다."라고 답을 했다. 웃으면서 고개를 끄덕여주시기도 했고, 나이도 있고 직장도 있는데 이렇게 도전하기가 쉽지 않은데도 도전했다며 그 도전정신을 아끼지 말라는 조언도 해주셨다. 우여곡절 끝에 대회는 끝이 났고 나는 당연히 상을 타지 못했다. 이 대회를 위해 약 1년간 준비한 친구들이 넘쳤고 미스코리아 2수, 3수생들도 넘쳐났기 때문이다. 하지만 같이 인터뷰 심사해주시던 면접위원께서 다른 미인대회를 추천해 주셨다. 나의 27살의 꿈을 알아봐 주는 대회가 있을지도 모른다는 말과 함께 미스 그린 코리아라는 대회를 알려주셨다. 사실 그 대회는 미스코리아만큼 인지도가 있지 않은 대회였다. 하지만 그 대회의 마지노선도 올해까지라 지원했다. 준비하면서 스스로 질문을 많이 했다.

"여기 나가는 것이 정말 좋은 선택일까?", "대회 때문에 연차를 써야 하는데 힘들지 않을까?", "여기 나가지 않으면 많이 후회할까?" 등등 스스로 질문들을 던지며 대회를 겸허한 마음으로 준비했다.

혼자 퇴근하고 근처 연습실을 빌려서 워킹, 자기소개를 연습했다. 장기자랑으로 벨리댄스를 적었기 때문에 벨리댄스도 연습했다. 주말도 온통 연습으로 매진했다. 그 덕분에 저번 미스코리아 대회보다는 훨씬 자신 있고 준비된 모습으로 대회에 나갔다. 유명한 대회는 아니지만, 참여자들이 많았다. 모델 아카데미 친구들이 나오는 모습을 보면서 이번에도 상은 받지 못하겠다고 혼자 생각했다. 하지만 열심히 준비했으니까 결과에 후회는 없었다. 반쯤 수상의 기대를 놓고 대회에 참가하니 떨리지 않았다. 준비했던 것을 모두 보여줄 수 있었고 후련하게 시상을 기다리고 있었다. 대회가 길어졌던 터라 속으로 끝나고 뭐 먹지라는 생각을 하고 있었다. 수상자들을 호명했고 그 안에 내 이름이 있었다. 점점 수상자 인원은 줄어져 가고 진, 선, 미 후보자 세 명만이 있었다. 그중에 내가 있었다. 미美만 받아도 괜찮겠다고 생각했다. 하지만 미는 다른 친구의 이름이 불렸다. 어느새 진, 선만이 남았다. 사회자는 누가 진이 되었으면 좋겠냐는 뻔한 질문을 했다. 그곳에서 웃으면서 '당연히 제가 진이라고 생각합니다. 이 대회를 준비하면서 진眞이 안 될 것이라는 생각을 해본 적이 없습니다.'라는 뻔뻔스러운 거짓말 겸 소망을 이야기했다. 결과는 내가 진眞이었다. 얼떨떨한 상태로 왕관을 물려받고 사진도 찍고 대회를 마무리했다. 내 수상 소식을 친구들과 가족들에게 연락했고 이 대회를 추천해 준 선생님께도 연락했다. 다들 노력한 성과라 축하해 주었고 특히 선생님께서는 자기일 마냥 기뻐했다. 내가 디즈니 영화를 좋아하는 이유는 희망을 주는 대사가 거의 절반이기 때문이다. 디즈니 영화 '피터 팬'에서 피터 팬은 '너에게는 꿈을 이룰 수 있는 시간은 충분히 있어'라는 말을 한다. 나는 이 말에 많은 위로를 얻었다. 모두에게 꿈을 이룰 수 있는 시간은 충분히 있다. 다만 그 시간 안에서 스스로가 행동으로 옮기냐 안 옮기냐의 차이다. 오늘 새로운 꿈을 꾸었다면 시간은 충분히 있다. 열심히 하면 그 시간은 더더욱 줄어들 것이라는 것을 나는 안다.

2

과거로부터 도망치지 않을 용기

송슬기

아이 방학 숙제를 핑계로 집에서 영화를 보았다. 영화관에 가지 않아도 VOD나 OTT 서비스를 이용해 언제든 영화를 볼 수 있으니 참 편리한 세상이다. 아이들과 함께 볼만한 영화를 고민하다 디즈니사의 〈라이온 킹〉을 골랐다.

셰익스피어의 고전 《햄릿》을 모티브로 삼은 이 영화는, 아프리카 초원을 배경으로 어린 사자 심바의 성장 이야기를 담고 있다. 사자 왕인 아버지가 삼촌의 계략으로 죽게 되고 힘이 없는 주인공은 무리로부터 도망친다. 이후, 티몬과 품바라는 친구를 만나 근심·걱정 없이 사는 것에 만족하며 살아간다. 아버지에 대한 복수, 죽음에 대한 진실, 자신의 정체성이라는 갈등을 외면하고 현실을 회피한 채 성장한다. 우연히 어린 시절 함께 지낸 암사자 날라를 만나 과거를 마주하고, 악당인 삼촌을 물리쳐 다시 왕위를 되찾는다는 내용이다.

어린 시절, 〈라이온 킹〉을 볼 때면 내용과 영상도 좋아했지만, 영화 중간에 나오는 '하쿠나 마타타'라는 노래를 더 좋아했다. 스와힐리어로 '문제없다'는 뜻인데, "근심·걱정을 모두 떨쳐 버려"라고 번역하고 있다. 주인공이 좌절하고 힘들어할 때, 골치 아픈 지난 일은 잊고 현재에 충실하면 된다고 위로를 건네며 부르는 노래이다. "과거는 흘러갔고 어쩔 수 없는 거야"라는 가사로 노래를 따라 부를 때면 걱정하는 일들이 정말 아무 문제도 아닌 것처럼 느껴졌다. 경쾌한 멜로디가 마치 아무리 힘든 과거일지라도, 현재는 긍정적으로 살아야 한다고 말하는 것 같았다.

한 권의 책을 다시 읽을 때면 인상 깊은 구절이 다르듯, 영화도 마찬가지다. 내가 세상의 주인공인 줄로 알았던 어린 시절엔 심바의 대사에만 공감했었다. 어른이 되어 영화를 다시 보니, 등장 시간이 몇 분 되지 않는 원숭이 할아버지 라피카가 하는 말이 더 의미 있게 다가왔다.

"Oh yes, the past can hurt. But from the way, I see it. You can either run from it or learn from it" 그렇지. 과거가 상처가 될 수도 있어. 하지만, 너에게는 선택지가 있어. 그 과거로부터 도망칠지 아니면 그 과거부터 배울지 말이야.

나는 번아웃을 경험했다. 과거, 열심히 노력하며 치열하게 살았었다. 노력이 좋은 결과를 가져오지 않을 수도 있다는 것, 뒤늦게 알았다. 패배감도 느꼈었다. 내 뜻대로 되는 일 없다며 주변 탓도 많이 했다. 애를 써도 잘되지 않을 때면, 나를 부정 적으로 내몰았다. 그 무엇도 성취할 수 없을 것 같은 절망과 우 울한 감정은 자존감까지 바닥으로 떨어뜨렸다. 도전이나 시작 은 엄두를 낼 수도 없었다. 포기도 자주 했다. 실패가 두려워 아무것도 하지 않았다. 무기력이었다. '아무것도 하지 않으면 괜 찮을까?' 생각하며 흘러가는 대로 살았지만 편하지 않았다. 마 음이 문제였다.

글을 썼다. 힘들었던 과거를 마주하지 않고 도망친다면, 더 이상 나아갈 수 없다는 것도 배웠다. 무기력을 극복해야 했다. 다양한 시도 끝에 내게 도움이 되었던 몇 가지 방법도 알았다.

내 삶에 새긴 문장들

첫째, 솔직한 감정을 인정하고 받아들인다.

"솔직히 기분 안 좋은 건 팩트예요. 오늘 슬프고 내일 괜찮으면 되죠." 유명 아이돌 그룹 BTS가 기대와 달리 그래미상을 받지 못했을 때 한 말이다. 솔직한 기분을 인정하고 해소한 뒤, 내일부터 기분 좋게 다시 시작할 것이라는 긍정적인 태도가 곧 성장이었다.

과거의 상처들을 이야기로 썼다. 처음에는 불편한 감정을 받아들이기 위해 용기가 필요했다. 부정적인 감정, 부끄러운 감정, 심지어는 욕도 썼다. 생각과 글은 달랐다. 글을 쓰고 보니 솔직한 마음을 알 수 있었다. 내 행동의 이유도 알게 되니, 과거의 사실을 좀 더 객관적으로 받아들이는 데에도 도움이 되었다. 다르게 생각하니 다시 시작할 마음도 생겼다.

둘째, 현실적이면서도 작고 사소한 목표부터 세운다.

블로그에 '매일 반드시 점이라도 하나 찍자!'라는 목표로 글을 쓴다. 독서 노트, 강의 후기, 아이들과의 일상까지 나만의 방식으로 글을 쓴다. 컴퓨터를 사용하기 여의치 않은 날에는 핸드폰을 이용하기도 한다. 단상을 짤막하게 쓰는 날도 있다. 멋진 문장이 아니어도 괜찮았다. 내가 세운 목표대로 글을 쓰니 성취감이 생겼다. 작고 사소한 목표지만 삶을 계획한 대로,

주도적으로 살았다는 생각이 들었다. 자신감도 생겼다. 아무것도 하지 않았던 부정적인 사람에서 '할 수 있는 사람'이 되니 생각도 점점 긍정적으로 바뀌었다.

셋째, 고민보다 Go! 그냥 한다.

올해 초, 새벽에 일어나 조깅을 시작했다. 처음 3일은 열심히 했지만, 결국 오래 가지 않았다. 비가 오면 감기 걸릴까 봐, 10분 늦게 일어나서 조깅하고 나면 지각할까 봐…. 고민만 했다. 핑계였다. 처음 글을 쓸 때도 마찬가지였다. '끝까지 쓸 수 있을까?' '내 이야기가 책이 될 수 있을까?' 이런 생각 많이 했었다.

"일단, 하면 된다"라는 말에 고민하지 않고 시작 했다. 꾸준함, 끈기, 습관 같은 단어들을 떠올리니 시작도 전에 숨이 막힐 것 같았다. 단순하게 생각했다. 오로지 '한다'에만 집중했다. 잘해야 한다는 부담감을 내려놓고 그냥 하니 더 이상 실행이 어렵지 않았다.

글을 쓰면서 배웠다. 쓰다 보면 널뛰던 마음도 차분해진다. 과거의 경험이나 상처로부터 도망치지 않는다. 마주하는 용기도 생긴다. 과거를 바꾸는 것은 불가능하지만 다가오는 미래는 다르다. 근심·걱정하지 않는다. 할 수 없다고 생각하지 않고, 할 수 있는 일에 집중한다. 일상을 쓰며 소중하고 귀한 것을 알아간다. 과거는 흘러갔고 돌이킬 수 없는 일에 주저앉지 않고 나아간다.

Hakuna Matata! 하쿠나 마타타! 그렇게 외친다.

조금 느려도 괜찮아

안영란

첫돌이 지나고 외갓집으로 왔다. 할머니는 성격이 불같았다. 꾸물대는 걸 싫어하셨다. '시작했으면 끝을 봐야 한다.' '잘해야 한다.' '사람이 돼라.'고 하셨다. '사람의 도리'를 강조하셨다. 할머니의 말씀을 따르려고 노력했지만 버거웠다. 나이를 먹을수록 '사람의 도리'라는 게 뭔지 사람의 도리를 지키고 있는지 고민하는 시간이 늘어 갔다. 자신감이 없어졌다. 시작하는 것이 두려웠다. 잘할 수 없을 것 같아서 주저했고, 잘하고 있는지 확신이 없어 좌절했다. 무언가를 스스로 결정할 수 없었다. 하나에서 열까지 할머니께 물어보고 행동하는 해야 안심되었다.

나이가 들어도 새로운 일에 도전하기 어려웠고, 잘해야 한다는 생각에 부담이 컸다. 잘하고 있는지 누군가에게 수시로 확인받아야 마음이 놓였다.

엄마는 몸이 약했다. 할머니는 가끔 이웃이 기르던 염소를 판매한다고 하면 엄마를 위해 뭉돈을 주고 사셨다. 엄마에게 이로운 약초를 캐다가 밤, 대추, 은행, 꿀을 넣고 푹 달여 나의 손에 들려 보내셨다. 학창 시절 빈손으로 마산에 가는 것이 소원이었다. 검은 봉지가 싫어서 던져 버리고 싶었다. 농사지은 곡식이나 먹거리를 들고 가는 것이 싫었지만 엄마와 동생들이 맛있게 먹을 생각하며 마음을 고쳐먹은 적이 많았다. 내가 10살 때 뒷집 염소가 비닐을 삼키고 죽었다. 할머니는 염소를 엄마에게 전해주고 오라고 했다. 사촌 오빠가 마산에 간다는 이야기를 듣고 집까지 데려다주라고 하셨다. "영란아! 오빠가 친구를 만나서 좀 놀다가 늦게 갈려는 데 어쩔래? 먼저 갈래?" 어린 사촌 동생이 귀찮았는지 친구를 만났다는 핑계로 나를 먼저 보내고 싶어 했다. "오빠야 먼저 갈게. 혼자 갈 수 있다." "혼자 가도 되겠나? 그럼 오빠가 차표 끊어줄게" 오빠는 버스 짐칸에 상자를 넣어주었다. 시외버스에서 내려 왕복 8차선 도로를 염소가 든 상자를 들고 건넜다. 길을 건너는 사람들 틈에서 부지런히 걸었다. 건널목을 다 건너기 전에 신호등이 빨간불로 바뀔까 조마조마했다. 시내버스를 타려고 버스 정류장에 섰다. 버스를 타면 큰길에서 내려 집까지 걸어야 했다. 걸어갈 생각을 하니 염소의 무게가 느껴졌다. 마음을 바꾸고 택시를 탔다. "아저씨! 마여상이요" 우리 집은 이사를 자주 다녔다. 마산 여자상업고등학교 아래 주택으로 이사하는 날 다녀오고 두 번째 가는 길이었다. 택시가 출발했고 얼마 못 가 다른 손님을 태웠다. 그 시절 합승이 빈번했다. 목적지에 다 왔다며, 큰 길가에 나를 내려주고 택시는 희뿌연 연기를 내뿜고 가버렸다. 걸음을 옮겼다. 집에 도착할 때쯤 손에 감각이 없어졌다. 힘들어 눈물이 났다. 합승하지 않았다면 집 앞까지 편히 왔을 텐데. 택시 기사가 야속했다. 엄마는 혼자 집을 찾아온 나를 대견해하셨다. 점심 끼니를 놓친 나를 위해 밥상을 차리셨다. 밥상엔 콩나물무침과 김칫국이 전부였지만, 진수성찬이었다. 엄마가 끓여 주는 김칫국을 좋아했다. 잘 익은 김장 김치를 숭숭 썰어 넣고, 라면수프로 맛을 낸 김칫국만 있으면 밥 한 그릇을 비웠다. 방학 중 집에 가면 일주일 내내 김칫국만 먹었다. 다른 국을 준다고 해도 싫다 할 정도로 좋아했다.

할머니는 내가 아플 때 잘 익은 김치를 듬성듬성 썰어 넣고 직접 키운 콩나물을 한 줌과 식은 밥 한 덩이, 염장한 갈치 몇 토막을 넣고 갱죽을 끓이셨다. 갈치의 비릿한 맛이 싫어 넣지 말라 말해도 소용없었다. 갱죽을 먹고 나면 기운이 났다. 나는 할머니와 엄마가 그리울 때면 갱죽과 김칫국을 끓여 먹는다.

"그 어린애를 혼자 보내면 어쩌노! 그러다 애 잃어버리면 어쩌려고 니가 정신이 있나 없나!" 내가 혼자 간 것을 알게 된 이모는 오빠를 다그쳤다. "딸 많은데 하나 잃어버리면 어때서! 혹시 아나. 부잣집에 입양되어 친부모 찾아올지." 능청스러운 오빠의 대답에 이모는 무척 화를 내셨다고 했다. 10살짜리 애가 혼자 염소 한 마리를 들고 집을 찾아간 이야기는 이모들 사이에서 화제가 되었다. 나는 미아가 됐을지도 모를 그날 이후 친척들에게 "염소 한 마리"라는 별명으로 불렸다.

이모가 다섯 명이다. 우리 집은 형편이 어려웠고, 집안일을 발 벗고 나서서 도와주는 이모들이 고마웠다. 막내 이모만 도시에 살았고, 다른 이모들은 외갓집 근처에서 농사를 지으셨다. 고마운 마음을 농사일을 도와드리는 것으로 표현했다. 아마 그렇게 하는 것이 할머니가 늘 강조하시던 사람의 도리라고 생각했다. 초등학생 때 '가정실습'이 있었다. 농번기에 일손을 보낼 수 있게 3일 단기 방학이었다. 양파 농사를 짓는 큰 이모 댁에서 먹고 자면서 양파 수확을 도왔다. 오뉴월 땡볕에서 흙먼지 날리는 양파를 망에 담고 추스르는 작업은 손톱 밑이 아릴 만큼 힘들었다. 하지만 몸이 고될수록 마음은 가벼웠다.

고등학교 3학년 늦가을 창원으로 취업을 나갔었다. 실업계 고등학교라 3학년 2학기가 되면 대부분 취업을 나가야 했다. 집에서 엄마가 해주는 밥을 먹으며 회사에 다녔다. 떨어져 지낸 시간이 길어서였는지 가족들 틈에서 이방인 같았다. 다정하지 않은 나는 가족과 보내는 시간이 어색했다. 엄마는 나를 손님처럼 어려워했다. 잠자리가 바뀐 탓에 늦잠 자는 날 아침을 먹지 못하고 출근하면 엄마는 미안해했다. 회사로 가는 길가에 개나리가 철모르고 피어있었다. 생뚱맞은 개나리를 보며 나의 모습 같았다. 여기는 내가 있을 곳이 아님을 알았다. 할머니가 보고 싶었다. 할머니의 꾸중도 그리웠다. 보름 만에 회사를 그만두고 돌아왔다. 시골이라 취업의 기회가 적어 취직을 못 하고 한동안 집에만 있었다. 첫 회사를 오래 다니지 못했다는 생각에 힘들었다.

시간만 축내는 베짱이 같았다. 대학 진학은 애초에 생각하지 않았다. 등록금이 없거니와 시간과 돈이 아깝게 느껴졌다. 어서 돈을 벌어 집안에 보탬이 되고 앞가림 해야 한다는 생각이 간절했다. 그해 겨울 친구의 소개로 집근처 건설 회사에 취직했다. 잘할 수 있을까 걱정이 앞섰다. 할머니가 말하던 '시작했으면 끝을 봐라.'를 되뇌며, 최선을 다하자 다짐했다.

둘째 아이가 클수록 손이 많이 갔다. 발달 장애가 있는 아이는 스스로 할 수 있는 게 없었다. 회사에 다니며 치료센터에 꾸준히 다녔다. 수업을 마치고 상담 시간에 선생님은 내게 나만의 시간을 가지라고 하셨다. 지쳐 보이기도 하고 아이에게 무언가를 해줘야 한다는 심리적 압박이 심해 보인다 했다. 알고 있지만 쉽지 않았다. 쉬는 시간 혼자만의 시간이 어색했다. 몸을 움직이지 않으면 불안했다. 시간을 허투루 보내는 것 같아 가시방석이었다.

우연히 "걷기왕"이라는 영화를 봤다. 선천적 멀미 증후군으로 교통수단을 탈 수 없는 주인공 만복은 왕복 4시간을 걸어 등교했다. 매사에 의욕없던 만복이는 담임선생님이 권유한 "경보"라는 빠르게 걷는 운동을 시작한다. 공부는 싫고 운동은 쉬워보여 시작했던 만복은 자신도 할 수 있다는 희망을 가지게 된다. "내가 왜 이렇게 빨리 걸었지? 가끔은 천천히 걸어도 되지 않을까?" 전국체육대회에 참가한 만복이 경기 중 다른 선수의 발에 걸려 넘어지고 나서야 주위를 둘러보며 읊던 대사에 머리를 한 대 얻어맞은 듯 멍해졌다. 자신만의 속도로 걷는 만복의 곁에 속도를 맞추어 걷는 이들이 있다. 만복은 행복하게 웃으며 영화는 끝났다. 나를 돌아보게 되었다. 누구도 내게 빠르게, 바쁘게 살라고 한 사람은 없었다. 그렇게 살지 않으면 안될 것 같은 나 자신 뿐이었다. '왜 그리 종종거리며 쫓기듯 살았을까?' 회사를 그만뒀다. 22년 다닌 회사였지만 미련은 없었다.

이제 천천히 걷고 싶다. 천천히 걸어도 되지 않을까? 나만의 속도로 걷자. 조금 느려도 괜찮다.

10원어치의 사명감

오기택

　불편한 다리, 남들보다 조금 떨어지는 지능을 가진 외톨이 소년 '포레스트 검프'는 헌신적이고 강인한 어머니의 보살핌과 콩깍지 첫사랑 소녀 '제니'와의 만남으로 사회의 편견과 괴롭힘 속에서도 따뜻하고 순수한 마음으로 성장한다. 영화《포레스트 검프》의 주인공 이야기다. 1994년 10월 개봉한 이 영화는 초등학교 6학년 때 나온 영화다. 개봉 1년이 지나고 비디오 대여점에서 빌려본 영화다. 중학교 1학년 사춘기 감성으로 보아도 건전한 내용의 영화다. 배우 톰 행크스가 주인공을 맡았다. 영화 포스터에는 '모든 장애물을 뛰어넘은 한 남자의 인생, 세상에서 가장 아름다운 달리기'라고 돼 있다. 영화를 보고 한 줄 평을 한다면, 내가 할 수 있는 일을 찾고, 사람들과의 관계에서 주변을 바꾸려 하지 않고, 내가 할 일을 열심히 하는 청년, '할 수 있는 일에 전념하는 순수한 청년'이 되고자 한다면 꼭 봐야 하는 영화라 쓰고 싶다.

여느 날과 같이 또래들의 괴롭힘을 피해 도망치던 포레스트는 누구보다 빠르게 달릴 수 있는 자신의 재능을 깨닫고 늘 달리는 삶을 살아간다. 포레스트의 재능을 발견한 대학에서 그를 발탁하고, 미식축구 선수가 된다. 졸업 후에도 뛰어난 신체 능력으로 군에 들어가 누구도 예상하지 못한 성과를 거두고 무공훈장을 받는 등 탄탄한 인생의 가도에 오르게 된다. 하지만 영원히 행복할 것만 같았던 시간도 잠시, 어머니가 병에 걸려 죽음을 맞이하고 첫사랑 제니 역시 그의 곁을 떠나며 다시 한 번 인생의 전환점을 맞이하게 된다. 남들보다 조금 떨어지는 주인공은 늘 자기가 할 수 있는 것을 묵묵히 하다가 자신의 재능을 발견한다. 뒤처질 수밖에 없는 삶, 그러나 불편하지 않고 자신이 할 수 있는 것을 하다 보면 뜻하지 않은 행운을 얻게 된다. 자신이 할 수 있는 것을 하고 하루하루를 살아간다. 주인공은 불평 불만하지 않고 열심히 살아간다. 어떤 사명감으로 살아가는지 콕 집어 말하지는 않는다. 관객은 보고 느낄 뿐이다. 나는 주인공이 할 수 있는 일을 묵묵히 해 나감에 남다른 사명감이 있다고 생각했다. 세상을 살아갈 때 마음의 기준이 되는 것이 사명감이라 생각했다.

어떤 직장이나 마찬가지로 신입사원에게 중책을 맡기지는 않는다. 선배들보다 업무 경험과 능력이 적기 때문이다. 공무원으로 신규 임용되면 6개월간 시보 기간이 있다. 이 기간에는 업무를 배우고 익혀가는 과정이다. 시보는 공무원이 아니라고 한다. 책임질 만한 업무도 없을뿐더러 맡기지도 않는다. 다만 음주운전이나 본인의 과실로 임용이 취소될 수도 있으니, 각별히 조심해야 하는 기간이다. 경험상 시보 기간에는 시키는 일 잘하고 일상에서 신분상 불이익이 없도록 행동을 조심해야 할 때다. 군북면사무소로 첫 발령을 받았다. 동기 한 명이 같이 갔는데, 그 친구는 민원실로, 나는 총무 담당에 배치되었다. 민원실은 일반적으로 알고 있는 주민등록 등 초본, 가족관계증명서 등 즉결 증명 발급업무를 주로 한다. 총무 담당에서는 직원 4명이 각 사무분장에 따라 일한다. 내가 처음 맡은 일은 민방위 업무와 소외계층주로 기초생활 수급자 및 차상위계층 등에게 종량제봉투를 배부하는 일이었다. 연차가 일 년 이상만 되어도 아무 어려움 없는 일이다. 장부에 배부 수량을 적고 서명받아서 배정된 양만큼 배부하면 되는 일이었다. 분기별 지급을 원칙으로 한다.

매 분기 첫 달인 1월, 4월, 7월, 10월에는 사람들이 많이 몰린다. 장날이면, 나선 김에 봉투 찾으러 오는 사람들이 훨씬 많았다. 익숙지 않은 업무 때문에 나름의 고충은 있었다. 봉투 낱장을 세어 배부하는데, 어떤 분한테는 한 장이 더 가고, 또 다른 분한테는 한 장을 덜 나눠주는 일도 있었다. 잘못 나눠준 걸 알면서도 밀어닥치는 사람들 통에 정리도 못 하고 계속 배부해야 했다. 장부를 2개로 만들어 기록하다 보니, 일만 늘었다. 실제 배부한 내용과 서류상 맞게 만든 장부 한 권과 기준에 맞게 배부했다고 거짓으로 작성하는 장부를 각각 만들었다. 떳떳하게 일할 수 없었다. 혼자 끙끙대다가 바로 위 선배에게 물어서 해결하기는 했다. 월 단위 배부 수량 점검해서 차이만큼 마트에서 다시 구매해서 채워 넣었다. 시보였지만 부끄러웠다. 나눠주는 일, 베푸는 일을 하면서도 떳떳하지 못했다. 그래도 일에 익숙해지면 나아질 거라 생각했다. 일은 다른 데서 터졌다.

봉투를 나눠 주다 보면, 정해진 양보다 많이 달라는 사람들이 있다. 주로 억지 쓰는 할머니들이었다. 설명해도 막무가내였다. 실랑이 끝에 결국 소리를 치고 말았다. 말도 안 되는 억지를 부린다며 같이 언성을 높이고 말았다. 주위에서 무슨 일이냐고 물었다. 상황을 설명했지만 알고 있었다. 하지 않아도 될 일을 해놓고 핑계만 대는 꼴이었다. 내 행동이 잘못됐다고 인정하지 않고 변명만 늘어놓았다. 그 일을 겪고, '사명감'을 다시 한 번 생각했다. 군인에게 사명감은 나라를 지키고 국가에 헌신하는 것일 테고, 경찰이라면 시민들이 안전한 생활을 할 수 있도록 치안이나 주민 안전을 책임지는 것이라 생각한다. 내가 생각하는 사명감은 그것들과 다르다. 공직자라면 민원인을 대할 때 '예의'를 갖춰야 한다. 예의는 '예절'과는 성격을 조금 달리한다. 예의禮儀 는 경의를 뜻하는 몸가짐, 존경의 뜻을 표기하 위해 마땅히 가져야 할 행동을 말한다. 예절禮節 은 '에티켓'처럼 인간관계에 있어서 사회적 지위에 따라 행동을 규제하는 규칙과 관습의 체계라 한다. 나에게 사명감이란 '예의'다. 그날 이후 나의 사명감은 더 확고해졌다. 경력이 늘수록 당연히 지켜야 할 예의가 점점 무뎌질 수 있기 때문에 나만의 만트라로 만든 것이 '10원어치의 사명감은 갖고 살자' 이다. 아니 퇴직하는 그 날 까지 10원어치의 사명감은 갖고 살자. 그 할머니께 무례한 행동을 한 이후 나름의 죄책감을 씻어 보려 했다. 9년째 이어오고 있는 매월 3만원 씩 지정기부금을 낸다. 기부하는 작은 성의로 그날의 교훈을 잊지 않으려 한다.

걷기 시작한 지 1년이 좀 넘은 세 살배기 딸이 말했다. 얼마 전 포도를 먹고는 '포도가 새콤하니 맛있네.'라고. 엄마! 아빠! 라고 부른 게 엊그젠데 단어가 아닌 문장으로 말했다. 동화책을 읽어주거나 낱말 카드를 갖고 놀 때 '새콤하다, 달달하다.'는 말을 한 적 있지만, 이제 겨우 28개월 된 아이가 그런 표현을 기억하고 있다는 것이 놀랍다. 이 말 저 말 하라고 알려준 적 없다. 읽어줬을 뿐이다. 아이는 그저 생활 속에서 익힌 것이다. 삶의 기본이라 여기는 예의를 잘 배워 가정교육 잘 받은 아이로 키우고 싶다.

시보 시절 실수를 계기로 예의를 나만의 사명감으로 여겼다. 이제는 집에서 아이와 놀 때도 말과 행동을 조심하려 한다. 직장에서건 일상생활에서건 지키려 하는 예의, 세 살 먹은 아이에게만 강요할 수 없다. 보여주는 게 최선이다. 집에서부터 아빠가 해야 할 일이고, 할 수 있는 일이다. 일방적으로 가르치지 않고 행동하고 보여주려 한다. 그렇게 쌓이고 쌓여 십 원어치 사명감이 백 원 정도 되면, 내가 할 수 있는 일 잘하고 살았다고 칭찬하는 날이 오지 않을까 생각한다.

인생은 아름다워

조연교

나는 1997년 고2에 IMF를 겪었고, 1999년 대학에 입학하였다. 그 시절 나는 한국의 잘 짜인 교육제도에 길든 햄스터 같은 아이였다. 규칙적인 쳇바퀴에 순종하며 눈에 띄지 않았기 때문에 남들이 다 겪는다는 사춘기 시절 반항에 관한 기억이 별로 없다. 내면에서 어렴풋이 짐작되는 미래에 대한 막연함과 불안을 어떻게 표현해야 할지 겁이 났다. 징징거린다고 해결될 수 있는 문제가 아니라는 것을 알고 있었다. 부모님의 어려움을 알고 있었기에 철이 좀 일찍 들었던 것 같다. 나는 IMF를 겪고 있는 넉넉하지 않은 집의 장녀였고, 내 적성이 무엇인지 찾아볼 기회가 주어지지 않았으며, 스스로 적성을 찾아 나설 만큼 똑똑하지도 않았다. 만약 원하는 진로를 운 좋게 찾았다 해도 그것이 부모님께 요구할 수 있는 것인지 따져봐야 했을 테고, 무리다 싶으면 입 밖으로 내뱉지 못했을 것이다.

고등학생 시절 친구들과의 대화는 주로 자신에게 펼쳐질 미래에 관한 것이었다. 친구들의 소원은 좋은 대학, 성적, 교우관계 정도로 정리되는 듯했다. 그런데 나는 왜 사는지, 인생의 의미가 무엇이지, 무엇을 해야 하는지, 어떻게 해야 조금 더 행복해질 수 있는지가 궁금하였다. 이런 고민에 조언해줄 사람은 아무도 없었다. 이 상황에서 학창 시절 가장 중대했던 진로 선택은 '원해서'가 아니라 '적당히'로 결정되었다. 적당히 성적에 맞춰 안전한 간호대학에 원서를 넣자는 담임 선생님의 제안에 순순히 동의하였다.

간호대학은 고등학교의 연장 같았다. 초등학교 이후 여중, 여고를 다녔는데, 간호대 약 50명 정원에 남학생이 1명이었다. 상황이 이렇다 보니 내가 꿈꾸던 대학생활의 낭만은 눈을 씻고도 찾아볼 수 없었다. 시간표조차 통보되는 빡빡한 커리큘럼을 따라야 했다. 그나마 1학년 수업은 교양수업으로만 구성되어 있어 시간적 여유가 있었는데, 갑작스럽게 주어진 시간을 어떻게 사용해야 할지 몰라 우왕좌왕했다. 시간이 갈수록 '이 길이 과연 내 길인가' 의문이 더해갔지만, 다른 길도 알지 못하는 것이 매한가지라 생각하니 이러지도 저러지도 못하고 짜증만 났다. 사소한 일에도 화를 내는 큰딸이 안쓰러웠는지 엄마는 재수를 권유했다. 고3인 여동생과 중학생인 남동생을 생각하니 내겐 그럴 용기도 없었다. 내가 무엇이 되고 싶은지, 재수해서 어디를 가야 할지 알지 못해서 동생들을 핑계 삼았던 것인지도 몰랐다. 학교와 집만 오가던 대학 시절의 어느 날, 넘쳐나는 시간을 주체하지 못하고 영화관을 어슬렁거리다가 《인생은 아름다워》라는 영화와 마주하게 된 것이다.

나는 인생을 유머로 가볍게 살아간다는 것을 경험하거나 가까이에서 본 적이 없다. 항상 무거운 주제를 자신에게 던지며 살았다. 해결되지 않는 주제에 매달려 인생을 허비한 것일지도 모른다. 이 영화의 주인공 귀도는 생사의 갈림길에서도 아들의 안전과 희망을 주기 위해 위트 있는 행동으로 인생을 '가볍게' 사는 사람이었다.

영화를 보는 내내 어떤 위급한 상황에서도 주인공은 웃고 있었고 행복해 보였다. 영화를 처음 봤을 당시에는 뭐가 뭔지도 모른 채 눈물과 웃음이 범벅이 된 채 돌아왔다. 여운이 꽤 길

게 남았지만 나도 귀도처럼 인생을 가볍게 살 수 있는 능력이
있는 사람이라는 생각을 감히 하지 못했다. 그냥 영화 속 가상
의 인물이라 가능하다고만 생각했다.

　세월이 흘러 어느덧 대학을 졸업하였고 어엿한 대형병원의
혈액종양내과 간호사가 되었다. 그곳에서 나는 운명처럼 말기
암 진단을 받은 한 환자를 만나게 되었다. 내가 있었던 혈액종
양내과는 백혈병 환자 병동이었다. 혈액암에 대한 치료는 조혈
기능을 담당하는 골수에 독한 항암제를 사용하여 암세포를 없
애는 것이 가장 먼저이다. 항암제로 인해 조혈 기능이 제대로
작동되지 않으면 우리 몸의 면역을 담당하는 백혈구 수가 감소
하여 감염에 매우 취약해진다. 자칫 감염으로 열이 나면 환자
가 받는 고통이 이만저만이 아니다. 따라서 환자들은 늘 예민하
고 까다로웠다. 자신의 생사가 달린 치료이다 보니 그 절실함을
생각하면 충분히 이해되고도 남는 일이었다.

　어느 날, 나이트 근무를 하던 중이었다. 새벽 1시가 조금 넘
자 한 환자가 담당 간호사인 나를 호출하였다. 도통 잠이 안 온
다는 것이었다. 나는 수면제 대신 멸균우유를 따끈하게 데워
그에게 건네었다. 그는 급성백혈병을 진단받은 40대 후반의 남
자 환자였다. 2년 전부터 여러 번의 독한 항암제 치료를 거쳤고

다행히 조직이 일치하는 공여자를 만나 조혈모세포 이식을 받았다. 그러나 끈질긴 암은 곧 재발하였다. 환자의 담당 교수님은 여태까지 받아온 치료 과정을 반복하자고 권유했으나, 환자는 매우 지쳐있는 듯했다. 엎친 데 덮친 격으로 이식 부작용이 그를 지독히 괴롭혔다. 많은 처방이 오가는 낮 근무가 아니었기에, 나도 시간이 좀 나서 그 환자 옆에 앉아 대화를 나누게 되었다.

몇 마디를 나누던 중 그에게서 상상하지도 못한 의외의 이야기를 듣게 되었다. 그는 자신이 살았던 삶에서 지금이 제일 감사하고 행복하다는 것이었다. 이게 도대체 무슨 말이지? 처음에는 이해가 되지 않아 어안이 벙벙하였다. 그에게는 예쁜 아내와 토끼 같은 아이들이 있었다. 예전의 자신은 미래를 위해 앞만 보고 달렸고 자신과 가족을 제대로 돌보지 못했다. 그러다 보니 아내가 그렇게 예쁜지 몰랐다. 아이들이 이토록 사랑스러운 줄 알지 못했다. 그러나 병을 얻은 후 자신이 쫓던 모든 것을 내려놓게 되었고, 그때에야 비로소 인생이 놀라울 정도로 감사한 삶이었음을 알게 되었다고 말했다. 그는 마지막으로 나를 위한 조언을 잊지 않았다. '자신이 얼마나 많은 것을 누리며 살고 있는지 생각하고, 작은 일에도 감사할 수 있는 마음에 집중하라고 했다. 그런 마음을 갖게 된다면 인생은 결코 무겁지 않게! 가볍게! 즐기며 살아갈 수 있다는 것이었다.' 그 환자는 얼마 지나지 않아 건강 상태가 악화되어 결국 생사를 달리하셨다. 나는 아마도 그분과의 대화를 평생 잊지 못할 것 같다.

《인생은 아름다워》의 주인공 귀도는 웃으며 이렇게 말한다. "아들아, 아무리 처한 현실이 이러해도 인생은 정말 아름다운 것이란다."

그 환자는 생사의 갈림길에서 알게 된 엄청난 깨달음을 무겁게 살아가던 20대 간호사에게 전함으로써 큰 울림을 주었다. 나는 그 시절, 인생의 의미만 찾다가 눈앞에 있는 파랑새를 보지 못하고 있었던 것이다. 이후 내 안의 무거운 질문들은 힘을 잃고 더 이상 나를 괴롭힐 수 없게 되었다. 그리고 크게 좋거나 나쁜 일들이 내 인생에 일어나지 않았고, 앞으로도 일어나지 않을 것임을 온전히 믿게 되었다. 그저 지금 여기서 감사할 수 있는 일만 찾으면 그뿐이라는 생각이 들었다. 그러자 가볍게 세상을 바라볼 수 있게 되었고 웬만한 일은 웃음으로 넘길 여유가 생겼다. 누구의 인생이든, 인생은 모두 각자에게 있는 그대로 아름다운 것이리라. 나는 오늘도 가볍게 내 인생이 이대로 완벽함을 알고 누리고 있다.

내 삶에 새긴 문장들

6

울고 싶을 때 울어도 좋아

홍정실

찬영이는 돌 무렵에 지적장애를 동반한 '윌리엄스 증후군'을 진단받았다. 사람들은 아이가 돌이 지나도록 서지도 못하고 말 한마디 못 하는 것에 툭툭 질문을 했다. 아이의 장애를 말할 때 어떤 표정을 지어야 하는지, 별일 아닌 듯 태연하게 말을 해야 할지, 얼버무리며 그 자리를 피해야 할지 고민했다. 장애를 설명하고, 염색체 이상 질환에 대해 말하는 것도 곤혹스럽다. 병원 다니면 나을 것이란 말도, 센터를 다니면 멀쩡해질 수 있다는 말도 듣고 넘기기 힘들다. '극 희귀 난치병에 지적장애가 있다, 병원을 계속 다녀야 하고, 치료 수업도 꾸준히 받아야 한다'라는 소문을 냈다. 눈치 있는 사람들은 모르는 척 티 나지 않게 나를 대했다. 평소와 다름없는 사람들이 좋았고, 안쓰러운 표정으로 위로의 말을 건네는 사람들이 버거웠다.

"힘들어서 어떻게 하니!" "어쩌다 그런 일이…." "그러게. 애는 뭐 하려고 넷이나 낳았어." "병원 다니면 괜찮아질 거야." 이런 말을 들을 때마다 숨통이 막혔다. 침묵하는 사람들이 고마웠다. '너니까' '너라서'라는 말은 힘이 되다가도 좌절하게 만들고, 나를 괜찮지 않게 했다. 말을 걸어도 답이 없는 아이를 보는 시선에도, 1학년이라는 말에 어느 학교 다니는지 묻는 말에도 표정을 신경 쓰게 됐다. 아이가 부끄러워서가 아니다. 동물원 안에 있는 동물 보는듯한 시선이 아이에게 닿지 않길 바라서였다.

20년 9월 어느 날. 어린이집으로 가던 중 갓길에 차를 세웠다. 나오는 눈물에 운전을 제대로 할 수 없었다. 소리를 내어 울기를 몇 분! 종일도 울어 댈 수 있을 것 같은 눈물이 몇 분 만에 멈춘다. 우는 것도 체력이 필요했다. 아침을 먹지 않은 눈치 없는 뱃속은 꼬르륵꼬르륵 난리다. 눈물을 쏟는 와중에도 본능에 충실한 둥근 배를 보며 피식 웃는다. 잠시지만 울어댄 만큼 후련해졌다. 눈물을 닦으며 고개를 돌리니 찬영이와 눈이 마주친다. 남은 눈물을 손등으로 닦았다. 호기심도, 슬픔도, 기분 좋은 것도 아닌 표정 없는 얼굴. '넌 무슨 생각 하니' 하는데 찬영이가 손을 뻗어 얼굴에 남아 있던 눈물을 만진다. "엄마 눈물 닦아 주는 거야?" 흐뭇하기도, 마음 한편이 찡하기도 했다. 대견하다 머리를 쓰다듬으려 하는데 손을 입에 가져간다. 생각지도 못한 녀석의 행동에 "지지야! 먹는 거 아니야." 하며 손을 낚아챘다. 손가락이 입에 들어갔다 나온 뒤였다. 엉뚱한 녀석의 행동에 웃음이 나왔다. 얼굴을 두 손으로 쓱쓱 마른세수하듯 비볐다. 청소가 되지 않아 엉망이 된 차 안을 앞뒤로 두리번거리며 물티슈를 찾았다. 어린이집 가방 아래로 노란색이 보인다. "손!" 내민 손위로 작은 손을 올린다. "강아지보다 낫네." 하며 씩 웃어 보였다. 닦은 물티슈를 들고 있다 막힌 코를 팽 풀었다. 울어댄 탓에 눈도 붉고, 코도 빨갛다. 찬영이는 눈을 이리저리 굴리다 훌쩍거리는 내 얼굴로 손을 뻗는다. 코를 비비기위해 몸도 기울였다. 울어서인지, 코를 풀어서인지 마주 댄 코에서 나오는 숨이 따뜻하다. 위로받은 것 같아 피식 웃는 나를 보며 찬영이도 덩달아 까르륵 웃는다.

B 마트 정육에서 일을 시작하고 한 달이 되었다. 9월의 아침은 제법 서늘했다. 일교차가 커지면서 찬영이는 콧물을 흘리

기 시작했다. 병원 진료를 본 후, 아침을 굶은 찬영이가 먹을 간식과 어린이집에 넣어줄 간식도 살 겸 마트로 갔다. 차 문을 열자 안아 달라 팔을 뻗어온다. 아이를 차에 혼자 두기엔 불안했다. 찬영이를 안아 들고 마트로 들어갔다. 코를 비비고, 뽀뽀하려 머리채를 잡아끄는 녀석 때문에 들어가는 길이 험난했다. 아이를 안고 있는 상태에서 코를 맞대고 있으려니 앞이 보이지 않는다. 머리채를 잡아끌 때마다 '악!' 소리가 나왔다. 또래보다 작지만 6살이었다. 장바구니를 든 채 아이를 안고 다니기는 버거웠다. 걷자며 바닥에 내리려 하면 칭얼거리며 매달리고 보챘다. 손에 힘이 빠지고, 아이 엉덩이가 미끄러진다. 엉거주춤한 자세로 식은땀을 흘리고 있었다.

"왔네요! 왔어. 그 얼굴이 가린다고 가려지는 얼굴이 아니야. 아기한테 숨지 말고 나와요. 뽀뽀하는 척하지 말고." 마이크 소리가 마트 안을 채운다. 설마 하는 마음에 칭얼거리는 찬영이를 다시 치켜 안아 들었다. 머리채가 당겨진 자세로 코를 대준다. "그런다고 큰 얼굴 안 가려진다니까. 모른 척하지 말고 나와요." 조롱이 섞인 방송에 장을 보던 사람들과 직원들의 시선이 나를 향했다. 얼굴이 달아오르고 어찌해야 할지 난감했다. 점장의 방송만 아니었어도 서두를 이유가 없었다. 과자가 있는 곳으로 가는 동안에도 사람들의 시선이 따라다니다 '싫어 싫어'

혀 짧은 소리 하는 찬영이에게 멈춘다. 어리지 않은 아이를 안고 있고, 말은 하지 않고 싫어만 외치는 아이, 코를 댄 채 아이 손에 머리채를 잡히고 있는 나를 소곤거리며 보고 있다. 재미있는 구경을 하는 듯한 사람들의 시선이 불편하고 기분 나쁘다. 빨리 나갈 생각밖에 없었다. 눈에 보이는 비스킷과 새우깡을 바구니에 던지듯 담고, 뽀로로 음료수를 집어 들었다. 팔은 아팠지만 이를 악물고 뛰는 듯한 걸음으로 계산대 앞으로 갔다. 지갑을 꺼내려 아이를 잠시 내려놓는데 '빽' 울며 매달린다. 참았던 감정들이 울컥하고 올라온다.

　나오는 눈물을 꾸역꾸역 삼키며 차로 갔다. 팔도 아프고, 찬영이는 징징거리고, 나도 덩달아 한바탕 울고 싶었다. 어린이집에 넣어줄 간식도 사지 못하고, 도망치듯 나온 것에 후회가 밀려왔다. 도망을 칠 것이 아니라 마이크를 뺏어 던져 버렸어야 했다. 미친 척 마이크를 던져 버렸다면, 바구니를 놓고 그대로 돌아 나왔다면 조금은 나았을까?

　덤덤한 척, 괜찮은 척 쌓아둔 벽이 와르르 무너졌다. 눈물은 쉴 새 없이 흐르고, 지친 마음은 거짓으로 꾸며낸 감정을 몰아냈다. 도망치지 않겠다고 다짐했었다. 기분 상하는 일이 생겼다 해도 툭툭 털어내고 잊자 했었다. 내가 싫어하는 행동을 남에게 하지 말고, 해결되지 않을 일은 기꺼이 받아들이자 했다. 한 번 터진 눈물에 약해진 마음은 다시 잡기 힘들었다. 장애 아이를 키우며 오늘 같은 일이 생길 것을 모르지는 않았다. 목놓아 울고, 진정되니 그렇게 서럽던 마음이 감쪽같이 사라졌다. 그리울 일도 아닌 것에 감정이 몰려 그렇다 했다.

오늘처럼 넋 놓고 당하진 않겠다, 당황해서 도망치는 일 따위 없으리라 마음먹었다. 사소한 감정이 키워놓은 일에 과장되었다 할 만큼 울어댄 것에 머쓱해졌다. 점장은 아이의 장애를 몰랐으니 그런 것으로 생각하기로 했다. 누구든 모르면 할 수 있는 실수였다고. 그래도 마이크를 잡은 손을, 그 입을 어찌 못한 것이 아쉽다. 찬영이에 대한 것은 실수일 수 있지만, 마이크를 잡아 나를 조롱한 것은 실수가 아니다. 진정된 마음과 별개로 배려 없는 상사와는 일하기 싫었다. 직장을 관두기로 마음을 먹었다.

"울고 싶을 땐 조금 울어. 그리고 태양이 뜨길 기다려. 태양은 언제나 뜨니까."사운드 오브 뮤직 中에서

내 삶에 새긴 문장들

살다 보면 누구나 그럴 때가 있다

황세정

"반지가 제게 오지 않았으면 좋았을 거예요. 이런 일이 안 일어났다면."

"살다 보면 누구나 그럴 때가 있지. 하지만 우리가 정할 수 있는 게 아니란다. 우리가 할 일은 주어진 시간으로 어떻게 할 것인가를 정할 뿐이지." 영화 〈반지의 제왕〉에서 프로도와 간달프의 대화이다.

예전 직장의 연수 프로그램 중 어떤 남자가 몸을 잔뜩 움츠린 상태에서 온 힘을 다해 꿈틀거리며 몸을 펴는 행동을 본 후 느낌을 나누는 시간이 있었다. 회사에서는 '젖 먹던 힘을 다해서 최선을 다해 일해라'와 같은 메시지를 전달하는 시간이었을 테지만, 나는 슬펐다. 사람이 살면서 저렇게 온 힘을 다하여 젖 먹던 힘까지 다해 뭔가를 해내어야 하는 상황이 온다면 슬플 것 같았다. 저런 시간이 오지 않았으면 좋겠다고 생각했다.

살아가면서 우리에게 오지 않았으면 하고 바라는 일들은 생기기 마련이다. 남편과 결혼 후 시댁에서 살면서 스트레스를 받았다. 내성적인 성격에 낯을 많이 가리던 나는 시댁 식구들이 너무나 어려웠고, 도시에서만 살다가 시골 생활은 적응하기는 힘들었다. 가치관과 문화가 달라 서로를 이해하게 어려워했고, 시간이 갈수록 좋지 않은 감정은 쌓여갔다. 셋째가 세 살쯤 되었을 때 갑상선에 생긴 혹이 자꾸 커져 수술하고 조직검사를 했다. 결과는 암이었다. 그 당시엔 겁이 나 울기도 했지만, 시간이 흐르니 무덤덤해졌다. 수술 후 어느 정도 회복되고 일을 시작했는데 오랜만에 하는 일이 재미있었는지 제법 열심히 했다. 수술 후 정기검진을 할 때면, 의사 선생님은 늘 피곤하지 않은지 확인하셨다. 딱히 피곤하지 않다고 말씀드리면 갑상선 수술을 한 사람은 피곤을 많이 느끼니 무리하지 말고, 웬만하면 스트레스도 받지 말라고 하셨다. 그때는 젊었고 내 몸을 가꾸는 방법도 몰랐다. 유아 도서 영업관리자로 일하며 스트레스는 계속 쌓이고, 시댁 식구들과의 불협화음은 그대로였다. 그렇지만

내 삶에 새긴 문장들

남편과 아이들과 함께하는 시간이 즐겁고 행복하니 문제없었다. 어쩌면 그냥 무시하며 살았는지도 모르겠다.

그러던 중 나에게 이상이 생겼다. 고객과 커피를 마시고 집으로 돌아오는 길에 심장이 두근두근하기 시작하더니 속도 울렁울렁 불편했다. 몸에서 힘이 빠졌다. 컨디션이 좋지 않다고 생각하며, 집으로 돌아와 쉬고 있는데, 갑자기 세상이 무너질 것 같은 불안감이 엄습해왔다. 무엇이 불안한지는 알 수 없었다. 당장이라도 무슨 일이라도 생길 것만 같은 불안감에 가만히 있을 수가 없었다. 차를 몰아서 시내에 있는 종합병원 응급실을 찾아갔는데, 어떻게 갔는지 기억이 없다. 가야 한다는 생각만으로 핸들을 붙들고 앞만 보고 달렸다. 병원에 가서 증상을 말하니 부정맥 검사를 해보자고 하셨다. 검사를 위해 대기하는 중에도 너무 초조했다. 부정맥 검사에는 이상이 없었다. 별다른 처방 없이 돌아왔다. 그 후로도 나의 증상은 호전되지 않았다. 하루하루가 힘든 날들이 계속되었다. 아침에 눈을 뜨면 오늘 하루를 어떻게 보내야 하나 걱정이었고, 잠들기 전에는 내일은 또 어떻게 살아내나 걱정이었다. 마트에 가거나, 사람을 만나러 가다가도 더 이상 갈 수 없을 것 같은 두려운 마음에 집으로 돌아오는 날들이 자꾸 늘어났다. 늘 불안했다. 다니던 직장도 그만두었다. 내가 왜 이러는지, 왜 이런 일이 일어나는지,

언제까지 이렇게 살아야 하는 건지 알 수 없는 망막함과 슬픔이 몰려왔다. 우울해졌다. 결국 신경과 병원에서 진료받았는데, 살다 보면 누구나 이런 일이 일어날 수 있고, 증상도 아주 경미하니 걱정하지 말라고 하셨다. 약을 처방해주시며 이 약은 제일 약한 약이니 걱정하지 말고 필요하면 먹으라고 해주셨다. 큰 문제는 아닌 것 같아, 조금은 마음이 놓였다 하지만 그때일 뿐이었다. 남편이 없는 집에 혼자 남아 있기 싫어 화물차로 장거리 운전하던 남편을 따라다녔다.

내성적이긴 하지만 가만히 있지 못하는 성격인 내가 아무 것도 하지 않고 지낸 1년, 암흑의 시간이 지나갔다. 나에게 오지 않았으면 했던 시간, 젖 먹던 힘까지 짜내어 살기 위해 버텨야 했던 시간, 그 시간은 멈춤의 시간이었다. 하지만 원망하며 그 시간을 보낼 수는 없었다. 어떻게 이 시련의 시간을 잘 보낼 수 있을까 고민했다. 크리스천인 나는 새벽기도에 나가기 시작했다. 새벽기도를 다녀오면 마음이 한결 편해졌다. 감사일기도 썼다. 작은 것이라도, 어떤 것이라도 감사한 일 세 가지는 찾아서 적었다. 건강 상태도 매일 기록했다. 뭘 먹었는지, 무엇을 했는지, 어떤 특이한 점이 있는지 간략하게 적었더니 약간의 공통점이 보이기 시작했다. 컨디션이 나쁘거나 피곤하면 불안 증상이 심해졌고, 커피도 영향을 주었다. 생리 전후로 심해지는 것

내 삶에 새긴 문장들

도 발견했다. 뭔가 규칙이 보이니 조금씩 안정이 되어갔다.

모든 것이 멈춘 그 시간에 보이기 시작한 것이 있다. 내가 꿈꾸는 걸 이루는 편이다. 물론 대단한 꿈을 꾸는 것도 아니고 빠르게 이루는 것도 아니지만, 늦더라도 꿈꾸는 것을 향해 계속 나아간다. 그러다 보니 마음속엔 사람이 마음먹은 일을 못 할 게 뭐가 있어? 라는 교만함이 있었다. 맘대로 그렇게 쉽게 되지 않는다는 사람을 만나면, 밖으로 표현하지 않았지만, 은연중 맘이 너무 약해서 그렇다. 쉽게 포기해 이루지 못하는 거다. '모든 것은 다 핑계다'라는 마음이 있었다. 사람이 마음먹은 대로 다 할 수 있는 건 아니었다. 몸이 아프면 몸을 마음대로 못 하는 것처럼, 마음이 아프면 내 마음대로 되지 않는다. 그럴 수 있다. 사람이니깐. 당장이라도 죽을 것 같은 불안감 속에서 후회가 되는 것도 많았다. 지극히 개인적인 성향인지라 주위 사람들에게 관심이 없었다. 누군가의 도움이 필요했을 이웃, 사랑이 필요한 이웃들에게 관심이 전혀 없었던 것이 부끄러웠다. 미워했던 사람들도 떠올랐다. 어떻게 살아야, 언젠가 내 앞에 죽음이 닥쳤을 때 후회하지 않을 수 있을까. 나만을 위해서가 아닌 주위를 돌아보며 살아야겠다 마음먹었다.

애벌레가 나비가 되기 위해 번데기 안에서의 멈춤의 시간과 그곳에서 벗어나기 위한 혼신의 에너지를 써야만 하는 시간이 필요하다. 트리나 폴러스의 《꽃들에게 희망을》이란 책에서 번데기가 되기 위해 준비하는 늙은 애벌레와 노랑 애벌레가 이야기하는 모습이 나온다. 늙은 애벌레는 번데기가 되기 두려운 노랑 애벌레에게 이렇게 말해준다. "나는 지금 고치를 만들고 있단다. 마치 내가 숨어 버리는 듯이 보이지만, 고치는 결코 도피처가 아니야…. 변화가 일어나는 동안, 고치 밖에서는 아무 일도 없는 것처럼 보일지 모르지만, 나비는 이미 만들어지고 있는 것이란다. 다만 시간이 걸릴 뿐이야!" 나에게 이 멈춤의 시간, 혼신의 힘을 다해 혼자 버텨내야만 시간은 변화의 시간이었다.

아직 증상이 완전히 없어진 건 아니다. 다시 새로운 것을 도전하는 나는 예전보다 느려졌다. 그러나 지금의 다른 사람을 더 잘 이해할 수 있고, 이해하기 위해 노력한다. 예전보다 더 감사하는 마음으로 살아간다. 살다 보면 누구나 그럴 수 있다. 일어나지 않았으면 바랐던 일이 일어나는 것. 누구나 피해 가고 싶은 그 시간은 고통스럽지만, 성장의 시간임을 이제는 안다.

제3장

인생, 드라마처럼

(드라마 명대사)

오늘 하루도 견디느라 수고했어

김주아

나는 다른 친구들보다 취업이 늦었다. 내 친구들은 23~25살에 전공을 살려 취업했다. 그에 반면 나는 기상 해설자를 준비하고 있었다. 취업 준비하면서 가장 힘들었던 것은 나는 떨어지는데 같이 준비한 친구는 붙는 경우이다. 처음에는 이불을 뒤집어쓰고 울었다. 하지만 어느 순간 내가 취업이 되는 날도 올 거라는 생각으로 하루하루 버텼다. 하지만 버티다가 결국 포기했다. 사실 준비하다가 금전적인 문제로 포기했다. 한번 면접 볼 때마다 적게는 8만 원 많게는 15만 원이 들었다. 한 달에 4번 면접이 있으면 그달에 아르바이트비는 면접비로 다 날려야 하는 상황이었다. 자연스럽게 내가 하고 싶은 것은 포기했다. 당장 나는 돈이 필요했다. 그래서 닥치는 대로 원서접수를 하였다. 그때 서류만 합격하면 면접전형에서는 자신 있어 준비하지 않았다. 준비하던 직업이 말을 잘해야 했기 때문이다. 면접 전에는 질문을 예상해서 답을 적어가기보다는 웃는 연습만 하고 들어갔다. 원서접수를 하던 와중 처음으로 내가 가고 싶은 곳이 생겼다. 한 지역연구원 소속 안에 청년센터라는 곳이었다. 내 또래 청년들을 지원하고 그들의 의견을 정책으로 연결하는 일이었다. 처음으로 내가 하고 싶은 일이었다. 떨리는 마음으로 원서를 넣었고 면접을 보게 되었다. 많은 인원이 면접을 보러 왔지만 나는 자신이 있었다.

그 자신감이 면접의 합격으로 연결되었다. 처음 출근할 때 얼마나 떨렸는지 모르겠다. 누군가는 겨우 계약직인데 라고 말하겠지만 어딘가 소속되고 일을 한다는 것이 너무 행복했다. 그래서 어떤 말도 아랑곳하지 않았다. 설레는 마음으로 입사했다. 나는 다양한 아르바이트 경험이 있어 직장도 똑같으리라고 생각했다. 스스로 잘 할 수 있다고 자신이 있었다. 하지만 그것은 내 착각이었다. 아르바이트와 일은 너무나도 달랐다. 특히나 지역연구원 소속 이어서 그 안의 시스템이 처음에는 너무 어려웠다. 하지만 같이 들어온 동기이자 내 사수 팀장님은 달랐다.

그분은 이미 이런 시스템을 잘 알고 있었고 창업했던 경험이 있어 나와 차원이 다른 실력을 갖추고 있었다. 같은 일을 줬을 때 해결하는 시간이 너무나도 차이가 나서 혼자 스트레스를 받았다. 그 와중 내가 실수했다. 팀장님은 조용히 내 옆에 와서는 한 번만 더 실수하면 눈물 날 정도로 혼낼 겁니다.말을 엄청나게 순화한 것이다라고 하셨다. 그 말을 들으니 더욱더 위축되었다. 그때 마침 직장 내 고민 상담 프로그램이 있었는데 그 프로그램에서 '저는 일을 못 하는 것 같고 저 때문에 직장에 큰 피해를 주는 것 같아요'라고 상담했다. 이 상담 내용이 팀장님에게 전해졌었다. 그 뒤 조용히 불러내서는 나에게 이런 조언을 해주었다. '나를 죽이지 못하는 것은 나를 강하게 만든다. 버티세요' 처음에는 무슨 이런 조언을 해주는 팀장이 있나 싶었다. 하지만 생각보다 이 말이 나에게 강하게 남았다. 다니고 있는 직장은 신생기업 수준으로 체계가 잡혀있지 않았다. 경상남도에서 처음 시행하는 것이라 사수도 없었다. 다른 지역에 있는 분들에게 연락을 돌려가며 일을 배워야 했고 야근은 당연히 매일 있었다. '원래 직장인들은 일이 이렇게 많나?'라는 생각이 들 만큼 출근하고 숨을 돌릴 때쯤은 저녁 시간이었다. 일하면서 가장 힘들었던 점이 두 가지가 있었는데 하나는 나의 전문성으로 딴죽을 걸 때였다. 나는 처음에 홍보 담당으로 들어갔는데 홍보라

내 삶에 새긴 문장들

는 업무를 전혀 해 본 적이 없었다. 뒤에서 들리는 '쟤는 경력도 없는데 어떻게 들어왔냐?, 홍보해 본 적 없지 않냐?' 등 말이 들려왔다. 이를 악물고 관련 자격증을 준비했다. 일러스트, 포토샵, 웹 기능사 등등 홍보 업무를 담당하고 있는 직원이라면 가지고 있어야 할 자격증들을 준비했다. 야근이 끝난 9시나 10시부터 새벽 2시까지 매일 공부했다. 열심히 하니 모든 자격증을 취득했다. 그 뒤 그런 말이 들릴 때면 가지고 있는 자격증으로 어필했다. 포스터, 게시물 등을 만들며 내 능력을 보이려 노력했다. 그렇게 노력하다 보니 자연스럽게 나의 전문성에 대해 딴죽을 거는 사람들이 없어졌다. 마지막은 같이 일하던 다른 팀의 팀장님이 일을 너무 미뤄서 결국 그 일이 나에게 돌아왔을 때다. 항상 출근하면 콧노래를 흥얼거리던 분이셨는데 사람은 정말 좋았다. 하지만 일만 하시면 일이 잘 맞질 않으신지 힘들어했고 일을 시작하면 안색이 항상 안 좋아지시는 분이었다. 다른 날과 마찬가지로 일하고 있었는데 그 팀장님께서 갑자기 퇴사를 선언하셨다. 연말이었고 직장인들에게 연말은 가장 바쁜 시기이다. 센터 인원이 적어 업무량이 과부하 걸린 상태였는데 퇴사하겠다고 하셨다. 퇴사하겠단 의지가 너무 강해서 말릴 수도 없었다. 그렇게 팀장님께서는 퇴사하시고 남은 직원들끼리 일을 마무리해야 했다. 일을 마무리하는 과정에서 그 당시

사귀고 있던 남자친구와의 여행도 취소했다. 처음에는 내일도 아닌데 이렇게까지 해야 하나라는 생각이 들었다. 그래도 주말마다 남은 직원들끼리 모여서 남은 일을 마무리했다. 일을 마무리하는 과정에서 일을 효율적으로 처리할 방법을 배웠고 이번 일을 쳐내고 나면 한층 더 성장해 나갈 수 있을 거라는 생각이 들었다. 지금 생각하면 왜 그런 생각을 했을까 싶다. 그 생각은 정확히 맞아떨어졌다. 모든 일을 해내고 나니 일의 구조가 보이고 일의 우선순위들이 보이기 시작했다. 자연스럽게 일의 효율이 올랐다. 지역연구원은 매년 연봉 인상률이 다르다. 나의 노력이 인정되었는지 내 월급의 인상률이 다른 타 신입 주임보다 높았다. 인정받았다는 기쁨과 함께 그때 조언을 해주셨던 팀장님께 감사하다고 말했다. 팀장님께서는 해준 게 없고 다 내가 한 거라며 어떤 일이든지 안된다고 풀이 죽지 말고 매달리고 애쓰라는 다른 조언도 아끼지 않았다. 그리고 팀장님께서는 타 기관에 갈 때마다 내 칭찬을 스스럼없이 해주셨다. 아버지께서는 《미생》이라는 드라마를 좋아하신다. 내가 취업준비생 시절 항상 나에게 이 드라마를 추천해 주셨는데 알겠다고만 대답하고 한 번도 본 적이 없다. 하지만 아버지는 한 번씩 다시 보기로 보시는데 그때 아버지 옆에서 이 드라마를 처음 보았다. 첫 시작부터 취업준비생 때의 모습이 떠올랐다. 그중에서 장그래

내 삶에 새긴 문장들

의 모습을 보면 예전 나의 신입 시절이 떠올라 짠하기도 하면서 공감한다. 《미생》 대사 중 직장이라면 무조건 공감할 대사가 있다. '오늘 하루도 견디느라 수고했어. 내일도 버티고, 모레도 견디고 계속, 계속 살아남으라고'라는 대사이다. 누군가는 직장 내에서 살아남는다는 표현한다니 너무 과장하는 거 아니야? 라고 생각할 수 있겠지만 이런 마음으로 직장 내 시간을 보내지 않는다면 뒤처지고 일에 대한 효능감이 떨어질 거라고 나는 확신한다. 그래서 나는 오늘도 버티고 있고 계속 살아남기 위한 노력을 한다. 직장인들에게 일이 좋아서 다니는 경우는 얼마 없다. 누군가를 지키거나 스스로 성장하기 위해서 돈을 벌기 위해 직장을 다닌다. 우리는 버텨야 한다. 그래야 우리가 원하는 것을 얻을 수 있다.

2

내가 하고 싶은 일

———

송슬기

　육아는 힘들고 어렵다. 엄마라면 공감할 것이다. 아이를 키우면서 행복감을 느낄 때도 있었지만, 생각보다 훨씬 힘들고 어렵다는 것. 엄마가 되고 나서야 실감했다.

　아이가 우선이었다. 수유 시간을 맞춘다고 꾸벅꾸벅 졸면서 아이를 먹였던 경험, 눕히기만 하면 우는 아이를 달래느라 몇 시간 동안 아이를 안고 있었던 경험, 끼니도 제대로 챙기지 못하고 부엌 싱크대 앞에 서서 먹었던 경험은 말할 것도 없다. 아이가 자라면서, 발달과정을 관찰하고 아이의 감정을 세심하게 살펴보는 일까지…. 엄마의 마땅한 의무라 생각했다.

　　　　　　　　　　　　　　내 삶에 새긴 문장들

엄마 역할을 완벽하게 해내고 싶었다. 아이의 눈높이에서 대화하고 아이의 마음에 잘 공감해 주는 멋진 엄마가 되고 싶었다. 현실은 달랐다. 아이들이 툭탁거리거나 싸울 때면 "야!" 하고 소리 먼저 질렀다. 육아와 자기 계발을 동시에 하는 이상적인 엄마도 되고 싶었다. 하지만 아이를 재우면서 내가 먼저 잠들었다. 비싼 비용을 들여 스포츠센터에 등록해 놓고 아이 핑계를 대며 제대로 가지 않은 날도 많았다.

하고 싶은 일이 생겨도 시작조차 할 수 없었다. 끝까지 해내지 못할까 봐, 아무런 성과가 없을까 봐 두려웠다. 실패를 걱정하는 마음에 포기도 잦았다. 이럴 때, 육아는 내 의지가 아니라 '어쩔 수 없는 상황'을 만드는 좋은 핑계였다.

아이들을 돌볼 때는 정신이 없다가도, 어쩌다 혼자 시간을 보내면 마음이 허전했다. 남편이 일을 마치고 돌아와 어질러진 거실을 보고 인상을 구기면, 나도 모르게 눈치를 살폈다. "좀 치우면서 해라"라는 말이 '집에서 살림도 제대로 못 해? 도대체 하는 일이 뭐야?'라는 말처럼 느껴졌다. 내 역할을 제대로 하지 못한다는 생각에 우울할 때가 많았다. 남편이 미웠다. 치우고 돌아서면 어지르는 아이들도 야속했다.

아들이 도서관에서 그림책 수업할 때였다. 아이를 기다리면서 친한 엄마들과 도서관 근처 커피숍에서 수다를 떨었다. 또래의 아이를 키우는 엄마들을 만나서 대화하면 스트레스가 해소되었다. 남편 이야기, 시댁 이야기를 나눌 때면 공감과 위로, 카타르시스도 느꼈다. 나와 비슷한 사람들 많다고, 나만 그런 것이 아니라는 묘한 안도감도 들었다.

커피숍 사장인 친구가 주문한 커피를 주며 옆 테이블에 앉아있던 남자를 소개했다. 같은 반도 몇 번 했었던 초등학교 동창, J였다. 동창을 만나게 된 반가움도 잠시였다.

초등학교를 졸업하고 십여 년 만에 만나는 자리였다. J는 내게 뭐 하며 지내냐고 근황을 물었다. "집에서 애 키우지"라고 웃으며 대답하니, "에? 너 나보다 공부 잘했잖아"라고 한마디를 툭 던진다. 놀라워하는 것인지, 안타까워하는 것인지 알 수 없었다. J의 반응에 옆에 있던 엄마들도 순간 당황해 정적이 흘렀다. 맥락 없는 학창 시절 공부 이야기를 왜 한 건지 황당했다. 무례하다고 생각했지만 웃으며 넘기니 J가 다시 물었다. "너, 무슨 대대학 나왔더라?" 순간, J가 묻는 의도를 고민했다. 진짜 궁금해서 물어보는 것이 아니라는 생각이 들었다. 집에서 육아하며 전업주부로 사는 내 모습을 놀리는 것 같았다. 기분 나쁜 티를 내면 '진다'고 생각했다. "나? 군. 대." 군대라는 단어에 일부러 힘을 주어 말했다. 고등학교를 졸업하고 바로 부사관 입대

내 삶에 새긴 문장들

했다고 대수롭지 않은 척 말했지만, 자존심이 상했다.

대학을 진학하지 않은 것은 나의 선택이었다. 아버지와의 숱한 갈등 때문에 집에서 독립하고 싶었다. 경제적 독립이 진짜 독립이라 생각해 직업군인의 길을 택했다. 내 인생은 내가 책임져야 한다고 생각했다. 선택에 후회하지 않기 위해 군 복무를 하며 학위를 취득했다. '안 됐다'라고 내 처지를 단정 짓고 동정하는 친구들에게 '후회 없노라'고 보란 듯이 증명하고 싶었다. 열심히 살았다. 정년도 보장되었지만 그 속에 진짜 나는 없었다. 치열하게 살아내느라 스스로 몰아붙인 탓에 지쳤었다. 쉬고 싶었다. 결혼, 육아 휴직으로 현실을 회피하고 도망쳤다. 결국 복직 대신 퇴역했다. 그렇게 전업주부가 되었다. 모두가 나의 선택이었다.

잠든 아이들의 모습을 보면 흐뭇했다. 혼을 내도 뒤돌아서면 금방 "엄마!"하고 달려와 안기는 아이들도 좋았다. '아이를 위해서 사는 것'도 괜찮다고 되뇌었었다. 그 누구도 직접적으로 내 삶을 어떻다고 평가하지 않았지만 아이들에게서 느끼는 행복과는 별개로 자꾸만 열등감이 들었다. 순간에 최선을 다하며 살았다고 생각했는데 내 삶이 아무 가치 없는 일인 것처럼 느껴졌다.

"내가 행복해야 우리 아이들도 행복해질 수 있어요. 하고 싶은 일, 해요! 포기하지 말고." 드라마 〈산후조리원〉에 나오는 말이다.

워킹 맘, 전업주부, 육아가 행복한 엄마, 육아가 힘든 엄마⋯. 드라마 속 모든 인물이 나였다. 각자의 사정으로 엄마 역할을 해내고 있는 모든 장면이 와닿았다. 한 줄 대사처럼 내가 행복해질 수 있는 일을 찾고 싶었다.

올해 초, 지자체에서 글쓰기 강의를 모집한다는 공고를 보았다. 망설임 끝에 신청했다. 잘해야 한다는 부담이나 기대를 내려놓고, '그냥 해보자'라는 마음으로 시작했다. 강의를 듣고, 글을 쓰고, 책을 읽었다. 꿈이 백수라고 말하는 열 살 아들에게 '공부하는 엄마 모습, 노력하는 엄마 모습'도 보여주고 싶었다.

여름 방학이라 아이들이 고모와 함께 할머니 댁에 놀러 갔다. 오랜만에 시어머니와 전화 통화를 하던 중 "우리 며느리가 책을 썼다며?"라고 물어 오셨다. 글을 쓰고 있다고 주변 사람들에게 말하지 않았다. 말만 앞세우는 일이 될까 싶어, 출간되면 조심스레 책을 보여 드리려는 마음이었다. 어떻게 알고 계시는지 의아해 전화를 끊고 시누이에게 물었다. 얼마 전, 출간 계약하고 아이들에게 "엄마 이제 작가 된다"라고 말했었다. 그 말을 기억해, 할머니 집에 도착하자마자 우리 엄마 작가 된다고 큰 소리로 자랑했다고 한다.

언젠가는 아이들과 함께한 일상을 엮어 책을 쓰고 싶다. '아이와 함께 성장하는 엄마' 제목도 한 번 생각해 본다. 망설이지 않는다. 행복하게 살고 싶어 하고 싶은 일, 하고 싶은 이유를 찾는다. 힘들고 어려운 날도 많지만 '행복하다'고 쓴다. 행복하다고 쓰니 작고 사소한 일상에도 감사를 느낀다.

글을 쓰려고 노트북을 켰다. 아이들이 나를 응원한다. 내가 웃으니 아이들도 웃는다. 행복, 멀리 있지 않다.

자식한테 빚진 사람이 된다

안영란

2019년. 찬 바람이 불기 시작했다. 동백꽃이 피려면 겨울이 와야 한다. 동백꽃 꽃말이 좋았다. '기다림, 애타는 사랑, 굳은 약속, 손을 놓지 않는다,' 등등. 하나의 꽃인데 색에 따라 꽃말이 달라진다. 동백꽃 꽃말은 왠지 부모님의 자식에 대한 사랑을 이야기하는 것 같다.

〈동백꽃 필 무렵〉이란 드라마가 방영되었을 때 주위 지인들에게서 재미있더라는 얘기를 들었다. 뒤늦게 드라마를 봤다. 〈동백꽃 필 무렵〉은 볼수록 여운이 남는 드라마다. 극 중 용식이가 덤덤하게 읊조리던 "자식은 늘 아홉을 뺏고도 하나를 더 달라고 조르는데, 부모는 열을 주고도 하나가 더 없는 게 가슴 아프다. 그렇게 힘껏 퍼주기만 하는데도 자식한테는 맨날 그렇게 빚진 사람이 된다." 대사를 듣고 눈시울이 붉어졌다. 할아버지 생각이 났다. 두 살무렵부터 외갓집에서 자랐다. 할아버지는 당신 드시라고 이모가 사다 준 주전부리를 모조리 나에게 줬다. 당연하다는 듯 냉큼 받아 먹었다. 할아버지는 그런 내 모습을 흐뭇하게 바라보셨다. 오일장이 열리는 날엔 엿이나 제철 과일을 사다가 내 입에 넣어주셨다. "할배는 우유도 한 모금 먹고 너 오면 준다고 찬장에 넣더라", "장에 가서 니 줄려고 딸기를 천 원어치 사서 오는 동안 짓무를까 봐 걱정하더라" 할아버지의 손주 사랑이 유난스럽다는 듯 할머니는 고개를 절레절레 흔들며 말씀하셨다. 동네로 오는 차편이 없어 택시를 타야 하는데 그 돈을 아끼느라 무더운 7월에 한 시간을 걸어 집으로 돌아오셨다. 유치원 마치고 집에 오길 오매불망 기다리셨다. 나의 작은 입에 빨간 딸기를 넣어주고 싶어 대문밖을 몇 번을 내다보셨을 모습이 눈앞에 그려졌다. 딸기가 줄어드는 걸 보며 할아버지가 하나라도 먹을까 초조해졌다. 다 먹고도 성에 차지 않은 나는 더 달라고 투정을 부렸다. "다음 장에 많이 사서 올게. 미안하다" 뭐가 그리 미안한지 할아버지는 막돼먹은 외손주를 나무라지도 않았다.

할머니가 외출할 때면 할아버지와 짝짜꿍이 되어 라면으로 끼니를 때웠다. 할아버지는 면 요리를 좋아하셨다. 마당에 있는 아궁이에 솥단지를 걸고 땔감으로 불을 지펴 라면을 끓이면 꼬들꼬들하게 먹을 수 없었다. 화력이 좋아 퍼졌다. 퍼진 라면이 싫어 빨리 건져내라고 얘길 했다. 할아버지가 빠르게 큰 국자로 라면을 퍼냈지만 금세 퍼져 버렸다. "빨리 퍼냈어야지. 퍼진 라면 먹기 싫다. 맛없다. 나 안 먹어! 할배 혼자 다 무라" 괜한 심술을 부렸다. 나의 심술에 할아버지는 계란을 모조리 내 그릇에 올려주셨다. 안 먹는다고 소리쳤지만, 입안 가득 라면을 넣고 넣었다. 씹을 것도 없이 후루룩 넘어갔다. 퍼진 라면도 할아버지와 함께 먹으니 새삼 맛있었다.

내가 여섯 살이 던 해 여름 폭우가 내려 개울 건넛마을과 이어주는 다리 일부분이 떠내려가고 길이 끊겼었다. 그날은 할머니 할아버지 두 분이 동네 어른들과 어딘가로 여행을 가신 날이었다. 나는 곰보 할매 집에 맡겨졌다. 얼굴에 흉터가 많아 동네 사람들은 곰보 할매라 불렀다. 곰보 할매는 귀에다 대고 큰 소리로 말해야 겨우 알아들었다. 할매는 부양가족이 없이 홀로 사셨다.

아침엔 멀쩡하던 날씨가 갑자기 급변했다. 쉴 틈 없이 쏟아지는 비를 구경했다. 보리밥에 된장찌개로 저녁을 먹었다. 할머니 할아버지가 데리러 오기만을 기다렸다. 하염없이 쏟아지는 빗소리가 무서워 할매를 꼭 껴안았다. 어느 정도 시간이 지났을까 나도 모르게 까무룩 잠이 들었다. 애타게 내 이름을 부르는 할아버지 목소리가 들렸다. 이불을 박차고 밖으로 뛰어나갔다. 할매도 놀라 따라 나왔다. 할아버지가 우산도 쓰지 않고 마당에 서 계셨다. 나를 보자마자 안도의 한숨을 내쉬셨다. 나를 업고 집으로 갔다. 할아버지 목에 손을 두르고 떨어질세라 힘을 꽉 주었다. 할아버지 등으로 전해지는 빠르게 뛰는 심장 박동이 느껴졌다. 할아버지 어깨에서 땀 냄새가 훅 끼쳤다. 40년이 다 되어가는 지금도 그 땀 냄새는 잊을 수가 없다. 집으로 가는 동안 할아버지 목덜미에 얼굴을 묻었다. 집에 도착하니 수심 가득하던 할머니 얼굴도 나를 보자마자 환해지셨다. 나를 와락 안아주셨다. "할배가 니 떠내려갔을까 봐 니부터 찾으러 가더라 동네로 오는 길이 끊겨서 사람들 모두 면 소재지에 내려서 걸어왔다" 할머니 말씀을 듣고서야 비가 많이 오면 할머니 할아버지가 집에 오지 못할 수도 있단 걸 깨닫게 되었다. 그 생각을 하니 눈물이 났다. 할머니 할아버지가 볼까 봐 옷 소매로 닦았다. 할머니는 마당에 들어찬 물을 빼내느라 연신 바가지로 물을 퍼냈다. 할아버지는 괭이로 마당이랑 연결된 물구멍을 긁

어내셨다. 나도 할머니 옆에서 자그마한 손으로 바가지를 야무지게 잡고 열심히 퍼냈다.

내가 10살 되던 해 2월의 어느 날 병석에 누워계시던 할아버지는 무덤가에 장미를 심어달라고 했다. 이유를 묻는 할머니의 물음에 "나비도 쉬고, 벌도 쉬고, 나도 쉬고 싶다"라는 유언을 남기고 세상을 떠나셨다. 철들지 않은 열 살의 나는 죽는다는 게 무엇인지, 헤어짐이 어떤 것인지 몰랐다. 다만 하얀 삼베옷을 즐겨 입으시고, 한복을 곱게 차려입으시던 할아버지의 모습을 이제 볼 수 없다는 게 슬펐다. 오일장에 가실 때도 한복 두루마기를 입고 대님을 정갈히 매셨다. 외출 준비하는 할아버지 옆에 쪼그리고 앉아 할아버지 행동 하나하나 놓치지 않고 눈에 담았다. 한복 바지 단을 단정히 정리한 뒤 대님을 매는 손길이 군더더기가 없었다. 모양이 일정했다. 신기했다. 하얀 고무신을 신고 대문 밖을 나서는 할아버지의 모습을 이제는 볼 수 없다. 할머니께 꾸지람을 듣는 날이면, 할아버지는 나를 데리고 동네에 하나뿐인 점방에 가서 먹고 싶은 걸 고르라고 했다. 점방은 집에서 10분 정도 걸어가야 했다. 걸어가는 동안 할머니께는 말대꾸한다고 혼날까 이야기 못한 말들을 했다. 아무런 말 없이 이야기를 들어주셨다. 쭈쭈바를 입에 물고 집까지

　　　　　　　　　　　　　　　　내 삶에 새긴 문장들

오는 길은 행복했다.

할아버지가 돌아가신 후. 어느 날 할머니가 오일장에서 장미 묘목 두 그루를 샀다. 하지만 할아버지 무덤가에 심을 수는 없었다. 가시 있는 나무는 심지 않는다는 누군가의 말 때문이었다. 장미는 외갓집 담장 밑에 심어졌다. 꽃이 필 때면 할아버지의 유언처럼 나비도 앉아서 쉬고 벌도 날아들었다. 어린 나는 할아버지가 나비가 되어 온 거로 생각했다. 할아버지는 그렇게 힘껏 양껏 나에게 퍼주기만 하셨다. 할아버지의 넘치는 사랑을 보답할 기회가 없었다. 매정하게도 시간은 기다려주지 않았다. 할아버지의 넘치는 사랑에 대한 보답을 아이들에게 갚고자 마음먹었다. 퍼주기만 하고, 매일 그렇게 빚진 사람이 된 할아버지처럼. 내가 받은 넘치는 사랑을 아이들에게 갚아나간다.

강자는 약자를 병탄 한다.
강자는 약자를 인탄 한다

오기택

책을 읽기 전에는 드라마와 영화를 즐겨봤다. 책에서만큼 강렬한 인상을 받았던 적 있다. 드라마 《육룡이 나르샤》를 보고 기억에 남는 대사, '강자는 약자를 병탄 한다. 강자는 약자를 인탄 한다.'는 극 중 길태미라는 인물이 조선 제일 검 까치독사와 겨룬 후 치명적인 부상을 입고 일반 서민들이 던지는 돌을 맞으며 하는 마지막 대사다. 이 대사에서 관료제 조직에서의 행태와 분위기가 떠오른다. 길태미는 분명 악역인데도 그 악역이 힘을 잃자마자 돌을 던지는 일반 서민들의 위선이 싫다. 그

서민들은 길태미가 다 죽어가고 있는 그때 자신보다 약해 보이니까 그제야 돌을 던졌다. 비난받아 마땅하다는 것은 상대적이다. 누군가에겐 그도 좋은 사람일 수 있다. 남들의 행동에 편승해서 그리고 무리에 동조해서 돌을 던지는 행위, 주관 없이 타인을 비난하는 것은 옳지 않다. 드라마의 악역이 하는 대사다. 그럼에도 대사에 공감하는 이유는 그 분위기와 남들의 행동에 동조해서 생각 없이 돌을 던지는 행위 때문이다.

9급 공무원으로 시작해 어느덧 10년 차로 공직에 몸담고 있다. 몇 번 그만둘까, 다른 일을 해 볼까 생각했었다. 3년 차, 5년 차, 7년 차 때 그 생각을 했었다. 견디고 지금까지 근무할 수 있었던 것은 그 시기 즈음에 승진이나 나름의 만족이라는 동기부여가 있어서였다. 3년 차에 8급 승진, 5년 차에 7급 승진으로 견뎌왔고, 7년 차에는 근무 여건이 조금 덜 힘든 곳으로 옮겨서 계속 근무할 수 있었다. 면사무소와 본청 부서를 여러 번 옮기며 근무했다. 4년 차에서 6년 차 사이에는 본청 민원실에서 근무했다. 허가업무를 했다. 허가許可는 법령에 따라 일반적으로 금지되어있는 행위를 행정기관이 적법하게 이를 행할 수 있게 하는 일을 뜻한다출처, 국어사전.

「국토의 계획 및 이용에 관한 법률」에 따른 개발행위 허가협의업무다. 주로 건축신고와 연계하여 처리하는데, 일반인이 집을 짓고자 할 때 필요한 서류, 사업계획서, 도면, 토지 소유권 증명서 등 필요한 서류를 제출하면 관련 법률 검토 후 목적사 업건축을 허가하는 업무다. 길가 작은 땅에 집을 짓겠다는 계획 으로 허가 신청할 경우, 신청인은 집을 어떻게 지을 것인지, 집 을 지을 때 인접한 토지나 주택에 피해 없이 어떻게 공사를 할 것인지가 사업계획서에 포함되어야 한다. 단순히 짓겠다는 계획 만 있을 뿐만 아니라 시공 과정에서 어떻게 하면 주변에 피해를 덜 주고 목적사업을 완료할지에 대한 계획도 포함되어야 한다. 일반적으로 사람들은 평생에 한 번 집을 짓기도 어렵다. 그래서 집을 짓겠다는 사람은 사업계획서를 작성해 본 적 없다. 대부 분의 사람들이 그렇다. 그래서 일반적으로 전문 업체에 위임해 서 일을 처리한다. 이러한 일련의 과정을 거쳐 최종적으로 집을 지어도 좋다는 허락, 즉 허가를 한다. 민원인의 신청에 따라 허 가해 주는 것이다. 다만 그 과정에 부족한 부분이나 절차상 미 흡한 부분은 보완해서 서류를 맞춘다. 이러한 업무처리 과정에 서 다양한 형태의 부탁이 많다. 건축이나 토목 관련 업체에서 부터 잘 봐달라고 부탁하거나, 군청 직원들 중에 아는 사람 하 나라도 있으면 또 그를 통해 사정한다. 심지어 사업계획서에 보 완 없이 거의 완벽하게 구비된 서류임에도 잘 검토해 달라고 한 다. 선배들 말로는 부탁하고 잘 봐달라는 것이 15년 20년 전만

해도 제법 많았다고 한다. 공직사회에서 있어서는 안 될 일이지만 업무의 특성상 많은 부탁을 한다. 신청인 입장에서 충분히 이해한다. 어릴 적 들은 병원 사례를 예로 들면, 사고로 입원해야 하는 절박한 상황에서 대학병원 말단 간호사만 알아도 입원실 침대가 배정된다고 했다. 아는 사람을 통해야 일이 잘 처리된다는 풍조가 만연한 시기였다. 10년 전 임용 되고난 후 이런 일이 생길 것이라고는 상상도 못 했다. 맡은 업무 기간이 6개월, 1년, 2년, 시간이 흐르자 이해되었다. 말 그대로 '잘 봐달라는 뜻이었다.' 신청인 입장에서 손해 볼 이유도 없었다. 혹시 부족한 부분이 있다면 바로 수정해서 자료를 제출하겠다는 의지의 표현이었다. 정말 순수한 마음이었을 텐데, 내가 허가업무를 처음 맡을 때에는 순수하게 받아들이지 않았다. 다행히 시간이 흐를수록 그 뜻을 알아서 신청인들의 순수한 마음을 이해했다. 문제는 내부였다.

허가업무를 볼 때 같이 근무했던 담당 계장님은 함안지역 토박이였다. 지역에서 나고 자랐기 때문에 알고 지낸 선후배와 지인들이 아주 많았다. 문제가 생기거나 요청이 있을 때, 민원인과 현장에서 의견을 듣고 해결하기 위해 애쓸 때가 있다. 그럴 때면 그 인맥으로 대부분의 민원을 해결했다. 잘 해결되지 않으면 감사부서, 국민신문고 등 다양한 민원창구를 통해 재차 민원을 재기 하곤 한다. 업무를 하면서 진정 민원과 행정심판, 행정소송을 진행해 본 게 처음이었다. 시험공부를 하면서 심판, 소송에 대한 내용을 보긴 했지만, 실무에서 직접 답변서를 쓰고 변론기일에 맞춰 법원에 출석해야 하는 것이 정말 낯설었다. 행정심판 변론 준비를 하려고 늦게까지 야근을 하고 퇴근해서 쉴 때면 머릿속은 온통 심판 생각뿐이었다. 꿈에서도 답변서를 쓰고 있으니 아침에 일어나면 잠을 잔 건지, 잠깐 눈만 감았다 떴는지 알 수가 없다. 행정심판이나 소송을 준비할 때에는 몸이 힘들어도 마음은 편했다. 심판이나 소송 절차를 진행한다는 것은 이미 행정청에서 민원인에게 불이익 처분을 내렸기 때문이다. 처분에 불복하기 때문에 구제 절차인 심판이나 소송을 제기하는 것이다. 문제는 그 전 단계다. 심판 소송 전 단계에서 처분 당시 행정청에 그 처분에 대한 이의제기를 하는 것이다. 민원의 편의나 권익 구제를 위해 처분청이 한 번 더 의견을 들어준 다는데 의미가 있다. 문제는 당초에 '이 건은 허가할 수 없습니다.'라고 했는데, 내 입으로 다시 '이렇게 한 번 해보시죠.'라고 말을 바꿔야 한다는 것이다. 공정하게 하면 될 테지만 이 과정에 각종 이해관계자로부터 연락이 온다. 그 연락을 뿌리치면 좋으련만, 그렇게 민원 처리를 잘하던 분이 이제는 말을 엎으란다. 바로 같이 근무했던 계장님이다. 했던 말을 번복하는 것이 나쁘다는 것이 아니다. 신중해야 한다. 명색이 행정기관에서 처분한 내용을 제 손으로 엎어야 한다. 이해관계인의 연락이라면 듣고 넘길 수도 있다. 하지만 같이 근무하는 상급자로부터의 부당한 지시는 납득할 수가 없다. 백 명의 민원인은 시간이 걸리더라도 해결할 수 있다. 그러나 한 명의 내부자는 그 백 명보다 더 잔인했다. 솔직하게 내가 승진을 목전에 뒀다면 고민했을지 모른다. 그래도 아니다 싶어 처음대로 자료를 준비했다. 그러자 이의신청 자체를 취하하는 게 아닌가. 이대로 뒀다가는 의견을 번복할 수 없다고 생각했나 보다. 그렇게 얼마간의 시간이 흐른 후 나는 다른 부서로 발령이 났다. 누구도 이해할 수 없는 인사이동이었다. 후임자가 오고 다시 그 건이 접수됐고, 상급자 의도대로 진행됐다. 나는 이미 다른 부서에 있었기 때문에 신경쓰지 않았다. 인사이동 후 짧은 시간에 이뤄진 일이기 때문에 사람들은 내가 처리한 것인 줄로만 안다. 그 결과 비난의 돌맹이가 내게 날아왔다.

사정을 잘 모르고 비난하는 사람 많다. 드라마에서의 악역도 좋아하는 사람 하나 정도는 있다. 하지만 당시에는 내게 '괜찮다, 네가 한일 아닌 줄 안다.'고 말해주는 사람 없었다. 내 편이 하나도 없었다. 옮긴 사무실 옆 나무그늘 아래, 담배를 피울 때 하늘만 보고 멍하니 있었다. 연달아 피웠던 담배가 몇 개비

였는지 기억도 안 난다. 피해야 했다. 그대로 있다가는 가슴속에 검은 멍이 들 것 같았다. 육아를 핑계로 잠시 휴직했다. 친하게 지내던 직원들에게도 일일이 변명하지 않았다. 드라마 속 길태미는 무사로서 죽음을 받아들인다. 다만, 아무것도 모르고 돌 던지는 서민들을 향해 '강자는 약자를 병탄 한다, 강자는 약자를 인탄 한다.'라고 말한다. 그런 그에게 생각 없이 돌을 던지는 사람들, 겪어보지 않고서는 잘 모르는 경험이다. 살아가면서 분위기나 시대에 편승해서 사정도 잘 모르고 누군가를 비난하고 살고 있지는 않은가. 나는 그리 살지 않으려 다짐한다.

5

나의 해방일지

조연교

2022년 드라마 《나의 해방일지》는 대한민국의 여심을 흔들었다. 나도 본방송을 사수하며 열심히 시청했다. 나는 드라마에 출연한 잘생긴 남자 주인공보다 이 드라마의 내용이 더 마음에 들었다. 진부한 신데렐라 스토리가 아니었다. 오히려 반대였다. 지극히 평범하게 살아가는 여주인공 염미정의 괴로움에서 벗어나기 위한 정신 해방에 관한 내용이었다. 그리고 그 해방을 위해 그녀가 얼마나 꿋꿋하게 자신의 부끄러웠던 과거를 버리고 지금, 여기 대가 없는 사랑을 실천하는지 잘 보여준다.

드라마는 끝이 났지만 내 머릿속에 아직도 주인공의 대사가 남아있다. 그것은 바로 "죽어서 가는 천국 따위는 필요 없어. 난 살아서 천국을 볼 거야!"라는 것이었다. 나는 이 대사를 들었을 때 '나 혼자 이런 고민을 하는 것이 아니구나'라는 일종의 안도감을 느꼈다. 내가 한때 스스로에게 끊임없이 해왔던 질문들과 연결됨을 느꼈다. '과연 천국^{행복}은 무엇일까?' '천국^{행복}이 있기는 하단 말인가?' '만약 천국이 있다면 그곳에서는 오랫동안 혹은 영원토록 행복할 수 있을까?' '그 행복을 왜 지금 누릴 수는 없는가?' 그 수많은 질문에 염미정은 '됐고! 나는 죽어서가 아니라 살아서 지금 천국을 보겠어!'라고 답하는 듯했다. 그녀의 당차고 멋진 결의가 내 가슴에 박혔다.

인생이 행복하다고 느꼈다면 아마 이런 궁금증이 생기지 않았을 것이다. 나는 항상 현재에 만족하지 못하고 지금보다 더 행복해지고 싶었다. 남들과 비교해서 내가 가진 것은 언제나 초라해 보였다. 먼저 나에게 행복이란 단어가 어떻게 정의되는지 생각해보기로 했다.

언제 행복했는지 기억을 더듬었다. 대학에 합격했을 때 잠깐 행복하였다. 나는 무엇을 하고 싶은지도 모르는 아이였고, 원하는 대학에 입학한 것도 아니었다. 그러나 일단은 지겹도록 반복되는 교육제도에서 벗어났다는 사실만으로도 며칠 동안 홀가분

함을 느꼈다. 흥미로운 책이나 영화, 드라마를 볼 때도 즐거웠다. 좋은 사람이나 친구들과 함께 있을 때도 행복하였지만 그 시간이 지나가면 원상태로 돌아왔다.

서울대학교 행복연구소 최인철 교수는 경험이나 가치에 돈을 쓰면 더 오래 행복할 수 있다고 하였다. 그래서 여기저기 여행을 다녔다. 내 경우 여행을 떠나기 직전이 가장 행복하였고, 집으로 돌아오기까지 행복의 하향곡선을 경험했다. 여행이 끝나면 일상은 그대로였다. 가끔 함께 간 친구들과 추억을 떠올리며 수다를 떨기도 했지만, 친구들이 떠나면 그뿐이었다.

내가 인생에서 경험한 행복은 언제나 찰나의 것이었다. 찰나의 시간 동안 기분이 좋은 상태, 즐겁다고 느끼는 상태를 행복이라 정의하는 듯했다. 즐거움은 내 욕망이 충족되었을 때만 잠시 왔다 간다는 사실을 알게 되었다.

욕망은 어떻게 일어나는 것일까? 법륜스님은 세상에는 욕망과 관련하여 네 가지 경우의 일들이 일어날 수 있다고 설명하셨다.

첫 번째, 내가 하고 싶은 것을 할 수 있을 때이다.

두 번째, 내가 하고 싶지 않은 것을 하지 않아도 될 때이다.

세 번째, 내가 하고 싶은데 하지 못할 때이다.

네 번째, 내가 하고 싶지 않은 것을 해야 할 때이다.

이 중, 위의 두 경우에는 욕망이 충족되어 즐거웠지만 그런 일이 자주 일어나지는 않았다. 오히려 아래 두 경우가 더 흔하게 일어났다.

불교에서는 모든 괴로움의 원인이 욕망에서 비롯된다고 한다. 살면서 겪은 많은 일들을 좋고 싫음으로 구분하면 '하고 싶다', '하기 싫다'의 욕망이 생겨난다. 욕망의 충족여부에 따라 행복과 괴로움으로 나뉜다. 그래서 이런 집착에서 벗어나기 위해 가장 중요한 것은 판단하는 것을 멈추는 것이다. 잠시 멈추면 세상에서 일어나는 일들에서 한 발짝 벗어나 바라볼 수 있게 된다.

성경에서도 이와 비슷한 이야기가 있다. 하나님이 7일 동안 천지 창조하실 때 빛이 있으라 하시매 곧 빛이 생겨났고, 하나님의 형상대로 아담과 이브를 창조하여 이 모든 것을 누려 쓰고 번성하라 하셨다. 그러나 단 하나! 선악과만 따먹지 말라 하셨으나 아담과 이브는 그 명령을 어기고 결국 선악과를 따먹고 말았다. 그러자 그 둘은 부끄럽기 시작하였다. 세상에 창조되어 모든 것을 완벽하게 누리던 아담과 이브는 선악과를 따먹은 순간부터 좋고 싫음에 대한 판단과 욕망이 생겨났고 부끄러워진 것이다. 그때부터 그들의 괴로움이 시작된 것은 아닐까?

내 삶에 새긴 문장들

괴로운 일이 생길 때 괴로움에 대한 생각을 멈추는 것은 쉽지 않다. 사람들은 보통 마음이 힘들 때 종교를 찾거나 상담을 받으려 하기 때문에 나는 심리학의 발전과정에서 조금 더 현실적인 방법을 찾아보았다.

심리학의 아버지인 프로이트는 정신분석을 통해 무의식의 영역을 알아냈다. 이후 정신장애를 치료하기 위한 수많은 심리상담기법들이 개발되었다. 그러나 약 100년 만에 정신건강 문제의 원인을 과거에서 찾으려는 분석심리치료는 한계에 부딪혔다. 이를 극복하고자 반동으로 등장한 것이 긍정심리학이다. 긍정심리학은 기존의 치료 방법 대신 자신의 긍정을 극대화하여 문제행동을 줄여나가자는데 목적이 있었다. 그러나 이 심리상담 이론도 그리 오래가지 못하는 듯하다. 그래서 최근에 새롭게 등장하여 주목을 받는 있는 것이 마음 챙김이다. 이는 자신을 있는 그대로 인정하는 심리학이다. 과거와 문제의 원인에 집착하는 분석심리치료, 긍정에만 집중하는 긍정심리치료는 그 효과가 크지 않음을 알게 된 것이다. 마음 챙김은 지금 여기, 이 순간을 있는 그대로 수용하고 자각하는 것이다. 있는 그대로 나를 인정해주면 한결 편안하게 내 상황을 바라볼 수 있게 된다. 그리고 지금 여기에만 집중하면 과거에 괴로움이 생긴 일도, 미래에 일어날 걱정에서도 조금 벗어날 수 있다.

지금껏 내가 느꼈던 행복은 '찰나의 즐거움'으로 설명되었다. 항상 아쉬워하며 더 많은 즐거움을 찾아 헤매었지만, 순간의 즐거움 끝에는 결국 허무함만 남아있었다. 행복과 허무함이 공존하는 것은 말이 안 된다고 생각했다. 나만의 '행복'이라는 단어에 개념을 다시 정의하지 않을 수 없었다. 현재 다시 정의한 나의 행복한 상태는 '지금 여기 나를 수용하고, 좋고 싫음에서 벗어나 괴로움이 없는 상태'를 의미한다.

나는 행복하기 위해 작은 실천부터 시작하였다. 남들과 비교하고 좋고 싫음을 나누는 마음을 내지 않기로 했다. 남들과 비교하여 판단하기를 멈추었을 때 자신을 있는 그대로 수용할 수 있었다. 이 삶을 천국으로 만들기 위해서는 지금 여기 있는 그대로의 나를 인정하는 것만이 유일한 방법이라고 생각했다. 겉으로 보기에 내 삶은 전혀 바뀐 것이 없다. 여전히 열심히 일하고 사람들을 만난다. 매일 반복되는 일상이지만 그대로 완벽함을 인정하기에 먼 곳의 행복을 찾으려는 시도를 멈추게 되었다. 가끔 남들과 비교가 되거나, 내 존재에 관한 의문이 고개를 들면 나도 염미정처럼 결의에 찬 목소리로 소리칠 생각이다. "지금 여기가 천국이라고!"

내 삶에 새긴 문장들

6

사고 대장 그 녀석

홍정실

8살 아이. 얼마나 기회를 노렸을까? 찬영이가 아픈 손가락은 맞지만, 매일 매 순간 아플 수는 없다. 귀엽고 예뻐도, 잘못하면 잔소리도 퍼붓고, '만세'하고 손드는 벌도 세운다. 벌을 설 때면 세상 서글픔은 다 가진 듯 울어댄다. 몇 번 크게 혼이 난 녀석은 나와 반대로 움직였다. 내가 안방에 있으면 거실로 나간다. 거실에서 버티고 있으면 안방으로 들어가 문을 닫는다.

'사고를 치니까 애지' 한다. 맞는 말이지만, 지치고 기운 빠지는 것은 어쩔 수 없다. 애들이, 남편이 다급하게 부르는 소리가 나면 현장을 보기도 전에 등골이 서늘해지고 온몸의 털이 곤두선다. 부디, 작은 사고이기를. 찰나의 시간도, 한눈파는 잠깐도, 녀석은 놓치지 않는다. '잠시' '잠깐'은 녀석에게 절호의 기회다.

찬영이는 소리에 예민하고, 관심이 많았다. 믹서기 돌리는 소리, 청소기 소리, 드라이기에서 나는 소리에는 귀를 막고 도망을 친다. 노래를 좋아하고 바스락, 타닥거리는 크지 않으면서 반복되는 소리에는 관심이 많다. 지적장애를 동반한 자폐성 장애아지만 호기심은 여느 아이와 다르지 않았다.

거실에 있던 공기청정기 옆에 서서 타닥타닥 소리를 듣고 있다. 쌀통의 쌀을, 고양이 사료를 집어넣고, 소리가 나지 않으면 넣고 있다. 거실로 나오는 나를 보더니 양손을 파닥거리며 방으로 들어간다. 퍼붓는 잔소리에 양손으로 귀를 막았다. 녀석은 손에 핸드폰이 없을 때마다 장난을 쳤다. 찬영이는 찰랑거리는 일렁임을 좋아했다. 주방 싱크대 위에는 컵이나 그릇에 기름, 올리고당을 찰랑찰랑하게 부어 놓는다. 참깨, 설탕, 소금이 물에, 기름에 담겨 있다. 잘못한 것은 아는지, 사고를 치고 난 뒤에는 나의 작은 움직임에도 움찔거리며 눈치를 본다. 녀석은 하루도 거르지 않고 놀이 삼매경이다.

저녁 식사를 준비하는 동안 녀석은 놀이 중이었다. 공기청정기에 샴푸, 린스, 세제를 붓고, 컵에 물을 담아 날랐다. 청정기 팬이 돌며 세제가 튀고, 바람에 비눗방울이 한두 개 날아오른다. 방문, 벽지, 이불까지 세제 비를 맞았다. 옆에 있던 선풍기 근처에도 물과 세제가 있다. 전원 버튼을 누르는 손끝이 '찌릿' 하다. 구매하고 한 달 된 선풍기였다. 고장 난 선풍기로는 세 번째다. 선풍기는 버리고, 청정기는 수리를 맡겼다. 모터와 기판을 갈았다. 녀석을 한 대 쥐어박는다. 한 박자 뒤에 머리를 더듬으며 '잉' 한다.

줌 수업이 있었다. 나는 수업을 듣고, 형들과 누나가 핸드폰을 하는 동안 찬영이도 놀이 중이었다. 베란다로 치워놓은 물감을 들고 와 청정기에 부었다. 키가 크니 꺼낼 수 있는 물건도 많아지고 과감해졌다. 빨강, 황토, 파랑, 주홍의 물감이 사방으로 튀며 흔적을 남겼다. 청정기 팬 아래에는 손등이 잠길 만큼 물감이 들어있었다. 물티슈를 뽑아 물감을 닦아 냈다. 깨끗하게 닦아 내지는 못했지만, 물감이 마르며 굳은 덕에 청정기는 잘 돌아갔다. 모터와 기판을 교체한 지 일주일 되는 날 이었다. 청정기는 대체 무슨 잘못을 한 거니? 이쯤 되니 청정기가 안쓰러웠다.

남편은 동창회에서 남해로 1박 2일 여행을 갔다. 냉장고 한 쪽에 있는 맥주가 눈에 들어왔다. 하지 불안 증후군으로 며칠을 제대로 못 잔 탓에 눈은 뻑뻑하고, 흰자위에 핏줄이 보인다. 머리는 몽롱하고, 몸은 늘어진다. 맥주 한 캔에 금방 잠이 들었다. "엄마! 엄마!" 부르는 소리가 들리고 곧이어 큰소리로 이어졌다. 잠결에도 '아차'하며 벌떡 일어났다. 아찔하고 싸한 느낌이 들었다. 다급하게 일어나 거실로 뛰어나갔다. 거실은 연기로 자욱하고, 탄 냄새가 진동한다. 주방으로 눈을 돌렸다. 세탁기 옆에 둔 전자레인지 안에 무언가 타고 있었다. "악! 이게 뭐야!" 짧은 비명을 지르며 불을 껐다. 플라스틱이 타고 남은 검은 재가 눌어붙어 있고, 유리 쟁반은 반으로 쪼개져 있다. 전자레인지에 무언가를 넣고 돌린 것이다. 입으로 불어 끌 때는 다 타고 남은 작은 불이었지만, 전자레인지 안도, 주위도 그을음이 묻어 까맣게 된 것을 보면, 처음부터 작은 불은 아니었던 것 같다. 첫째 명관이가 공기청정기를 가리킨다. 베란다에 놓아둔 고양이 화장실에서 모래를 컵으로 퍼 나르고 물도 부었다. 질퍽하고 미끄러운 찰흙을 만지는 느낌 같다. 청정기 안의 내용물을 알기에 인상이 찡그려졌다.

새벽 3시. 청소를 하던 중, 설움이 밀려왔다. 다들 잘 시간에 깨어 왜 이러고 있을까. 언제까지 이런 일상이 이어질지, 끝이 없을까 겁이 났다. 화장실을 가기 위해 나온 첫째가 아니었다면 불붙은 채 작동되고 있던 전자레인지는 어떻게 되었을까? 찬영이의 놀이는 날이 갈수록 위험해졌다. 칼을 가지고 놀다 피투성이가 되고, 전자레인지에 아무것이나 넣고 돌린다. 다이얼을 돌려 30분씩 돌려댄다. 탄 적은 있지만, 불이 붙은 것은 처음이었다.

내가 감당할 수 있을까? 괜찮다고, 잘하고 있다 주문 외우듯 추스르고는 있지만, 자신이 없어졌다. 가끔은 꿈이면 좋겠다 하고, 이런 현실에서 도망치고 싶다는 마음도 품었다. 숨 쉬는 것조차 버거웠다. 가슴에 커다란 돌덩이가 자라 숨구멍을 막는 듯한 통증에 눈물이 찼다. 서늘하고 무거운 새벽 공기만큼 내 마음도 바닥으로 가라앉았다. 청소하던 것을 멈추고, 멍하니 시계를 바라보다 퍼뜩 정신을 차렸다. 자고 일어나서 하자는 마음에 지친 몸을 침대 위에 눕혔다. 사고뭉치 녀석도 고단했는지 잠들어 있었다.

사고 치는 찬영이의 이야기를 들은 사람은 "아이 손에 닿지 않게 치우던지, 아이를 방에 가두라."는 말을 한다. 그런 말을 들으면, 물건을 치우고 숨기는 것을 언제까지 해야 하는지 되묻는다. 당신은 그렇게 살 수 있는지, 그렇게 살면 시설보다 나은

것이 무엇이냐 묻는다. 찬영이가 매일 치는 사고는 내가 감당할
몫이라 생각했다.

횟집을 하는 친구 S는 찬영이와 동갑인 뇌 병변 아들을 키
운다. 보습 학원, 수영장, 치료실에 아이를 보낸다. 부모의 욕심
과 바램은 한도가 없다지만, 과하지 않나 하는 마음이 컸다. 학
교 수업을 따라가지 못해 속상하다며 전화를 걸어왔다. "나는
찬영이 사고치고 장난치는 것 보면 속이 터지다가도 양산대학
병원에 가면 감사한 마음으로 집에 와. 너도 너무 안달하지 말
고 애 좀 적당히 잡아. 다른 아이들보다 늦어 힘들면, 아직 기
저귀 차고 대화 안 되는 찬영이 보고 힘내."라고 말해준다.
친구가 부럽다. 나를 보고, 찬영이를 보고 기운 내라 말은
하지만 그 말이 아프다. 찬영이와 병원을 다녀오며 감사하다 안
도하는 것처럼 S도 나처럼 마음먹고 덜 힘들기를 바랐다.

"신이 정말 견딜 수 있는 만큼의 시련만 주는 거라면 날 과
대평가한 건 아닌가 싶다." 드라마〈도깨비〉에서 김 신이 체념한
듯, 지친 듯, 무심히 말하는 장면에서 눈물을 쏟았다. 먹먹하
고 울고 싶은 날에는 드라마를 봤다. 드라마를 보며 흘리는 눈
물에 아이들은 이유를 묻지 않는다. 한 날은 수건을 옆에 두고

눈물을 닦아 내는 것을 보고 딸이 "어머니는 눈물이 너무 많은 것 같아요." 한다. 찬영이는 나날이 눈치가 늘고, 나는 패기가 줄었다. 사춘기가 온 듯 내 맘을 알지 못하겠는 날이 는다. 엄마라는 이름표를 떼어버리고 싶을 만큼 지치고 무기력한 날도 있다. 하루를 조각내어 네 아이를 챙기고, 직장을 다니고, 나를 위해 썼다. 찬영이는 존재만으로 나를 몰아치고, 벌떡 일어나 정신을 차리게 한다. 한 번씩 주저앉아 울고, 앉은 김에 쉬어가기로 했다. 이 정도면 눈감아 줘도 되지 않을까 한다. '시련' 앞에 강하게 맞서는 것보다는, 적당히 유연하게 흘러가는 것도 좋은 방법이지 않을까 생각해 본다.

7

인정받는 만큼 성장한다

황세정

사람은 믿어주는 만큼 자라고, 아껴주는 만큼 여물고, 인정받는 만큼 성장하는 법.

우리 가족은 옛날 드라마를 몰아보기를 좋아하는데, 그중에서 몇 번을 돌려봐도 재미있는 드라마는 〈낭만닥터 김사부〉다. 김사부가 있는 돌담병원에는 흔히 말하는 '문제 있는' 의사들이 온다. 그들을 '모난 돌'이라고 하는데 젊은 의사 도인범도 그중에 한 명이다. 드라마에서 악역을 맡은 거대병원 원장 도윤완의 아들인 도인범은 젊고 유능한 의사이지만 늘 자신의 실력을 인정받기 위해서 거짓말을 하거나 윗사람들의 눈에 들기 위해 기회를 엿보는 행동을 한다. 스펙도 좋고, 명문가 아들이지만 아버지의 인정을 받지 못하며 살아온 도인범은 늘 자존감 없고, 삐뚤어진 모습이다. 돌담병원에 온 '모난 돌'들은 김사부의 가르침, 믿음, 인정, 아낌을 받아 '모난 돌'에서 '둥근 돌'이 되어간다.

《칭찬은 고래도 춤추게 한다》라는 책이 있다. 개인적으로 별로 좋아하지 않는 제목이다. 춤추기를 좋아하는 고래가 스스로 춤을 출 때 관심을 주는 것과 고래가 춤추게 하기 위해 칭찬하는 건 다르다. 이 책의 제목은 윗사람이 아랫사람을 자기의 뜻이나 회사의 방향대로 잘 움직이게 하는 방법, 부모가 자녀를 교육하는 방법으로 거론되기도 했다. 잔소리하거나 성내거나 강압적인 방법으로 사람을 움직이려고 하는 방법보단 칭찬이 듣기도 좋고, 보기도 좋은 방법이긴 하다.

딸부잣집 셋째인 나는 밖에서 노는 거나 좋아했지, 공부도 썩 잘하진 못하고, 딸 넷 중 누구나 인정하는 '못난이'였다. 엄마와 시장에 나가면 노점상 할머니들께서 "아들이냐?"라고 물으시곤 했는데, 엄마는 살짝 얼버무리며 '아들'이라고 인정하셨다. 내가 딸인 것이 부끄러운가 싶어 섭섭한 마음이 들었지만, 원망은 잠시이고 맞벌이로 늦게 퇴근하시는 부모님의 관심에 늘 목말라 있었다. 어릴 때 나의 별명은 '번개 1호'다. 심부름시키면 번개같이 돌아온다고 해서 붙여진 별명이다. 난 이 별명을 좋아했다. 심부름하러 집을 나서는 순간 나는 번개 1호답게 전속력을 다해 갔다 돌아왔고, 역시 번개 1호가 최고라는 칭찬을 받을 수 있었다. 특별한 것 없는 내가 부모님의 관심을 받을 수 있는 순간은 착한 일을 했을 때였다. '세정이가 우리 집에서 제일 착하니 심부름 좀 해.', '너 말고는 엄마 심부름을 해줄 사람이 없으니 네가 좀 해', 그리곤 늘 '역시 우리 세정이가 제일 착하네'라는 칭찬받을 수 있었다. 난 대체로 착한 딸이었다. 사춘기가 되고 반항심이 생기기 시작하면서 엄마와의 관계는 급속히 멀어졌다. '둥근 돌'이 '모난 돌'이 되는 순간이다. 늘 착하다고 칭찬했는데 나는 왜 춤추는 것을 멈추었을까? 춤추게 하기 위한 칭찬은 힘이 없다. 엄마가 한 번이라도 따뜻하게 앉아준 기억이 나에겐 없다. 길에서 다른 사람을 만나면 딸 중 얼굴도 제일 예쁘고 공부도 제법 잘하던 둘째 언니를 칭찬하던 엄마의 모습이 남아 있다. 아껴줌과 있는 그대로 인정받음이 없는 빈껍데기 같았던 칭찬은 나를 화나게 했다. 어른이 되어 만난 지인들에게 옛날에 별명이 '번개 1호'였다고 말하면 다들 웃는다. 세상 느린 '나'이다.

첫 딸이 어릴 때 들었던 육아 강의 때, 강사님이 《칭찬은 고래도 춤추게 한다》는 책을 소개하며 아이가 엄마 말을 잘 듣게 하려면 칭찬을 잘해야 한다고 하셨다. 강의 내내 화가 났다. 참으려고 했지만, 집에 돌아온 뒤 결국 강사님의 전화번호를 알아내 전화를 걸었다. 아이들은 엄마의 칭찬을 먹고 사는데 그걸로 아이를 엄마 마음대로 좌우지하는데, 사용해서 되겠냐 따졌다.

딸은 지금 고2인데 아직까진 사이가 좋은 편이다. 어려서부터 스스로 하는 것을 좋아하는 독립심이 강한 아이다. 그림책 육아를 했는데, 한글은 가르쳐주지 않아도 더듬더듬 읽기 시작하더니, 어느 날부터 혼자 읽는 것이 더 재미있다며 읽기 시작했다. 잠자리 독립도 7살쯤 '혼자 자보고 싶어요' 하더니 그날부터 쭉 혼자서 잔다. 마트에서 떼쓰는 일도 없었고 지금까지 나와 싸운 적도 없는 녀석이다. 지금도 학교에서 돌아오면 도덕 윤리 사회 시간에 배운 얘기하며 엄마와 아빠의 생각은 어떤지 묻고 자기의 생각을 얘기하는 것을 좋아한다. 친구들과 있었던 얘기를 하고 속상했던 얘기를 한다. 점심은 뭘 먹었는지, 저녁밥은 어땠는지 얘기하는 것을 좋아한다. 대체로 그렇다. 내가 하는 것은 지금까지처럼 스스로 잘할 거라 믿으며, 눈 맞추고 얘기하는 걸 들어주고 같이 즐거워하는 것뿐이다.

둘째는 바른 생활 어린이다. 동네에서 만나는 어른마다 인사를 하는데 동생도 그대로 하니, 인사성 바른 형제로 유명하다. 혼자서는 시골 동네를 떠나본 적 없는 둘째가 초등학교를 졸업하고 중학교에 가기 전 버스를 타고 학교 가는 길을 연습하기 위해 세 남매만 길을 나선 적이 있다. 다녀와서는 첫째가 '부끄러워서 같이 못 다니겠어요' 한다. 길에서 만나는 어른마다 인사를 하니 너무 민망하더라는 거였다. 뭐든 곧이곧대로 하려는 성격이라 양치하고 입을 10번을 헹궈야 한다고 배우면 그대로 하고, 동생이 그렇게 하지 않으면 쫓아다니며 잔소리한다. 행동도 느리고 고집도 세다. 올해 중2가 된 둘째는 정해진 게임 시간을 대체로 지키며 동생과 게임을 까는 건 한 달에 한 번만 하기로 규칙을 정하고, 동생이 추가로 게임을 다운로드하려고 하면 일정한 양의 책을 정해주고 다 읽어야 허락해준다. 13개월 차이 나는 연년생 형이지만 제법 형아 노릇을 하려 한다. 그러다 보니 동생과 마찰이 생길 때도 많다. 형이라서가 아니라 사람은 누구나 양보를 해야 할 때가 있고, 잘해야 하는 건 노력이 필요하니 '형이니깐 양보해라', '형이니깐 잘해야지'와 같은 '형이니깐'이라는 단서를 붙여 혼내지 않는다. 대신 사람은 누구나 다르니, 자기 생각대로만 할 수 없다고 조언하고, 형이라서 느낄 무게감에 공감해 준다.

막내는 자유 영혼이다. 한글을 따로 가르쳐주지 않아도 글을 읽기 시작한 누나와 형이랑 다르게 초등학교에 들어가서도 글을 모르고, 수업 시간엔 상상의 나라로 자유롭게 놀러 가는 걸 좋아하는 아이다. 어린이집에서 상담하면 선생님은 걱정스러운 눈빛으로 수업 시간에 적응을 잘하지 못한다고 하셨다. 그 후부터는 학년 초 상담 기간이 되면 선생님을 찾아가 진우가 어떤 아이인지 알려드렸다. "진우는 학습에는 관심이 없지만, 돌멩이와 나무 관찰하기 좋아하고, 그림을 잘 그리며, 재미있는 상상하기 좋아합니다. 형이랑 같이 책 읽는 것도 좋아해요. 좋아하고 잘하는 것도 많은 아이인데, 가만히 앉아서 공부하는 것을 좋아하지 않아요. 학습이 조금 뒤처져도 괜찮습니다. 수업에 방해가 된다면 알려주세요. 집에서도 신경을 쓰겠습니다." 누나나 형과는 다르게 뭐든 느렸고, 학교 공부를 좋아하지 않을 뿐 뭐든 재미있어하고 호기심이 많은 녀석이다. 마음이 여려 양보도 잘하지만, 자기 마음을 잘 표현하지 못해 삐지길 잘한다. 나는 이 녀석이 공부를 잘하든 못하든, 소심해서 잘 삐지든 상관없이 늘 '사랑한다.', '소중하다'라고 말하며 안아주고 머리를 쓰다듬어 준다.

칭찬의 말보다 중요한 건 아이의 그대로를 인정하는 것이다. 김숙희 작가의 그림책 《너는 어떤 씨앗이니》에서 바람에 흩날리던 씨앗은 거친 들에 뿌리내려 민들레로 피고, 꽁꽁 웅크린 씨앗은 당당하게 고개 들고 모란으로 핀다. 가슬가슬 가시 돋친 씨앗이 고운 비 살랑이는 섬꽃마리로 피고, 수줍어 숨던 씨앗은 마주 보며 빙긋 웃는 접시꽃으로 핀다. 저마다의 꽃을 품은 씨앗처럼 잘 성장해 나갈 거라는 믿음을 가지고 아껴주며 사랑해주는 것. 세 남매는 아빠와 엄마가 얼마나 사랑하는지 잘 알고 있다. 앞으로도 부모의 믿음으로 자라고, 아껴주는 만큼 여물고, 자신의 모습 그대로를 인정받으며 성장해 나가길 바란다.

제4장

갖고 싶다, 그들처럼

(CF 또는 광고문구)

1

알바몬스터

김주아

나는 대학교를 입학하기 전부터 아르바이트했다. 입학 후에
도 수많은 아르바이트를 하면서 용돈을 벌었다. 학기 중에 쓸
여유자금을 벌기 위해서 방학 때는 아르바이트 두 개를 병행하
며 돈을 벌기도 했다. 내 첫 아르바이트는 대학교 입학하기 전
뷔페 접시 나르기일명 접시 순이 아르바이트였다. 아르바이트하니
까 뭔가 어른이 된 거 같았다. 스스로 돈을 벌 수 있다는 생각
에 들뜬 마음으로 뷔페로 향했던 기억이 난다. 하지만 내가 생
각하던 아르바이트와 달랐다. 예식장에 붙어 있는 뷔페였는데
사람이 많이 오는 곳이었다. 주말마다 결혼식이 있을 만큼 인

기가 있는 곳이었다. 술도 날라야 하고 먹다 남은 음식 찌꺼기도 손으로 다 치워서 버려야 하는 뷔페였다. 친구는 뷔페 아르바이트치고는 꽤 난이도 있다고 말했었다. 그날은 대게찜이 주 메뉴였다. 테이블에는 대게 껍데기가 많이 있었다. 장갑을 주긴 하셨지만, 그 사이로 뾰족한 대게 껍데기가 내 손가락을 찔렀다. 아랑곳하지 않고 열심히 대게 껍데기를 치우고 있었는데 갑자기 장갑이 붉게 물들었다. 대게 껍데기에 손이 베였던 모양이다. 너무 바쁘고, 첫날이니 다쳤다고 말을 하면 잘릴 거 같아 피가 나는 손가락을 꾹 누른 채로 일했었다. 쉬는 시간이 오고 그 즉시 바로 화장실로 가서 피를 닦았다. 생각보다 많이 베여서 놀랐지만 아무렇지 않은 척하고 다시 들어갔다. 한번 일하고 잘릴 수 없기에 아무렇지 않은 척하고 일했다. 일당으로 주는 곳이었는데 그 일당을 받고 나는 병원으로 가서 병원비로 썼다. 진짜 미련했다.

두 번째는 오빠의 추천으로 집에서 멀지 않은 카페에서 아르바이트했다. 카페 아르바이트는 대학생이라면 누구나 꿈꾸는 로망이었다. 우아하게 커피를 내리고 빵을 드리고 웃으면서 서비스하는 모습이 멋져 보였다. 그리고 나는 유니폼을 입고 아르바이트하고 싶었다. 카페 출근 전날 혼자 기대에 부풀어서 잠도 제대로 자지도 못했다. 출근 2시간 전부터 잘못하는 화장을 한다며 화장대에 앉았다. 도착하자마자 내 유니폼이 주어지고 내 이름이 걸린 명찰을 주는 데 정말 기분이 좋았다. 옷을 가지런히 입고 홀로 나갔더니 무서운 매니저님 한 분이 나를 기다리고 있었다. 신입 교육을 담당하시는 분이라고 인사를 해주셨고 그 매니저님은 나에게 레시피북을 주셨고 30분 뒤에 물어볼 거야라고 하시며 자리를 떠나셨다. 처음에는 당황스러웠지만, 열심히 외웠다. 하지만 그 매니저님 앞에만 서면 머리가 하얘져 외운 것을 말도 못 했다. 눈물 나게 혼이 났고 그 뒤로 나는 설거지만 했다. 그렇게 설거지만 하고 점심시간이 왔다. 먹고 싶은 빵을 데워먹으라고 하셔서 오븐에 빵을 데워먹었다. 빵을 꺼냄과 동시에 오븐 모서리가 내 겨드랑이를 스치면서 화상을 입었다. 아프다고 하면 또 혼날까 봐 빵을 잽싸게 들고 휴게실로 가서 흉터를 보았다. 그 와중에 나는 화상 상처를 보여주면 혼날까 봐 흉터를 숨기기 바빴다. 빵을 먹으면서도 아까 혼이 났던 레시피북을 보면서 공부했다. 아니나 다를까 휴식 시간 끝남과 동시에 또 레시피를 물어보셨다. 술술 잘 이야기했다. 그랬더니 만족스러운 표정을 지으시고 다른 것을 가르쳐 주시겠다고 나를 이끌었다. 나를 이끌면서 내 겨드랑이 쪽 흉터를 보셨다 당황스러운 표정을 지으시며 아까 오븐에 데었지? 라고 물어보셨다. 나는 그렇다고 했다. 한숨을 지으시면서 '이런 건 이

내 삶에 새긴 문장들

야기해야 하는 거야. 다쳤다고 혼내지 않아. 아르바이트이기 전에 귀한 딸인데 아까 많이 혼내서 미안해. 하지만 처음에 잘 배워야 나중이 편해'라는 말씀해주시며 연고를 발라 주셨다. 그 후 아르바이트하면서 나 스스로는 내가 지켜야 하는 것이라는 것을 배우게 되었다.

취업 준비하던 시절 최악의 점장을 만난 적이 있었다. 그곳은 대형 프랜차이즈 카페였다. 카페 경력이 있어 아르바이트를 쉽게 할 수 있었다. 손에 일이 익었던 터라 별 무리 없이 일을 진행할 수 있었다.

그때 내가 잠깐 앉으려고 했는데 같이 일하던 동생들이 앉으면 안 된다고 했다. 텃세인가 싶었지만. 곧 그 이유를 알 수 있었다. CCTV로 점장님이 보고 있어서 조금만 쉰다거나 아르바이트생들끼리 이야기를 나누면 전화가 온다는 것이었다. 솔직히 믿지 않았다. 조금은 신경을 쓰긴 했지만 별 무리 없이 일했다. 하지만 며칠 뒤 정말 오랜만에 동창을 일하던 중에 만났다. 반가워서 인사를 하고 악수하고 다시 일하고 있는데 연락이 와 있었다. 내가 악수하는 모습을 찍어 "누구니?"라는 질문과 함께 문자가 와 있었다. 당황스러웠지만 오랜만에 만난 동창이라 답을 했다. 그랬더니 바로 전화가 와서는 일을 하던 중에는 아는 사람이 와도 아는 척을 하면 안 된다는 조언을 시작으로 마지막에는 근무태도가 왜 그러냐는 말씀 하시며 끊으셨다. 인터넷에서 보던 최악의 점장님의 형을 내가 겪을 줄은 몰랐다. 옆에 있는 친구들은 그 정도면 약과라는 말과 자신들이 겪었던 일화들을 이야기해 주었다. 쉬는 날에 화장실 사진 보내서 화장실 청소상태가 왜 이런 이유를 대라고 하고, 남자친구가 카페 안에서 기다리면 손님들이 불편해하니 멀리 떨어져서 기다리라고 해라 등등 다양한 이야기를 들려주었다. 나는 어이가 없었다. 그런데도 불구하고 일하는 이유를 다른 아르바이트생들에게 물었다. 아이들은 요즘에 아르바이트 자리가 없어서 여기도 겨우겨우 들어왔는데 이것쯤은 감수해야 한다고 했다. 일하면서 자신의 권리를 찾아야 하는 방법도 알려주고 싶었다. 그리고 이런 환경에서 일할 수 없을 것 같아 대표로 점장님과 이야기를 나누었다. 근로계약서를 작성하지 않은 아르바이트생들이 있는 점, 주휴수당 기준에 해당하여도 주휴수당을 못 받는 친구들이 대다수인 점, 근로계약서 안에 CCTV 관련 조항이 없는 점 등을 이야기했다. 이야기하자 점장님은 얼굴이 붉히셨다. 그 후 모든 아르바이트생 대상 근로계약서를 작성하고 주휴수당에 관한 이야기도 해주셨다. 그리고 CCTV를 보는 일은 없으셨고 문자나 통화를 하는 일도 없었다. 아이들은 고마워했지만, 마음 한편은 불편했다. 고용에 대한 권리를 조금만 더 배우면 이런 일이 줄어들 터라는 생각이 들었다. 우리나라에서 이런 교육이 정말 필요하다는 것도 깨달았다. 이맘때 티브이에서 알바 사이트 CF를 우연히 보았는데 그곳에서 '알바의 권리는 스스로 찾는 것이고 아무도 찾아주지 않는다'라는 내용으로 홍보하고 있었다. CF에 나오는 말이 맞는 말이라고 생각했다. 권리는 스스로 찾아내야 하고 나를 지키는 것은 남이 아니라 나 자신이다. 스스로 권리를 찾는 행동. 마음가짐을 다른 내 또래 청년들이 가졌으면 좋겠다. 내가 노동에 관해 청년들 대상으로 강의할 때 꼭 이 CF를 사용한다. 적절한 대사, 적절한 행동이 청년들이 이해하기 쉽게 만들기 때문이다. 특히 몇 년 전만 하더라도 노동에 관한 교육하면 인기가 없었다. 하지만 요즘은 많이 달라졌다. 이런 CF뿐만 아니라 유튜브에서도 너도나도 아르바이트생에 대한 노동법을 다루기도 한다. 사회가 달라졌다. 자신의 권리는 자신이 찾아야 한다.

2

다르게 생각하는 연습

송슬기

 한 꼭지의 초고를 세 번이나 다시 썼다. 퇴고할 때 고치면 된다는 생각에, 마감 기한보다 앞서 초고를 완성했었다. 퇴고하며 썼던 글을 읽으니 한숨이 나왔다. 다시 쓸 수밖에 없었다. 분명 다른 경험과 이야기인데, 써놓고 보니 다 똑같은 것 같았다. 낭패였다.

 지자체에서 글쓰기 강의를 지원받아 책을 썼다. 출간 계약 소식이 수업을 함께 들었던 다른 수강생들에게도 전해졌다. 축하와 함께 "어떻게 쓰셨나요?"라는 질문과 "대단해요"라는 말을 가장 많이 들었다. 매일 썼던 것이 책이 되었다고, 다른 수강생

내 삶에 새긴 문장들

보다 집필 속도가 가장 빨랐을 뿐이라고 말했었다. 글을 쓸 때 겸손한 마음으로 '쓰는 것'에만 집중하자고 결심했었다. 오직 성장에 의미를 두려고 마음먹었었다. 하지만 많은 축하와 곧 책을 낸 작가가 된다는 생각에, 또 욕심이 앞섰다. 함께하는 다른 작가들에게 잘 쓰는 모습을 보여주고 싶었다.

매주 글쓰기 강의를 듣는다. 강사는 즉석에서 수강생에게 메시지 한 줄을 받았다. 짜고 치는 것도 아닌데, 한 편의 글이 뚝딱 완성되었다. 대단했다. 나도 글쓰기에 재능이 있으면 좋으련만…. 한 문장을 쓰기도 어려운 날이면 애꿎은 자판만 두드렸다.

글을 잘 쓰고 싶었다. 이미 책을 출간한 작가들을 볼 때면 부러운 마음도 들었다. '매일 읽고 쓰면 글 실력이 향상된다.'는 말에 블로그에 매일 글을 썼다. 부끄럽지만, 작가 흉내를 내기도 했다. 내 글을 읽는 독자에게 하나의 메시지라도 전달하기 위해 노력했다. 꾸준히 글을 쓰니 '끈기 있게 해내는 사람'이라는 자신감도 생겼다.

블로그를 통해 다른 사람들과 소통도 시작했다. 내가 쓴 글을 통해 자신을 성찰했다는 반응이 좋았다. 자기 삶의 태도를 생각해 보게 되었다는 댓글은 나를 설레게 했다. 내 글이 누군가에게 작은 도움이 된다는 사실도 기뻤다. 부족한 글이지만 읽는 사람에게 가치를 전달하고 싶어 연습했다. 일상이 글감이라고 했지만 실제로 글을 쓸 때는 시간도 많이 걸렸다.

군대 생활할 때, 남들 눈에 띄는 것이 싫었다. 몇 되지 않는 여군이라는 이유로 주목받을 때면 부담스러웠다. 튀고 싶지 않았다. 항상 다수의 의견이 가장 완벽한 의견이라 생각했다. 내 의견을 말하면 이목이 집중될까 두려워 남들과 다르게 생각하기를 주저했다.

아이를 키울 때도 마찬가지였다. 소위 말하는 융합형 인재, 창의력 있는 인재로 자라기를 바랐다. 그러나 다양한 경험, 자유로운 생각을 하는 아이로 키우지 않았다. 내가 틀에 박힌 사고를 하니, 아이도 허용 범위를 정해 그 안에서만 놀게 했다. "안 돼!"라는 말도 많이 했다.

글도 마찬가지였다. 사실만 나열하며 썼다. 단순한 경험을 쓰니 글도 자꾸만 비슷했다. 글이 반복되고 지루해지는 것 같았다. 생동감 있는 글을 쓰기 위해서 애플의 광고 문구처럼 '다르게 생각Think different'해야 했다. 막막했다. 다르게 생각하는 방법을 알았다면 '크리에이터를 해야지!'라고 생각하며 자조적으로 코웃음 쳤다. 하지만 포기할 수 없었다. 무언가 하지 않으면

내 삶에 새긴 문장들

내가 쓰는 문장이 계속 되돌이표 될 것 같았다. 제자리걸음만 할 순 없었다. 다르게 생각하는 연습을 했다.

많은 방법이 있겠지만 우선, 떠오르는 생각을 마구 썼다. 추석에 대한 한 편의 글을 쓰기 위해 보름달, 소원, 고향, 그리움, 행복, 송편, 성묘, 귀성길, 웃음…. 모두 갈겼다. 쓴 것을 바탕으로 경험을 연관 지었다. 보름달을 보며 딸의 엉뚱한 소원으로 온 가족이 웃었던 추억에 관한 글을 썼다. 귀성길 교통정보 뉴스를 보며, 밤새 버스를 타고 고향에 왔던 경험으로 그리움에 관한 이야기도 썼다. 글을 써본 경험이 부족했다. 어려운 날이 훨씬 많았지만 단편적인 생각과 경험이 잘 연결되는 날은 한 편의 글을 비교적 쉽게 쓸 수 있었다.

두 번째로는, 반대로 생각해 보며 글을 썼다. 실패와 좌절했던 경험을 쓸 때는 특히 더 힘들었다. 아픈 감정을 드러내자니 머뭇거리며 주저했고 망설였다. 처음에는 부정적으로만 썼다. 그러나 글을 쓰며 깨달았다. 슬프고 아팠던 감정이 대신 '성장'이라는 반대의 입장에서 바라보니 제법 잘 버텨온 내가 대견스럽기까지 했다. 부정적인 생각보다 긍정적인 생각을 하려고 의식했다. '때문에'라고 생각했던 일이 점점 '덕분에'로 다르게 느껴졌다. 장점을 찾으니 무슨 경험에서든 하나의 배울 점도 생겼다. 삶을 대하는 태도도 차츰 변화되어 갔다.

마지막으로는, 세부적으로 생각해 글을 썼다. 오랜 군대 생활의 탓인지, 성격 탓인지 세심하지 못했다. 나무를 보면 나무, 꽃을 보면 예쁘다 같이 단편적인 생각할 뿐이었다. 군대 시절 사용하던 사물함의 '칼 각'처럼 글도 딱 맞춰 떨어져야 한다고 생각했다. 유연성 없이 생각하니 글을 길게 쓸 수가 없었다. 계속 같은 문장들이 맴돌았다.

하늘 아래 새로운 것은 없다고 한다. 똑같은 쌀밥이라도 어제 먹은 밥과 오늘 먹은 밥이 다르듯 글도 구체적으로 쓰는 연습을 했다. 꽃의 모양, 꽃의 색깔, 꽃의 향기, 꽃의 의미를 떠올렸다. 꽃을 선물한 경험, 선물 받은 경험, 꽃을 버린 경험, 꽃을 키운 경험…. 다양하게 생각했다. 세부적으로 관찰하고 생각하니 어느 날은, 글도 제법 풍성하게 써졌다.

백지를 쳐다보고 "다시는 글 쓰지 않을 테야"라고 씩씩거리기도 잠시, 다시 한 꼭지의 글을 쓴다. 초고만 네 번째다.

세상에는 글 잘 쓰는 사람 많다. 단 하나의 문장으로 독자 마음을 울리는 작가도 많다. 비교하지도 부러워하지도 않는다.

서툰 솜씨를 초라하게 여기지 않고 생각을 바꾼다. 글을 잘 쓰고 싶다는 욕심, 잘 써야 한다는 부담감을 내려놓는다. 머리를 쥐어짜거나 한숨만 쉬지도 않는다. 단어 하나에 생각을 담고, 문장 한 줄에 노력과 정성을 기울인다. 다르게 생각한다. 좀 엉성하면 어떠한가. 오늘도 하루를 쓰며 한 걸음 더 나아간다.

3

엄마는 극한직업이다

안영란

　힘들었다. 앞장서서 길을 안내하는 도경이는 마치 서울에서 살아본 것처럼 막힘이 없다. 큰 캐리어를 끌고 걷기 싫어하는 둘째 유빈이를 업고 열심히 쫓았다. 정해진 시간 내에 최대한 많은 노선을 타보기 위해 미리 동선을 짠 듯했다. 용의주도한 녀석이다. 따라다니다 보니 내 손목에 채워진 만보계는 2만 보가 넘었다. 계속 업어 달라는 둘째를 보며, 내가 왜 고생을 사서 하는지 후회가 밀려왔다.

　도경이는 또래 아이들이 공룡 이름을 외울 때, 자동차 이름을 외웠다. 기차나 지하철 타는 것도 좋아했다. 29개월까지 시댁에서 자랐다. 시아버지는 도경이를 데리고 지하철을 자주 타셨다. 두 돌이 지나고부터 아침을 먹고, 할아버지와 지하철 타는 것이 일상이었다. 1호선부터 4호선까지 다 타봐야 직성이 풀렸다. 크리스마스엔 자동차나 지하철 장난감을 선물해 주면 좋아했다. 지하철 사랑은 세월이 흘러도 변함이 없었다. 유튜브로 지하철 관련 영상을 보며 공부했다. 한때 장래 희망이 지하철 기관사였다. 지하철을 타고 싶어 할아버지 댁에 가는 날을 손꼽아 기다렸다. 왜 부산은 지하철이 4호선까지 밖에 없냐며 푸념도 했다. 부산 지하철은 타봤으니 서울 지하철을 타고 싶다 노랠 부르기 시작했다. 처음 몇 번은 흘려들었다. 저러다 말겠지, 금방 싫증 내겠지 했으나 아니었다. 10살이 되던 2018년 10월 중순 1박 2일로 서울 여행을 계획했다. 왕복 비행기를 예약하고 숙소를 정했다. 남산타워도 가깝고, 덕수궁 돌담길을 남편과 걸어보고 싶어 명동으로 숙소를 정했다.

서울 가는 날만 손꼽아 기다렸다. 결혼 전 엄마를 모시고 병원 다닐 때 가고 오래간만이라 나도 설레었다. 애들이 어려 짐이 많다. 필요한 것만 넣었지만 여행 가방이 2개나 됐다. 여행 전날 소풍 가는 아이처럼 잠이 오지 않았다. 여행 날 아침부터 분주했다. 새벽에 깨서 울다 잠든 유빈이는 잠에서 깨지 못했다. 덩달아 나도 잠을 설쳐 하품이 나왔다. 자는 아이를 옷만 갈아입혀 안고 나왔다. 잠도 깰 겸 진영휴게소에 들렀다. 남편에게 어묵과 커피를 부탁했다. 도경이는 떡볶이를 손에 들고 온다. 잠이 깬 유빈이는 배가 고팠는지, 치킨너깃을 씹지도 않고 삼킨다.

쌀쌀한 날씨에 둘째는 콧물이 흘렀다. 코를 자주 닦아줘도 줄줄 흐른다. 공항에서 비행기 구경에 정신없던 내 눈에 한 승객의 얼굴이 들어왔다. 둘째를 바라보던 승객의 미간이 찡그려졌다. 아차 싶어 아이를 보니 누런 콧물이 입에 들어가기 직전이었다. 서둘러 수습하고는 다시 비행기에 정신을 뺏겼다.

김포공항에 도착했다. 자기만 따라오라며 큰소리를 치며 도경이가 앞장선다. 공항철도를 타고 가다 어느 역에서 내려 몇 호선을 타고 명동으로 갈지 머릿속에 그려놓은 듯 거침없다. 부지런히 따라갔다. 아이를 놓치면 안될 것 같았다. 그런 생각을 하는 내가 우스워 피식 웃음이 나왔다. 신이 난 아들은 역으로 들어오는 전동차를 보며 유튜브를 보고 습득한 지하철 지식을 풀어놓기 바쁘다. 귀에 들어오지 않았다. 몇 번의 환승을 하고, 2시간 뒤 명동에 도착했다. 최대한 많은 노선을 타는 것이기에 돌고 돌아서 도착했다. 남편, 유빈이와 나는 계단을 오르락내리락했다. 점심시간을 놓쳐 배가 고팠다. 문을 연 식당을 찾아 들어갔다. 남편은 이런 날이 언제 또 있겠냐며 랍스터를 주문했다. 치즈와 파슬리 가루가 얹어진 랍스터는 보기만 해도 군침이 돌았다. 치즈의 고소한 냄새가 진동했다. 배가 너무 고파 돌도 씹어 먹을 수 있을 듯했다. 잠시도 가만히 있지 못하는 유빈이를 제지하느라 음식을 먹을 수 없었다. 랍스터 살을 발라서 남편이 내 입에 넣어줬다. 탱탱한 랍스터 살은 씹을수록 감칠맛이 났다. 랍스터와 치즈는 환상의 궁합이구나 했다. 달콤, 짭조름, 고소함이 입안에 감돌았다. 평소에 먹기 힘든 랍스터에, 남편이 입에 음식을 넣어주는 호사를 누리니, 힘들었던 마음이 사르르 녹는 듯 했다.

몇 날 며칠을 고심해서 고른 숙소였다. 가격에 비해 시설이 안 좋다며 남편과 큰아이가 화를 돋운다. 숙소 고르기 힘들 때, 물어봐도 시큰둥하더니 이제 와 이러쿵저러쿵하는 것이 짜증 났다. 한 소리 하고 싶은 것을 참아 넘겼다. 짐을 풀고 다시 지하철을 타러 갔다. 이번 여행의 목적은 오로지 '지하철 타기였다.' 도경이가 원 없이 탈 수 있게 하고 싶었다. 서울에서 직장을 다니는 조카를 남산타워 근처에서 만나기로 했다. 많은 노선을 타려니 환승을 자주 해야 했다. 계단만 봐도 속이 울렁거렸다. 2시간 남짓 몇 개의 노선을 타고난 후에야 조카를 만날 수 있었다. "숙모 서울에 도경이 지하철 태워주러 오신 거예요? 오로지 지하철만?" 이해 못 하겠다는 표정으로 조카가 묻는다. 일주일 전에 만나기로 약속하며 지하철 타러 간다고 했는데 거짓말인 줄 알았나 보다. 이번 여행의 목적을 아는 시어머니와 친구의 반응도 조카와 비슷했다.

TV에서만 보던 남산타워를 실제로 보니 꿈만 같았다. 예쁜 조명이 빛나는 타워를 배경으로 가족사진도 남겼다. 서울 야경이 멋졌다. 밤하늘의 별을 모조리 따다 뿌려놓은 것 같았다. 서울 온 이후 처음으로 도경이에게 고마워졌다. 장미꽃 모양 아이스크림도 사 먹고 즐거웠다. 조카와 헤어지고 숙소로 오니 10시가 훌쩍 넘었다. 도경이는 내일 공항 가기 전에 타고 싶은 노선도를 정리하고 있었다. 힘들었는지 유빈이는 금방 잠이 들었다. 바뀐 잠자리가 불편해 뒤척이다가 피곤함에 억지로 잠을 청했다. 다음날 덕수궁으로 향했다. '덕수궁 돌담길'을 느긋하게 걷고 싶었지만, 곧 집으로 돌아가야 한다는 생각에 안달 난 도경이는 지하철을 타러 가자고 졸라댔다. 덕수궁 돌담길을 허둥지둥 걷고 발길을 돌렸다. 몸은 천근만근이지만 기운을 내보자 했다. 지하철역에 도착하자 잘 걷던 유빈이가 주춤거리더니 소리를 지르며 정류장 바닥에 드러누웠다. 다리가 아픈 것 같았다. 유빈이를 남편과 번갈아 업어가며 큰 가방을 끌고 도경이를 따라갔다. 어제 못 타본 노선과 우이신설선을 꼭 타야겠단다. '왜 서울에 온다 했을까?' 후회가 밀려왔다.

드디어 집으로 돌아왔다. 잠자는 시간, 먹는 시간 외에 지하철만 10시간을 넘게 탔다. 남편과 나는 몸살이 났다. 도경이가 좋아하는 모습을 보니 흐뭇했다. "서울 지하철 원 없이 탔으니 만족하지? 이제 미련 없지?" "아직 못 탄 노선이 남았는데요. 내년에 또 가요"한다. 못 탄 지하철을 타러 다시 가자는 말에 얼굴이 하얗게 질렸다. 하고싶은 말이 많았지만 꾹 참았다.

"태어나서 가장 많이 참고 배우며 해내고 있는데 엄마라는 경력은 왜 스펙 한 줄 되지 않는 걸까?" 박카스 광고 문구가 떠오른다. 엄마는 극한직업이다. 오늘도 나는 퇴근 없는 '엄마'로 하루를 마무리 한다.

4

어른이 되면 나도 엄마처럼 운전을 할 거야

오기택

2남 1녀 중 막내아들로 태어났다. 누나와 형보다 항상 많은 사랑을 받고, 배려받으며 자랐다. 누나와 나는 열 살 차이, 형과는 6살 차이가 난다. 누나 어릴 적에 나를 업어서 키웠다. 독차지하는 사랑, 배려, 관심은 당연하다고 여기고 살았다. 항상 배려받았고, 넘치는 사랑 당연하게 여기고 살았다. 받기만 했던 배려와 사랑을 어떻게 보답해야 할지 고민하며 사는 건강한 마음을 갖고 살고 싶다.

어머니 시집올 때 우리 집 사정은 변변치 못했다. 산이고 들에서 나는 나물을 뜯어 마산역 앞 번개시장에서 팔고 집을 꾸려나갔다. 푼돈으로 집을 꾸리기엔 역부족이었다. 열여덟 어린 나이에 시집와서 스무 살 되던 해에 시설원예 비닐하우스 농사를 시작했다. 평생직장이 되었다. 시집온 어머니를 두고 아버지는 군 복무를 위해 입대했다. 사실상 우리 집 가족을 먹여 살린 건 어머니였다. 아버지 군 복무하는 동안 누나가 태어났다. 다행히 할아버지가 업어 키우면서 젖먹이 밥때에는 논에 가서 젖을 물리곤 했다. 가족들을 두고 군 복무를 해야 하는 아버지 마음이 편할 리 없겠지만 어머니만큼 했을까?

어느 날 밤 자리에 누워서 유튜브를 본 적이 있다. 주로 캠핑, 다큐, 한국인의 밥상 등 다큐멘터리 형태의 영상을 본다. 연계된 영상이 올라왔는데, 태국의 광고였다. '편견에 대한 감성 영상'이란 제목으로 올라온 영상이다. 한국말로 번역된 글이 잠깐씩 올라왔지만 옳게 되어있지는 않았다. 어설픈 번역도 내용을 이해하는데 아무런 문제없었다. 영상에서 전달하려는 메시지는 분명했다. 영상 초반에 주인공인 선생님의 어린 시절을 보여주지는 않았다. 초등학교 교사로 근무하는데 교실 뒤 의자에 어머니가 졸면서 앉아있었다. 보살필 사람이 없어서 아들 직장인 학교 교실에 어머니를 모시고 온 것이다. 영상의 초반부에는 아이들이 수업을 받는 중에 할머니가 졸고 있는 모습, 점심시간에 어머니 앞에 앉아 음식을 떠먹여 주는 모습, 먹여주는 족족 흘리는 음식을 닦아주는 모습이었다. 치매에 걸린 어머니를 돌보는 모습이 확실했다.

학교 수업이 끝나고 아이들이 하교하는 장면이다. 엄마들이 아이를 데리러 와서 같이 차를 타거나, 오토바이를 타고 가는 장면이다. 몇몇 아이들은 엄마와 손잡고 걸어가는 모습이었다. 오랜 기간 교실 뒤편에 어머니를 모시고 있었는지, 교장 선생님이 주인공인 선생님을 불렀다. 학부모들이 반발이 심하다는 민원 내용이고, 교실에 계속 어머니를 모실 수 없으니, 어머니를 편히 돌볼 수 있는 방법을 찾아보자고 제안했다. 필요하다면 지원도 해주겠다고 했다. 교장 선생님의 제안에도 주인공은 어머니가 본인만 알아보기 때문에 다른 사람이 돌보는 것이 어렵다고 했다. 얘기 도중 밖에서 기다리던 어머니가 사라졌다. 대화를 끊고 어머니를 찾아 나선다. '엄마~, 엄마~'하며 찾는 선생님의 모습에 하교 중이던 아이들이 엄마의 손을 놓고 할머니를 찾아 나선다. 화장실도 가보고, 다른 교실도 가보고, 학교 건물 뒤편에도 찾아본다. 장면이 바뀌면서 차를 타고 하교 중인 한 아이와 엄마의 모습이 담긴 영상이 나오는데, 아이는 '어른이 되면 나도 엄마처럼 운전을 할 거야'라고 했다.

다른 말은 이어지지 않았다. 영상을 보는 시청자들이 생각하게끔 하는 장면이다. 아마도 대부분의 사람들이 생각했을 것

내 삶에 새긴 문장들

같다. 어린아이도 어른이 되어 운전해서 엄마를 모시고 다니겠다는 뜻 말이다. 아무런 자막도 없고 한국어가 아님에도 공감할 수 있었다. 아이의 말에 엄마는 눈물을 글썽거렸다. 아이가 속 깊게 생각하고 건강하게 잘 자라고 있어서 감사하다는 뜻의 눈물이 분명하다.

장면이 바뀌고 아이가 갑자기 차를 세워달라고 한다. 담임 선생님의 어머니가 길을 잃고 모퉁이에 서서 하늘을 바라보고 있는 모습을 봤다. 할머니 여기서 뭐 해요? 라고 했지만 아무런 대답 없다. 어머니를 찾아 이리저리 뛰어다니는 선생님의 모습이 보이고, 마침내 어머니를 발견했다. 다행이다. 아들은 알아보는 듯했다. 아들만 알아봤다. 처음 하는 할머니의 대사 '학교에 안 가요?'라고 했다. 당신이 어떻게 여기까지 왔는지, 왜 여기에 있는지 인지하지 못하고, 지금이 아침인지 오후인지 시간 개념도 없는 엄마, 아들은 눈물을 흘리며 어머니를 꼭 안아주었다. 다른 장면으로 넘어가면서 한 아이가 엄마에게 안긴다.

치매를 주제로 한 공익광고 영상이다. 누구나, 아니 어머니의 사랑과 관심으로 자라온 이 땅의 모든 자녀라면 당연히 공감하지 않을까?

공무원으로 3년째 되던 해 2월에 아버님이 교통사고로 돌아가셨다. 평소 지병도 없었고, 65세가 넘도록 몸을 쓰는 일을 했다. 집 근처 목재 제재소에서 30년 넘게 근무했는데, 항시 몸을 쓰다 보니 군살도 없고, 겉으로는 나보다 건강했다. 치아는 얼마나 튼튼한지 뼈째 구운 생선을 드시고, 가끔 먹는 치킨도 작은 뼈는 씹어 드셨다. 그렇게 건강하게 잘 살던 분이 교통사고로 하루아침에 돌아가셨다. 영상 속 선생님 같지는 않지만 45년간 부부로 어머니와 아버지는 서로 의지하며 살았다. 어머니 입장에서는 하루아침에 기둥을 잃었기 때문에 슬픔이 더 오래 갔다. 갑작스러운 사고로 장례만으로는 고인을 위로하기가 아쉬웠는지 평소 다니던 절에 49재 기도를 올렸다. 매주 일요일이면 가족들 전부가 절에 가서 제를 지내고 영가를 달랬다. 직접 말씀하지는 않으셨지만 어머니께도 담임 선생님처럼 말없이 안아주고 위로해주는 기둥이 필요했던 것 같다. 외식으로 맛있는 음식을 먹는 것도 한계가 있다. 경치 좋은 곳에 가서 머리를 식히고 와서 마음 달래기에는 부족하다. 시간이 지나야 해결될 일이다. 당시에 지금의 아내와 연애를 하고 있었지만, 2017년 그해에 바로 결혼식을 올릴 순 없었다. 다행이었다. 어머니와 둘이 같은 집에 살 수 있어서 다행이었다. 누나와 형은 결혼을 했기 때문에 어머니께 자주 찾아뵙는 게 할 수 있는 전부였다. 대신 나는 어릴 적 받은 사랑과 배려를 함께 살면서 돌려드릴 수 있겠다 싶었다. 청소나 빨래 등 집안일을 도왔다. 농사일에서 필요한 농기계 일도 도와드렸다. 그렇게 1년 반이 흐르고 자연스레 결혼 얘기가 나왔다. 9월에 상견례를 하고 12월 중순에 식을 올렸다. 시쳇말로 번갯불에 콩 볶아먹듯 했다. 신혼집은 본가에서 걸어서 15분 거리다. 가까운데 잡았다. 멀리 갈 이유도 없었다. 아내도 이곳 함안에서 태어나 자랐고, 어머니 가까운데, 이곳 함안에 계속 살기로 했다.

결혼 후 어머니와 떨어서 살았다. 막내아들이 장가가서 아이 낳고 잘 사는 모습 보여드려서 좋다. 할 수 있는 최선을 다한다. 본가는 2층짜리 단독주택이다. 1층에는 나 혼자 쓰는 화장실이 있다. 볼일 볼 때 담배를 피우기 때문이다. 아침마다 화장실을 갔다가 출근한다. 퇴근하고 저녁때에도 화장실을 간다. '엄마 보러 왔다~'라고 말하지 않는다. 화장실 가는 건 핑계다. 자주 얼굴을 보고 싶었다. 올해 초부터는 아침마다 위염과 식도염에 좋다는 귤껍질과 백출 달인 물을 담아준다. 아들이 아침마다 왔다가 얼굴 보고 가는 것이 좋았나 보다. 좋다는 표현으로 약초 물을 챙겨주신다. 아침마다 어머니 얼굴을 보고 안부도 여쭤보고, 실없는 말도 건네 본다. 아무 일 없이 잘 주무셨다. 엄마 얼굴 보고 출근한다. 하루하루 내가 할 수 있는 최선을 다하고자 한다.

나를 만드는 것은 결국 나 자신이다.
나이키 Just Do it!

조연교

　나이키 로고가 찍힌 운동복 차림에 그는 뛸 준비를 한다. 나를 만드는 과정임을 보여주듯 피부는 구릿빛이고 탄탄한 근육의 소유자다. 그에게는 어떤 사연이 있는 것일까? 궁금증이 일어난다. 짝사랑하는 상대에게 고백하였지만 뚱뚱하다는 이유로 거절당하고 운동을 시작한 사람일 수도 있다. 아니면 최고의 국가대표가 되기 위하여 선발전을 준비하는 선수일 수도 있겠다. 이렇듯 상상 속 그는 온갖 시련을 이겨내고 승리를 위해 달려가는 사람이다. 그가 태어날 때부터 완벽한 조건에서 성공

만을 경험한 사람이라고는 상상조차 할 수 없으며, 원치도 않는
다. 그래야 멋지다.

역사 속 영웅만 보아도 그들이 엄청난 고난과 역경을 이겨낸
이야기들을 쉽게 찾아볼 수 있다. 만약 그런 고통을 겪지 않았
다면, 위인전이 탄생하지 않았을 수도 있을 것이다. 나이키 운
동복을 입은 그 사람도 역경과 고난을 이겨내는 중이다. 그래
서 멋지다.

사실 나는 어린 시절 위인전이나 역사책에 흥미가 없었다.
그저 어른들의 뻔한 잔소리 같았다. 그런데 이제는 조금씩 재미
가 있어진다. 특히 역사책 속에서 역경을 이겨낸 스토리와 그들
의 굳건한 정신을 존경하게 된다. 이렇게 변한 이유는 나도 이
제 어려움을 이겨내고 성장한 기억이 생겼기 때문인 것 같다.
괴로운 당시에는 빨리 이 위기에서 벗어나고 싶어 했지만, 시간
이 지나고 보니 그 경험이 꼭 나빴던 것은 아니었다. 오히려 나
를 성장시키는 전환점이 되어주었다. 특히 직장생활을 하면서
어려움을 많이 겪었고, 극복하기를 반복하였다.

나는 대학을 졸업하고 고향을 떠나 서울에 있는 대기업에
입사하였다. 그 시절 나는 모든 것이 서툴렀고 촌스러운 시골

처녀였다. 밖에서 위축되고 집으로 돌아오면 외로워서 매일 혼자 울며 지냈다. 4년 정도 일한 뒤 소진이 되었다는 것을 느낄 수 있었다. 몸도 아프고 만사가 다 귀찮았다. 퇴사하면 아무것도 못 할 것 같은 불안감이 몰려왔지만, 직장생활을 더 이상 지속할 수 없겠다는 느낌이 들어 결국 사직서를 제출했다.

퇴사 후 여기저기 있는 대로 이력서를 넣었고, 다행히 두 번째 직장생활을 시작할 수 있게 되었다. 일은 안정적이었고 운도 따라 바로 정규직원으로 채용되었는데, 알고 보니 전 직장의 경력이 인정되었던 것이었다. 첫 직장에서 고생은 했지만 이렇게 보상되는구나 싶었다. 나는 새로 들어간 그 직장에서 뼈를 묻겠노라 다짐했다. 그런데 시간이 갈수록 외부 상황이 어려워졌다. 인건비를 줄여야 하니 직원 채용이 줄었고 나는 겸직을 맡게 되었다. 내 전공을 살리는 일이 부가 되어버렸고, 전공과 상관없는 일들이 주가 되었다. 자존심 상하는 업무지시를 꿋꿋이 견디며 10년을 버텼다. 내가 너무 잘 참았던 모양이다. 결국 관리자가 나를 호출하였고 명예퇴직을 권유하였다. 그 순간 하늘이 무너지는 것처럼 느껴졌다. 눈앞이 깜깜했다. 앞으로 내가 무엇을 해야 할지 도통 감이 잡히지 않았다. 주변에서는 무시하고 버텨보라는 조언을 했지만, 내 자존심이 허락하지 않았다. 어떻게든 떳떳하게 이 위기를 극복하고 싶었다.

지푸라기라도 집는 심정으로 대학 지도교수님께 연락을 드렸다. 졸업 후 15년이 지나도록 한 번도 연락드려보지 못했는데, 그때는 간절한 마음에 염치를 따질 겨를이 없었다. 다행히 교수님께서 내 이야기를 다 들으시고는 당장 고향으로 내려와서 다시 공부하라고 하셨다. 나는 선택지가 없었고 희망을 주신 교수님께 그저 감사하였다. 그렇게 10여 년의 직장생활을 정리하고 새로운 인생을 살게 되었다. 그때부터 주말을 반납하고 주경야독의 생활이 시작되었다. 나는 마치 눈가리개를 한 경주마처럼 한 곳만 보고 달렸다. 그 시절 내가 얼마나 고생을 했냐면, 어느 날 양쪽 눈을 뜰 수 없어 안과에 갔더니 의사 선생님이 "이런 염증과 각막 손상을 본 적이 없다"며 호통을 치셨다. 어느 날은, 마음은 급한데 밑도 끝도 없이 다운되는 기분으로 아무것도 할 수가 없어 난생처음 정신의학과 문을 두드려보기도 했다. 다행히 체력이 너무 떨어진 것이 원인이었고, 큰맘 먹고 한약을 지어 먹었다. 이런 상황에서도 나는 멈추지 않았고, 그 과정을 무사히 마쳤다. 고통을 이겨낸 뿌듯함은 이루 말할 수 없이 기뻤다.

이후, 그 전보다 안정된 직장과 직함을 얻었다. 그런데 세 번째 직장에서 또다시 역경과 마주하게 되었다. 여태 겪어본 적 없는 사회생활이었다. 말도 안 되는 갑질과 음해가 난무하여 일도 많은데 정신적인 에너지가 더 소비되는 듯했다. 직장 내 괴롭힘으로 스트레스가 극에 달했다. 나는 또 이 역경을 이겨내야 했다. 그래서 들어간 지 약 8개월 만에 이직을 준비하였고, 지금 직장으로 옮길 수 있었다.

현 직장에서도 정도의 차이는 있지만 비슷한 일들이 일어나곤 한다. 다만 내가 단련되어 있을 뿐이다. 반복되는 시련 속에서 극복하기 위해 온갖 방법을 동원해 본 경험이 쌓여있었다. 오히려 예전에 겪었던 괴로움에 비해서는 지금 겪는 일들이 가볍게 느껴졌다. 직장 내 괴롭힘을 호되게 당했던 경험이 나를 또 성장시킨 것이다. 이제 겁날 일이 별로 없다는 생각이 든다. 어떤 일을 겪더라도 더 이상 타인에게 의지하지도, 의기소침해 있지도 않는다. 오히려 더욱 꿋꿋하고 밝게 생활한다. 당당한 내 모습이 스스로 대견하다. 신기하게도 그런 단단함이 밖으로도 티가 나는 듯하다. 예전보다 주변에 사람이 더 많아졌다. 나에게 도움을 청하는 사람들도 많다. 나는 그들에게 내가 할 수 있는 한 도와주려 노력한다. 나는 나이키 운동복을 입은 그처럼 지금도 단련되고 있는 중이다.

뇌 과학에서 밝혀진 사실에 따르면 인간의 생각은 긍정보다는 부정의 방향으로 흐르기 쉽다고 한다. 나 또한 나에게 닥

내 삶에 새긴 문장들

친 시련에 항상 남 탓과 부정적인 생각으로 머리를 가득 채웠다. 분노와 억울함을 주체하지 못하고 눈물로 밤을 지새우기도 했다. 부정적 감정표출은 나를 갉아먹어 몸과 마음을 피폐하게 만들었다. 그럼에도 불구하고 내가 한 가지 잘한 일은 해결을 위한 방안을 빨리 찾으려고 노력했다는 것이다. 방법을 찾으면 어떤 선택이든 신속하게, 그저 행동했다. 그것이 비결이었을까? 이제 돌이켜보니 시련은 항상 반복되었지만 우여곡절 끝에 모두 극복되었다. 그리고 조금씩 성장하였다. 시련이 왔기 때문에 벗어나기 위한 방안을 찾으려 노력했고, 인생의 전환점이 되어주었으며, 성장할 수 있는 기회를 가질 수 있었다. 모든 일은 나름대로 교훈이 되어주었다.

어려움을 겪어 보았기 때문에 내 주변 사람들이 혹여 실패에 넘어지고 슬픔에 빠져 아무것도 안 하고 있다면 그것은, 곧 성장의 과정이라고 이야기해주고 싶다. 더 큰 성공을 위해 극복하는 과정이 반드시 필요하다고 말이다. 그러니 절대 도망치지 말고 "Just Do it!"을 외쳐라. 성장하는 나를 만드는 것은 결국 나 자신뿐이다.

내 인생은 나의 것

홍정실

"모두가 주인공을 볼 때, 우리는 당신을 봅니다." 주연배우 두 명이 액션을 하고 지나간 거리에 조연 배우 홀로 남는다. 주연배우가 끌고 간 본인 차를 황망히 보고 있다. 머리 위로 조명이 비친다. "당신이 주인공입니다. 모두가 주인공을 볼 때 우리는 당신을 봅니다."라는 문구가 나온다. 머리 위 조명은 한 줄기 빛처럼 느껴졌다.

함안 군북에 있는 F 마트 면접을 봤다. 정육에서 일할 때 같은 마트에서 일하던 채소 팀장 소개였다. 팀장은 열심히 하고,

일을 잘한다고 나를 소개했다. 면접을 보는 자리에서 최대한 나의 본 모습을 보이려 노력했다. 경험이 부족하고 제대로 배운 적이 없다는 것, 미친 듯이 일해야 직성이 풀리고, 호기심이 많아 뭐든지 직접 해봐야 한다는 말도 했다. 아이가 아파 빠져야 하는 날도 있고, 이전 직장에서 따돌림을 받아 관둔 것까지도 용기 내어 말했다. 나의 상황을 숨기거나 외면하고 싶지 않았다. 부장님은 경력이랄 것도 없는 나에게 대리 직책을 주고, 정육을 맡겼다. 파격적인 대우였다. 나의 무엇을 믿고 그런 직책을 주고, 정육을 통째로 맡길 수 있었는지 아직도 잘 모른다. '잘할 수 있을까?' 부담스러웠지만, 손에 쥐어진 기회를 놓치기는 싫었다. 고민할 필요 없이 덥석 기회를 잡았다. 설레고, 두렵고, 한편으로는 뿌듯했다. 몸은 힘들었지만 하나하나 해내는 나 자신이 뿌듯했다. 정육이 나의 천직이 아닐까 싶을 만큼 일하는 시간이 행복했다.

'자리가 사람을 만들어 준다'라는 말처럼, 믿어주는 만큼, 지지해 주는 이상으로 해내고 싶었다. 좋아하는 일을 할 수 있고, 하고 싶은 것을 맘껏 할 수 있는 것에 감사했다. 손님을 상대하는 법을 익혔다. 막말하는 손님, 까다로운 손님, 소리치는 손님들에 익숙해지려 했다. 상처받으면 돌아서며 잊었다. '고기에서 냄새가 난다.' 말하는 손님에 더 신경 쓰겠다고 하며 보는 앞에서 고기를 썰어주었다. '양이 적다'라며 항의하는 손님에게는 물가가 올라 힘들다고 말하며 슬쩍 고기를 한 점 얹어 준다. 기운이 없고 입맛이 없다는 어르신은 먹어야 힘이 난다며 더 챙겼다. 무얼 먹을지 고민하는 손님이 있으면 취향에 맞게 추천했다. 내가 없는 시간이면 다시 오겠다 하며 돌아가는 손님도 생겼다.

나를 찾아주는 손님. 믿어주는 사장님, 지지해 주는 부장님. 응원과 격려, 칭찬을 아끼지 않는 마트 직원들까지. 모두 고마웠다. 나의 패턴에 맞춰 일할 수 있어 좋았고, 인정받아 좋았다. 일하는 시간 동안은 누군가의 아내, 엄마가 아닌 '나'였다. 누굴 위해서가 아닌 내가 좋은 일을 할 수 있어 하루하루가 즐거웠다. 아이들을 학교에 보내고 마트로 출근하기 위해 매일 한 시간씩 운전했다. 나에게 맞는 일터였기에 출퇴근하며 걸리는 시간이 힘들지 않았다. 마트에서 일하는 동안 주눅 들어 있던 자존감은 쑥쑥 자랐다.

찬영이의 병원 예약이 있었다. 1년에 한 번, 6개월에 한 번씩 있는 심장초음파와 유전대사 클리닉 진료가 같은 달에 몰려

있었다. 미루던 잠복고환 수술 일정도 잡혀 있었다. 병원 진료가 있던 날 한 시간 반 전에 도착해 피검사와 소변검사를 하고 엑스레이를 찍었다. 진료를 보던 중 교수는 '사춘기를 준비하라.'라는 말을 한다. 7살 아이에게 사춘기라니. 마른하늘에 날벼락 같은 말에 충격을 받았다.

마트에서 일하는 것이 재미있고 좋았지만, 아이가 먼저였다. 오래 일하지 못할 것을 알고는 있었지만, 예상보다 빨리 마트를 그만둬야 했다. 편의를 봐주겠다는 사장님의 말이 나를 흔들었다. 누구보다 일하고 싶은 사람은 나였지만, 한두 번의 편의로 끝날 일은 아니었다. 책임자가 자리를 자주 비우는 것은 무책임한 일이었다. 내가 안 될 일이었다. 타인에게 피해를 줄 수 있는 상황을 내가 견디지 못했다. 온전히 나를 인정해 주고, 배려해 주는 직장은 처음이었다. 마트를 나서는 길에도 미련이 남아 발걸음이 무거웠다.

아이를 돌보면서 할 수 있는 일을 찾아야 했다. 실업급여를 받으며 다른 일을 배우며 찾아보기로 했다. 실업급여를 받는 동안 컴퓨터 학원에 다니며 캐드를 배우고, 바리스타 과정도 배우기로 했다. 막내가 학교에 들어가면 시간이 매이는 일은 할 수 없었다. 여성 인력센터에 바리스타 수업을 신청하기 위해 방문했다. 코로나 여파로 바리스타 수업은 일정이 없다고 했다. 대신 취업에 필요한 이력서 쓰는 법, 자기소개서 작성하기, 면접 보는 자세 등을 알려주는 수업이 있다며 신청을 권유했다. '취업 팡팡'은 줌으로 진행했다. 교육 동기들에 나를 소개하고, 나를 한마디로 설명할 수 있는 별명을 지어보는 시간이 있었다. 5일간의 수업이 끝나는 날까지 사용할 별명이니 신중히 정하라 한다. 나를 단어 하나로 설명하는 것이 가능할까? '불리고 싶은 이름'을 해도 된다 했지만 쉽지 않다.

노트에 '미련한 곰'이라 적었다. 자존감이 바닥을 칠 때 내가 부른 별명이었다. 나를 깎아내리는 별명 말고, 장점을 살려주는 것이 뭐 없을까 고민했다. 볼펜으로 책상을 톡톡 두드리다 문득 남편과의 일이 떠올랐다. "재주는 곰이 부리고 돈은 사람이 번다는데, 이런 마누라도 괜찮지 않아?" 하고 물은 적이 있다. 남편은 "곰이 재주부리고, 돈도 제가 쓰는 곰이 어디 있냐?"라며 불만스럽게 말했었다. '재주부리는 곰'이라 적었다. 단번에 나를 설명할 수 있는 별명이었다. 단어 하나로 '이런 사람이구나' 하는 생각이 들겠다 싶었다. 교육생들이 소개할수록 자신감은 사라졌다. 슬기로운, 미소 천사, 행복 전도사같이 소개하는 별명이 다 비슷한 듯하지만 이쁘다는 생각이 들었다. 바꿀까 생각했지만, 나를 포장하는 것이 아니라 설명하는 자리였으니 그냥 하자 했다. 어떤 일이든 안 가리고 잘하는 것을 장점으로 나를 설명했다. 마트에서 일하는 동안 성격도, 마음가짐도 변했다. 하지만. 여전히 발표는 어렵고 떨렸다.

사람들의 눈에 훈련받은 곰은 특별하고, 신기한 구경거리다. 사람이라면 인정받지 못할 단순 행동이 곰이 하면 특별하다. 나는 곰이라 하더라도 인정받고, 박수받고 싶었다. 특별한 사람이 되고 싶었다. 내가 남을 부러워한 만큼, 남들도 나를 부러워하기를 바랐다.

소심한 성격을 겸손으로 포장하고, 용기 없어 나서지 못한 것을 배려라 말했다. 앞에 나서고 싶고, 할 수 있다는 마음을 외면했다. 솔직하게 행동하는 것이 두려웠지만, 이제는 아니다. 특별한 사람이 되고 싶던 마음이, 주눅 들었던 시간을 잊지 말자는 마음으로 바뀌었다. 나의 인생 무대 안에서 나는 주인공이다.

"재주부리는 곰이 누구야? 제부 아는 사람이야?" 가족 단톡방에 있는 내 별명을 보고 정예 언니가 묻는다. "바보냐? 나잖아. 내가 재주부리는 곰이야."

산타독 프로젝트를 아세요?

황세정

"타버린 산을 위해 산을 타는 강아지 산타독" 산타독 프로젝트 홍보문구다.

산타독 프로젝트는 화마가 지나가고 황폐해진 산불 피해 현장에 산타독 산을 타는 강아지들이 작은 구멍이 뚫린 씨앗 주머니를 매달고 뛰어놀면서, 자연스럽게 산 구석구석에 씨앗을 흩뿌리게 하는 프로젝트이다. 개들은 답답한 도시를 떠나 맘껏 뛰어다닐 수 있고, 작은 주머니에는 담긴 도라지와 더덕, 관상용 개양귀비 등 씨앗으로 인해 훗날 산림 복원이 되고, 발아한 씨앗이 자라나면 상품작물로 수확할 수 있어 주민들에게 부수적인 이득을 줄 수 있도록 하는 프로젝트이다. 산타독 프로젝트! 멋진 이름, 멋진 아이디어가 가득한 프로젝트다. 갖고 싶다. 이런 센스, 아이디어, 선한 영향력.

나의 꿈 이야기에 누가 관심이나 있겠냐마는, 지금의 꿈이 되기까지 꿈 변천사를 쭉 늘여 놓아 보려 한다. 어릴 적 꿈은 선생님이었다. 동네 동생들을 데리고 다니며, 태어난 후 몇 년 동안 쌓은 협소한 지식을 전해주며 선생님 놀이하는 것도 재미있었지만 그 당시 내가 아는 어른 중에서 제일 멋진 사람은 선생님이었다. 뒤돌아 생각해 보면 선생님이 되지 않은 건 참 다행이다. 동아리 수업을 위해 일주일 한번 학교에 갈 때마다 가끔가니 다행이라고 생각하며, 선생님들의 수고를 느끼곤 한다. 아주 오랫동안 꿈이던 선생님은 엉뚱하고 재미있는 상상을 하는 것이 좋아지면서 과학자로 바뀌었다. 어릴 적 TV에서 열심히 봤던 '맥가이버'가 기발한 생각으로 무엇인가를 만들어내는 모습은 멋지고 재미있었다. 하지만 과학자의 꿈은 고등학생이 되어 미분 적분을 만나고는 포기했는데, 나는 철저하게 문과의 뇌임을 깨달았다. 고등학교 다닌 시절엔 막연하게 좋은 일을 하며 살고 싶다고 생각했다. 하지만 고등학생이 된 그 시점에서도 좋은 일을 하는 직업 하면 떠오르는 건 간호사뿐이었다. (왜 의사는 생각하지 않는지) 진로를 정할 때, 간호과에 가려고 했으나 엄마의 적극적인 반대가 있었다. "너는 겁이 많아 간호사는 안된다." 딱히 꼭 해야겠다고 마음에 둔 전공은 없었다. 요즘 뜨는 직업이고 취직이 잘된다는 이유로 엄마가 추천해준 환경과에 들어갔었다. 환경과는 이과이다. 나의 적성과는 전혀 맞지 않았다. 과 수석으로 입학했다가 겨우 졸업만 할 수 있을 정도로 성적이 엉망이었다. 그러니 졸업해도 마땅히 선택할 만한 직장은 없었다. 적당한 직장을 찾지 못하고 아르바이트하며 지내던 철없는 젊은 시절, 지금의 남편과 함께 5일장을 다니며 미니 선인장을 팔러 다닌 적이 있다. 햇빛에 파라솔도 없이 선크림 따위는 바르지 않아 시커멓게 타면서도 마냥 즐거웠다. 엄마에겐 엄청나게 혼났다. 아가씨가 얼굴이 시커멓게 타도록 뭘 하며 돌아다니냐고. 얼굴도 타고, 잔소리를 들어도 그때가 좋았다. 번 돈으로 장을 돌아다니며 이것저것 먹거리를 사 먹는 재미도 쏠쏠했다.

그 후 학원에서 아이들을 가르쳤지만, 매일 반복되는 그 시간은 마치 감옥에 갇힌 듯 답답했다. 가르치는 것은 재미있는데 매일 똑같은 일상은 싫으니 학습지 방문교사로 직장을 바꿔 일을 시작했다. 그나마 여기저기 다닐 수 있고, 수업이 없는 시간엔 벤치에 앉아 나만의 시간을 보낼 수 있으니 학원보다는 나았다. 이렇게 나의 꿈과 직업은 정확한 방향을 잡지 못해 방황하고 있었다.

결혼하고 첫 아이가 3살쯤일 때 아이 책을 사러 갔다가 시작한 유아 도서 영업직은 그 후 나의 직업이 되었다. 유아 도서 영업직은 나와 제법 잘 맞았다. 일은 자유롭고, 그림책은 흥미로웠으며, 아이에게 책을 넉넉하게 사 줄 수 있었다. 다만 내성적인 탓에 적극적인 영업을 하지 못해 경제적으로는 썩 도움이 되지 못했다. 철저한 경쟁구조이고 능력만큼 월급을 받는 시스템이라, 성과를 내지 못해 자존감이 떨어지기도 했지만, 그림책이 좋아 그 끈을 놓지 않았다. 인내의 시간을 보낸 대가였을까. 관리직이 되는 기회가 왔다. 오히려 영업과 실적에는 압박감이 늘어났지만, 지역국을 잘 운영하기 위해 갖가지 이벤트나 프로그램을 계획하는 새로운 일을 시작했다. 영업은 힘들었고, 일은 재미있었다. 재미있는 생각을 하고, 그것을 이룰 방법을 찾고, 준비하는 일이 좋았다. 이 일을 계기로 멀리멀리 돌아오긴 했지만 지금 나의 꿈에 많이 가까워졌다.

이익 창출을 위한 치열한 전투를 해내야 하는 영업은 그만두었다. 지금은 좋아하는 책을 판매하는 '그림책 공원'이라는 이름의 동네 서점 주인장이 나의 직업이다. 주로 그림책을 판매하는 작은 서점이다. '사람과 사람이 만나 책으로 소통하는 사회 만들기'가 서점의 소셜 미션이다. 사춘기 청소년들에게 그림

책을 소개하고 이야기를 나누며 생각을 공유하고 싶다. 시골이라 보니 아이들의 문화 공간이 턱없이 부족하다. 아이들이 부담 없이 찾아와 책을 읽고, 책으로 놀 수 있는, 다양한 문화 체험 거리가 있는 떠들썩한 서점이 되길 바란다. 시골이기도 하고, 요즘 워낙 고령 인구가 증가하는 추세인 만큼 동네에 어르신들이 많다. 아침에 출근할 때부터 동네 정자에 앉아 계시던 어르신들은 늦은 시간 퇴근할 때까지 계신다. 여러 어르신이 모여 이야기도 나누고 밥도 같이 드시고 하는 건 다행일 테지만, 하루 종일 무료하겠다는 생각이 늘 들었다. 어르신들을 위한 시간도 마련하고 싶다. 글 밥도 적고, 그림이 있어 읽기 쉬운 그림책을 함께 읽고 이런저런 대화를 나누는 시간 말이다.

지금껏 해왔던 일 하나하나는 무의미하지 않다. 오히려 그동안의 경험들이 차곡차곡 쌓여 지금의 나를 만들고 있는 것을 본다. 안경미 작가의 그림책 《문앞에서》라는 책에서 보면 세 자매 앞에 문이 있다. 아무리 열어도 똑같은 문이 있다. 끝없이 계속되는 문 앞에서 첫째는 좌절하여 나무가 되고, 둘째는 열쇠를 찾아 떠난다. 혼자 남은 셋째는 우연히 문에 의미 없는 파란 선 하나를 긋는다. 또 문을 열고 파란 선을 긋고, 또 긋는다. 그렇게 그은 수많은 선이 하나의 면이 되고, 또 다른 그림을 그릴 배경이 된다. 때로는 철없는 행동처럼 보이는 경험도, 자존감 떨어질 만큼 자신 없던 일도, 좋아하는 일과 만나 새로운 꿈을 그릴 수 있는 하나의 기회가 되어 준다.

'산타독 프로젝트'는 산불로 황폐해진 산을 살리고, 지역주민에게 도움이 되며 유기견, 반려견에게도 즐거움을 주는 따뜻한 프로젝트다. 지금 나의 꿈은 환경과 사회의 전반적인 문제들을 해결하는 데 도움 되는 사람이 되는 것이다. 그런 경험을 쌓고 능력을 키워내는 것. 앞서 이 일을 하는 분들의 경험을 듣거나, 보면 가슴이 뛴다. 인생은 속도보다 방향이라고 했다. 45세에 방향은 잡았다. 이제 조급해하지 않고, 천천히 사람들과 함께 나아가야 한다. '타버린 산을 타는 강아지 산타독' 산타독 프로젝트처럼 이롭게, 기발하게, 즐겁게.

제5장

매일 노래 부르며 살고 싶다

(노래 가사 중에서)

1

그대가 보고 싶다

김주아

나는 어릴 때부터 방학을 좋아했다. 학교에 가지 않는 것도 좋았지만 고모 집에 놀러 가기 때문에 방학을 특히 더 좋아했다. 어릴 때 고모는 항상 새로운 것을 알려주고 가져왔다. 그 당시 가정형편이 어려워 시골에 살고 있었다. 당연히 다른 곳에 비해 발전 속도가 늦었고 장난감, 문구류도 할머니들이 운영하는 상회에서 살 수 있었다. 그런 곳에서 고모는 항상 새로운 장난감, 문구류를 사서 왔다. 고모가 사준 물건을 학교에 들고 가면 모든 이들이 부러운 눈으로 바라보았다. 그것을 부러워해 훔치는 친구들도 몇 있었다. 초등학교 방학이 되면 창원에 있는

내 삶에 새긴 문장들

고모 집으로 곧장 향했다. 혼자 704번 버스를 타고 한 시간 반쯤 가면 개나리 아파트라는 곳에서 내려 10층을 누르고 왼쪽으로 돌아서 3번째 집인 고모 집으로 갔다. 엄마는 혼자 보내는 것을 걱정했지만 고모 집에 놀러 가고 싶어 하는 나를 막을 수 없었다. 고모 집으로 놀러 가는 것을 좋아한 이유는 단 하나이다. 그곳에 가면 내가 공주가 될 수 있었다. 나는 위아래로 오빠, 남동생이 있어 장난감도 로봇, 미니카 등을 가지고 놀았고 오빠의 옷을 물려 입기도 했다. 어릴 때 생일에 예쁜 드레스 입고 미미공주의 집을 선물 받던 친구가 부러웠다. 드레스를 빌려 입고 인형 놀이를 더 하고 싶어서 자고 온다고 떼를 쓴 적도 있다. 이런 소망이 고모 집에 가면 다 이루어질 수 있었다. 고모는 내가 오면 항상 맛있는 음식을 해주셨다. 피자를 손수 만들어주기도 하고 치킨을 사주기도 했다. 집에서 먹었더라면 서로 더 먹으려고 허겁지겁 먹었을 텐데 그럴 일도 없이 내가 먹고 싶은 만큼 먹을 수 있었다. 허겁지겁 먹는 내 모습을 보면서 고모는 천천히 먹으라며 다독여 주었다. 고모도 좋았지만, 고모부도 너무 좋았다. 그때 당시 사촌 동생이 태어나고 얼마 안 된 지라 말이 통하는 내가 재밌었는지 나를 많이 놀렸었다. 한 번은 이마트를 가야 하는데 이마트에 가기 위해서는 치아를 뽑아서 보여줘야 한다고 하셨다. 매번 거짓말을 하면서 나를 놀렸던 분이시라 거짓말인 거 다 안다고 아니라고 했더니 자신의 입 속을 보여주며 치아가 없는 곳을 가리켰다. 여기에 치아를 이 마트에 들어갈 때 맡겨서 없는 거라며 진지하게 장난을 치셨다. 그 뒤 이마트 갈 때마다 치아 뽑기 싫다고 울었다. 내가 올 때마 다 고모는 고모부를 때렸다. 왜 이상한 장난을 쳐서 애를 울게 만드냐고 핀잔도 했다. 고모부는 미안했는지 장난감 코너에 가 서 갖고 싶은 것을 사라고 하셨다. 삼 남매를 키우셨던 우리 부 모님에게서 절대 들을 수 없는 말이었다. 아직도 그 장면과 그 감정이 생생히 기억난다. 너무 기분이 좋아서 장난감을 고르는 데 거의 40분이 걸렸다. 그 장난감은 집에 와서도 숨겨 놓고 혼 자 가지고 놀았다. 고모는 정확하게 내가 무엇을 하고 싶어 하 는지 알고 있었다. 예쁜 머리핀을 사서 내 머리를 공주님 머리 라고 만들어주었다. 시골에서 오빠, 동생과 큰 양동이에서 목 욕하는 것을 알고 욕조에 물을 받아 거품을 뿌려주었다. 공주 님은 이렇게 목욕한다고 웃으며 말해주었다. 시골에서는 가보 지 못할 곳을 데려다주며 하고 싶은 것 있으면 말해달라고 했 다. 그때마다 일기장에 그 기분을 가득 적었다. 집으로 돌아가 면 오빠랑 동생한테 내가 무엇을 했고 무엇을 먹었는지 자랑했 다. 하지만 얼마 가지 않아 집안 사정으로 인해 고모와의 연락 이 끊겼다. 내가 초등학교 5학년 때부터 연락이 끊겼다. 그 뒤

문득문득 고모 생각이 나긴 했지만 먼저 연락하진 않았다. 그러던 와중 최근 엄마께서 고모가 매우 위독하다는 소식을 전해 주셨다. 간암 4기고 얼마 남지 않았다는 소식이었다. 전화를 끊고 한동안 멍했다. 내 기억 속 고모는 너무 건강했기 때문이다. 십여 년 만에 연락이 와서 위독하다니 연락을 할 수 있었을 때도 있었지만 연락을 안 했던 것이 후회되었다. 지금이라도 연락할까 고민했지만, 나는 그럴 만한 용기는 없었다. 그 뒤 모르는 전화번호로 전화가 왔는데 단번에 고모부라는 것을 알았다 '고모부?'라고 하니 '내 목소리 기억나냐?'라며 웃으며 안부를 물어봐 주셨다. 그 뒤 고모가 매우 위독한데 너를 너무 보고 싶어한다는 말과 함께 고모를 바꾸어 주었다. 고모는 받자마자 '우리 공주'라는 말씀하셨고 그 말을 듣고 입을 막고 울었다. 고모한테 이번 주 안으로 찾아가겠다고 하고 전화를 끊었다. 나는 급하게 오빠와 동생을 데리고 고모가 있는 아파트로 갔다. 이사를 하지 않아서 어릴 때 기억이 있는 곳으로 갔더니 고모와 고모부가 있었다. 고모는 누가 봐도 많이 쇠약해 있었고 살도 많이 빠져 옛날 얼굴을 찾아볼 수 없었다. 눈물이 날 것 같지만 고모의 손을 잡고 늦게 와서 미안하다고 말했다. 고모가 언제 이렇게 예쁘게 컸냐며, 직장은 어딜 다니고 지금은 무엇을 하고 있는지 힘들게 물어보았다. 답을 해주면 고모에게 이제 내가 돈을 버니까 고모랑 좋은 곳 놀러 가고 싶으니 얼른 일어나라고 했다. 고모는 알겠다며 고개를 끄덕였다. 머리가 하얘진 고모부와 이런저런 이야기를 하고 고모 집에서 나왔다. 고모부에게 너무 늦어서 죄송하다고 다시 말씀드렸다. 고모부께서는 우리 잘못이 아니라며 이 시간에 와주어서 고맙다는 말과 함께 고모가 있을 때는 자주와 달라는 부탁하셨다. 그리고 따라 나온 사촌 동생들도 처음에는 부끄러워했지만, 곧잘 우리 삼 남매를 잘 따랐다. 사촌 동생들과 따로 이야기했다. 갑작스러운 엄마의 암 소식에 아주 힘들어 보였다. 그리고 남은 기간이 3개월 정도라는 시한부 소식은 동생들과 우리 삼 남매에게도 힘든 소식이었다. 동생의 차를 타고 동생과 오빠한테 지금이라도 자주 오가고 두 분께 잘하자고 했다. 그 주 주말에 푹 자고 일어났더니 부재중 통화와 사촌 동생의 문자가 와 있었다. 고모가 돌아가셨다는 것을 느낌으로 알았지만 부정하고 싶었다. 하지만 사촌 동생의 부고 연락을 보고 숨을 크게 들이 내뱉었다. 아빠는 그 당시 낚시하고 있었는데 내가 전화를 하고 말이 없자 '고모부한테 연락이 왔니?'라고 눈치를 금방 채셨다. 고모는 나에게 늘 새로운 것을 보여주고 알려주었다. 조금만 더 빨리 연락했으면 내가 받은 만큼 고모에게 해줄 수 있었다고 생각했다. 엄마를 잃은 사촌 동생들은 멍하니 장례식장을 지키고 있었고 첫째

내 삶에 새긴 문장들

딸은 아직 엄마가 살아 있는 것 같다며 현실을 인정하지 못하고 있는 눈치였다. 안아주며 언니가 앞으로 더 많이 신경을 쓰고 고모가 언니한테 해준 만큼 언니가 더 잘하겠다고 눈물을 먹으면서 약속했다. 인순이의 《아버지》라는 노랫말에 그런 가사가 나온다. '누구보다 아껴주던 그대가 보고 싶다 가까이에 있어도 다가서지 못했던 그래 내가 미워했었다' 아버지를 그리기 위해서 만든 노래이지만 한 번씩 이 노래를 들을 때마다 고모가 생각난다. 그리곤 다시 다짐한다. 모든 이들에게 최선을 다하자고 그래야 누군가가 떠날 때 후회가 없다는 것을 알기 때문이다. 그리고 이번 일을 계기로 부모님께 좀 더 최선을 다해야겠다는 생각도 했다. 매번 당연한 것처럼 부모님께 행동하지만, 어느 순간 떠날 수도 있다는 생각이 들었다.

나를 위로하는 법

송슬기

자존감이 바닥을 친다. 대수롭지 않게 쓰는 말이다. 노력했는데 결과가 만족스럽지 못할 때, 일이 한꺼번에 몰 릴 때, 타인에게 비난받을 때…. 스스로가 가치 없는 사람이 되는 것 같은 기분도 생긴다. 일을 미루거나, 아무것도 하고 싶지 않은 마음이 들면 '대체 나는 왜 이러나'하는 한숨 섞인 원망도 든다.

"요즘 사람들은요. 나도 그렇고 다른 사람들도 다 그렇지만, 자존심은 높은데 자존감이 좀 많이 손상된 것 같아요. 밖으로 나타낼 때는 자기가 그럴듯하고 멋있어요. 그런데 집에 돌아와서는 완전히 찌그러진 깡통이 되는 것이 문제다." 한 예능 프로그램에 나온 나태주 시인의 인터뷰 내용이다.

나도 자존감이 바닥이었다. 해야 하는 일을 미루다가 억지로 할 때가 많았다. 결과에 대한 성취감을 느끼지 못하고 만족하지 못할 때가 훨씬 많았다. 일을 미루다 제대로 마무리하지 못하는 내가 싫었다. 실망도 많이 했다. 마음이 상할 때면, 다음에는 더 잘해야지 하면서도 포기를 반복했다. 한심스러웠다.

일 잘하는 동료들을 볼 때는 질투심도 들었다. 그들처럼 잘한다고 인정받고 싶었다. 분기에 한 번 열리는 기량 평가에서 좋은 성적을 받지 못할 때면 나에게 화도 났다. 주변에서 "다음에 더 잘하면 되지"라고 위로해도 들리지 않았다. 비웃음과 조롱처럼 느꼈다. 잘하고 싶은 욕심과 잘하지 못하는 현실 때문에 괴로워했다.

자존감. 스스로가 생각하는 자신의 긍정적인 모습이 아닐까? 자신을 소중하게 생각하고, 하는 일에 대한 가치를 인정하는 모습. 어쩌면, 자신을 믿는 강력한 믿음이라 생각했다.

타인에게 인정받고 존중받고 싶었다. 처음 군 복무를 시작했을 때 규정을 익히느라 애를 많이 썼다. 용어도 생소했다. 업무 이해도가 높은 다른 동기들과 비교를 당할 땐 자존심도 상했다. 언제부턴가, 모른다고 물어보는 것조차 부끄러웠다. 모르면서 이해하는 척하는 것도 힘들었다. 바보 같았다. 자신이 없었다. 못하는 모습을 인정하면 비참해질 것 같았다.

부족하다고 겸손한 척했지만, 끊임없이 다른 사람들과 비교했다. 다른 사람의 비판은커녕 조언을 받아들이는 것도 어려웠다. 남들에게 좋은 사람으로만 보이고 싶었다.

세상이 나를 중심으로 돌아간다고 생각했었다. 사람과의 관계도, 일도 무엇 하나 내 마음대로 되지 않았다. 내 인생만 엉망인 것 같아 모든 것을 원망했었다. 내 뜻대로 되지 않는 세상이라면, 차라리 아무것도 하지 않겠다고 생각했다. 나에 대한 긍정과 믿음이 없으니 아무 일도 일어나지 않기를 바랐다. 이런 마음이 들킬까 봐 숨고 도망치기에만 급급했다.

자신의 경험을 써야 한다는 말이 부담스러웠다. 나를 드러내면서 쓰기가 어려워 혼자 일기를 썼다. 일기에는 주로 나의 감정을 쓴다. 좋았던 일, 속상했던 일, 남들에게 말하면 부끄러운 감정들도 쓴다. 화가 날 때는 무슨 이유에서 화가 났는지 쓰고 화를 쏟아 낸다. 욕을 쓰기도 한다. 감정에만 그치지 않는다. 화를 내지 않기 위한 고민과 나만의 방법을 생각해 보고 쓰기도 한다. 남들에게 말하지 못하는 솔직한 생각을 쓰고 나면

내 삶에 새긴 문장들

오만한 태도에 스스로 비난하는 글도 쓴다. 욕심, 비교를 통해 느낀 열등감도 인정한다. 행동을 반성하고 나면 각오를 다질 때도 있다.

솔직하게 쓴 덕분에 진짜 내가 원하는 것을 명확하게 알게 된다. 감정을 뱉어내는 것에 그치지 않는다. 내 감정 한 번 인정하고 스스로 다독인다. '감정 일기'는 아무도 알아주지 않는 내 마음을 알아차리는 것만으로도 큰 위로가 된다.

늘 단점부터 찾았다. 부정적으로 생각도 많이 했다. 지인들과 모임 장소를 정하는 것도 힘들어했다. A 식당은 좁아서, B 식당은 지저분해서, C 식당은 사람들이 붐빈다는 이유로 다른 사람에게 의견을 미루었다. 좋지 않은 점만 보니 사소한 결정도 어려웠다. 선택한 결과에 책임이 따르는 것도 부담스러웠다. 늘 우유부단했다. 부정적인 생각부터 하니 남의 결정에 불만도 많았다. 내 책임이 아니라고 생각하니 상대를 비난할 때도 거침없었다.

결정을 포기하거나 미루는 습관은 내 삶의 중요한 결정을 해야 할 때도 어김없었다. 친정 부모님과의 분가를 고민할 때도, 아이들의 입학을 위해 전셋집을 고민할 때도 마찬가지였다. 삶을 주도적으로 살지 않았다. 큰 결정은 남편에게 미루었다.

할 수만 있다면 피하고 싶었다. 회피하는 것이 근본적인 해결이 아니라는 것을 알면서도 도망쳤다.

글을 쓰면서 삶에 터닝 포인트가 생겼다. 삐딱하게 봤던 생각도 조금씩 달라진다. 단점도 있지만 장점을 먼저 챙긴다. 선택할 때는 긍정적인 결과를 상상해 본다. 좋은 생각은 좋은 결과도 가져온다. 올바른 선택을 했다는 확신도 준다. 긍정적으로 생각하니 행동도, 삶의 태도도 달라진다.

"괜찮다고 스스로 말해주고, 자기한테 휴가와 상을 주고 칭찬하면, 자존감이 올라가지 않을까 생각해요." 낮은 자존감으로 힘들어하는 사람들에게 위로를 건네는 나태주 시인의 말이다.

스스로 위로하고 칭찬한다. 마음먹은 일이 제대로 되지 않아도 탓하지 않는다. 부족하면 부족한 대로 해낸 나를 격려하고, 수고했다고 토닥인다. 나의 최선과 노력만 생각한다. 고생했다고, 마음 한 번 쓰다듬어 준다.

퇴근하는 차 안, 라디오에서 가수 옥상 달빛의 〈수고했어, 오늘도〉라는 노래가 나온다. 멜로디도 좋지만 가사가 가슴에 꽂힌다. "괜찮다." "수고했다." 나에게 말해본 적 없었다. 늘 부족한 스스로 단련시키기 위해 강하게 채찍질했었다. 아직 부정적인 감정이 먼저인 날도 있다. 하지만 감정을 솔직하게 쓰고, 단점보다는 장점 먼저 본다. 긍정적으로 생각하려고 노력한다. 남들이 뭐라고 해도 나를 위로하고 칭찬한다. 점점 더 내가 좋아진다.

"수고했어. 오늘도. 아무도 너의 슬픔에 관심 없대도. 난 늘 응원해. 수고했어. 오늘도."

3

노래는 나의 인생

안영란

나는 노래 부르는 걸 좋아한다. 말이 트이고부터 노래를 곧잘 따라 불렀다고 했다. 외할아버지는 그 모습을 보고 내가 천재가 아닌가 싶었다고 하셨다. 8~90년대 MBC에 주부 가요열창 이란 프로가 있었다. 나는 그 프로를 손꼽아 기다렸다. 전국 각지에서 예선을 거쳐 올라온 주부들이 노래 실력을 뽐냈다. 심사위원이 되어 점수를 매기며 입상자를 예상해 보았다. 가수 못지않게 노래 잘하는 주부들이 멋져 보였다. 어른이 되어 결혼하면 주부 가요열창에 나가고 싶어졌다. 주부 가요열창을 매주 빠짐없이 보았다. 언젠가부터는 인생에 관한 노래를 좋아하게 되었다. 가슴 절절하게 부르는 주부들의 인생 관련 노래는 슬퍼서 눈물이 나왔다. 주부 가요열창 참가자들이 자주 부르던 나미의 '슬픈 인연' 류계영의 '인생' 임희숙의 '내 하나의 사람은 가고' 최진희의 '사랑의 미로' 이승연의 '잊으리' 등 잔잔하고 슬픈 노래는 나의 애창곡이 되었다.

할머니가 외출하시면 나는 나만의 주부 가요열창 무대를 열었다. 방에서 거울을 바라보며 노래를 부른다. 거울을 보며 머리를 다듬고 표정도 바꾸어 가며 부른다. 이 자세가 좋은지 저 자세가 좋을지. 어떤 옷을 입으면 예쁘게 보일지 거울 속에서 난 이미 스타였다. 주부가 되면 꼭 도전할 거라는 꿈을 야무지게 꾸면서 말이다. 당연히 그 꿈에서도 난 이미 '1등'이었다.

초등학교 6학년 겨울 할머니가 1박 2일로 외출하셨다. 할머니는 혼자 있기 무서우면 외숙모 집에 가라고 했지만 가지 않았다. 혼자 있을 때 좋아하는 음악을 맘껏 들을 수 있어서 좋았다. 라면으로 저녁을 때우고 구식 카세트에 가수 양수경 테이프를 넣고 볼륨을 높게 올려 따라 불렀다. 음질이 좋지 않았지만, 카세트는 보물 1호다. 할머니가 계셨었다면 염불이나 회심곡이 흘러나왔을 것이다. 신나게 양수경 노래를 따라 부르고 있을 때 대문 두드리는 소리가 크게 들려왔다. 동네에 사는 외숙모가 이름을 부르며 문을 두드리고 있었다. 할머니가 외출하셨다는 얘기에 내가 잘 있는지 밥은 먹었는지 보러 왔다가 내가 울고 있다고 생각하신 것이다. 무서우면 외숙모 집에 가서 자자고 했다. 노래 부르던 중이었다고 얘기해도 믿지 않아서 한동안 실랑이를 하다 집으로 돌아가셨다. 칠흑 같은 겨울밤이면 매섭게 부는 바람 소리에 등골이 서늘하기도 했다 그럴수록 더욱 큰소리로 좋아하는 가수의 노래를 따라부르며 무서움을 잊었다.

중학교 때였다. 소풍 가서 반 대표로 장기 자랑에서 노래했다.

"이번 봄 소풍 장기 자랑에 반 대표로 2~3팀 정도 노래를 불러야 하는데 누가 나갈래?" 교무실에서 돌아온 반장이 말했다. 반장의 얘기에 조용하던 교실이 소란스러워졌다. 여기저기서 웅성웅성, 소곤소곤 이야기 소리가 들려왔다. "누구 추천할 사람 없어" 서로 눈빛을 교환하며 둘러본다. "영란이가 노랠 잘 부르는데 영란이가 나가봐" 하는 소리가 들렸다. 친구들의 시선이 나에게 쏠렸다. "그래 내가 나갈게" 나는 나의 노래 실력에 의심도 없이 당당하게 얘기했다. 학교에서도 수업 시간 외엔 노래만 들었다. 용돈을 모아 카세트테이프를 사고 가요 책을 사모았다. 수학 공식, 영어 단어는 못 외우면서 노래 가사는 기가 막히게 외웠다. 집에서도 틈만 나면 노래를 불렀다. 목소리는 항상 쉬어 있었고 쇳소리가 났다. 중학교 2학년 때 담임선생님께서 판소리 배워보라 권유했다. 장기 자랑에 매번 나가서 노래를 부르는 일이 반복되니 가수라도 된 것처럼 노래를 잘 부르는 사람이라는 착각에 사로잡혔다.

고등학교 시절엔 수업이 끝나면 친구들과 노래방으로 달려갔다. 들어가자마자 마이크부터 챙긴다. 마이크 하나는 내 것이었다. 외우고 있던 애창곡 번호를 누른다. 노래방의 첫 곡은 늘 내 차지였다. 미숙이는 책을 보며 신중하게 노래를 고르고 성희는 탬버린을 현란하게 흔들었다. 누구의 노래이던 신나는 노래가 나오면 다 같이 소파 위에 올라간다. 리듬을 잘 타는 미숙이는 춤도 춘다. 몸치였던 나도 신나는 노래를 따라 부르며 방방뛰었다. 1분이 남았을 땐 다 같이 '잘못된 만남'을 목이 터져라 불렀다. 더 부르지 못한 아쉬운 마음과 짧은 시간에 대한 미련을 다 털어내듯 고함을 질러 댄다. 마이크를 내려놓은 손에 아쉬움이 가득했다. 나올 때는 서로 마주 보며 웃어댄다.

90년대에 주부 가요열창이 폐지되었다. 20살 무렵 폐지 소식을 듣고는 아쉬운 마음이 가득했다. 어른이 되고서야 실력보다는 자신감이 넘쳤다는 것을 알았다. 당연히 내가 나가면 상을 받고 박수를 받을 것이라 여겼던 지난날이 부끄러웠다. 예선도 통과하지 못할 실력이었다는 걸 왜 몰랐을까? 장기 자랑에 나가라 했던 친구의 말은 본인들이 빠져나가려 했던 것이었다. 생각해 보면 실력과 별개로 난 노래 부르는 게 좋고 그런 자리를 좋아했다. 대회를 나가고자 하던 꿈을 이루지 못한 것보다 앞으로 주부 가요열창을 볼 수 없다는 아쉬움이 컸다.

세월이 흘러 주부가 되었다. 부산 MBC에서 '영남 주부 가요열창'이란 프로가 신설된 것을 알게 되었다. 몹쓸 자신감이 스멀스멀 피어올랐다. 친한 친구 미혜에게 예선 보러 가고 싶다고 했다. 노래 연습하러 같이 노래방에 가자고 꼬드겼다. 노래 실력의 객관적인 평도 부탁했다. 노래를 신중하게 골랐다. 예심에 참가 중이라 생각하며 열심히 불렀다. "너는 고음에서 음정이 불안하고 가성이 많이 나온다. 고마 나가지 마라." 노래를 듣고 미혜가 고개를 절레절레 흔든다. "그 정도로 심각하나?" "저음은 들어줄 만한데 고음이 안된다. 그냥 생긴 대로 살아라. 가만히 있으면 2등이라도 한다." 친구의 충고에 몹쓸 자신감은 꼬리를 내렸다.

노래는 사춘기 시절 할머니와 아버지 사이에서 방황하던 내

내 삶에 새긴 문장들

게 친구가 되어주었다. 할머니는 속상한 일이 있을 때면, 내가 태어나던 날의 이야기를 들려주시곤 하셨다. 당신 아니었으면 엄마와 나는 세상에 없었을 거라 하셨다. 아버지의 못마땅함을 이야기하며 목소리를 키우신다. 나는 죄인이 되어 아무런 말 못 하고 묵묵히 듣기만 했다. 속상한 마음을 달랠 길 없는, 그런 날에는 이어폰을 끼고 음악을 들었다. 음악이 없었다면 견딜 수 있었을까? 노래는 하루하루 버틸 힘을 주었다. 따뜻한 위로 가 되었다. 노래는 내 삶에 없으면 안 될 또 다른 '나'다.

이미자의 '노래는 나의 인생'이란 곡의 가사 중 '나와 함께 걸 어가는 노래만이 나의 생명'이라는 가사가 있다. 가수가 되어야 만 노래가 인생이겠는가. 음악을 업으로 삼아야만 음악이 생명 이겠는가. 듣는 사람이, 부르는 사람이 위로받고 행복하면 그 만이다.

등대(Light Tower)

오기택

갈 곳 잃고 있다고 외롭다고 생각해 본적 있을 것이다. 어디를 가야 할지 어떻게 가야 할지 어떻게 하면 외롭지 않을 수 있을지 고민한다. 고민하는 과정에서 성찰하고 더 단단해진다. 어려움을 이겨내지 못 한 사람은 없다. 아직 고민 중이고 성찰 중이기 때문이다. 이겨내는 중이다. 사람들 마다 성장에는 차이가 있다. 보통 사춘기 성장기 때 불 쑥 자라는 아이들이 많다. 반면, 어떤 아이들은 고3 때까지 자란다. 군대생활을 할 때까지 자라는 친구도 있다. 신체 성장이 이럴 진데 마음의 성장이나 성찰은 두말할 것도 없이 사람마다 다르다. 다르다는 점을 안다면, 내가 지금 외롭고 힘든 상황을 견뎌내는 시간도 남들과 다르다는 것을 알아야 한다.

병원에서 퇴사하고 함안에 내려와서 다시 취업 준비를 6개월가량 했다. 원서를 넣고 면접을 보기 위해 제주도를 제외하고는 거의 안 가본 데가 없다. 나를 받아줄 데가 있을지 받아준다면 또 어떻게 생활할지, 취업 준비 기간이 길어질수록 고민만 깊어갔다. 마음을 다잡고 공무원 시험 준비를 할 때 들었던 노래가 싱어송라이터 '박소윤'의 《Light Tower》라는 노래이다. 기타선율과 잘 어울리는 이 노래는 가수의 목소리와 어울려서 더욱 외롭고 고립된 감정을 잘 표현한다. 이 노래는 "크리스마스이브 날 친구와의 약속이 취소되어 갈 곳을 잃고 낯선 일본 땅에서 하릴없이 차가운 밤거리를 거닐며, 춥고 쓸쓸하고 외롭고 불안한 마음만 더해갈 때, 눈앞에 들어오는 도쿄 타워의 불빛이 마치 '망망대해를 표류하다가 발견한 등대'처럼 한 줄기 희망으로 다가왔던 그때의 감정을 표현한 곡이라 소개돼있다. 이 노래를 처음 들었던 시기가 공무원 시험 준비하는 시기였다. 학원을 다닐 때 운전하던 차 안에서 자주 들었다. 보통 사람들은 기분이 처지거나 안 좋을 때 신나는 노래를 듣는다고 한다. 나는 오히려 그럴 때 더 차분하고 조용한 노래를 들으며 생각을 정리하거나 극한의 마음까지 갔다가 다시 회복하기를 기대한다. 차를 몰고 혼자 조용한 산 둘레길 초입에 가거나 조용한 암자 입구에 가기도 했다. 그런 곳들은 대부분 조용한 곳이어서 생각 정리에 최적의 장소다. 한글 뜻으로는 '등대'라는 뜻인 'Light Tower'를 통해 가수는 슬펐던 마음을 모두 녹이고 내일의 멜로디를 찾았다고 했다. 외롭고 힘듦을 등대처럼 빛나는 도쿄 타워의 불빛이 녹여줬다는 말이다.

　사람들은 힘을 받는 도구나 수단이 다들 하나쯤은 있다. 나의 경우 두 가지가 있다. 첫째로 육체적으로 힘들고 지칠 때 나는 어머니가 끓여준 된장찌개를 먹는다. 어머니의 된장은 아주 단순하지만 맛있다. 육수용 멸치에 집 된장을 되직하게 풀어서 감자와 양파를 듬성듬성 썰어 넣는다. 육수용이지만 멸치를 건져내지는 않는다. 되직한 국물과 건더기를 먹을 때 멸치도 같이 씹힌다. 어릴 때는 씹히는 멸치 식감이 좋지 않아 넣지 말라고도 했다. 식당에 가서 먹는 거라면, 찌개에 들어있는 멸치를 보고 불평했을지도 모른다. 그렇지만 이제는 그 된장찌개가 좋다. 진한 국물에 듬성듬성 썬 감자와 축 늘어진 양파를 한 숟가락 떠먹으면 뜨거워서 '하~~'하면서 한 술 더 떠먹는다. 입 안 가득 채워 넣고 씹으면서 줄어들기 전에 다시 한 술 먹으면 밥과 된장이 입안 가득히 포만감을 준다. 기운 낼 때 먹는 음식으로 된장찌개가 1순위이다. 두 번째로 한적하고 조용한 곳 드라이

　　　　　　　　　　　　　　내 삶에 새긴 문장들

브를 하는 것이다. 어머니와 함께 가끔은 아버지와 함께 드라이브 하는 코스가 가까운데 한 곳, 조금 먼 곳에 한 곳이 있다. 가까운 곳은 함안군 입곡 저수지가 있는 '입공공원'이다. 공원 한쪽에 있는 커피 자판기 맛이 일품이다. 밀크커피가 많이 달기 때문에 두 분이 맛나게 드신다. 달달한 커피를 마시고 시원한 공기를 맞으며 드라이브하는 것이 좋다. 조금 먼 데는 함안 인근 창원시 진동이라는 곳인데, 엄밀히 말하면 고성군과 붙어 있는 '동진교'라는 곳이다. 이 다리 근처에는 해산물과 간단한 라면, 김밥을 파는 포장마차가 있다. 가끔 해삼과 낙지도 나오는데, 아버지는 해산물과 김밥을 안주 삼아 막걸리도 한 병 드신다. 드라이브 하면서 집에서 하지 못했던 얘기, 좀 더 진솔한 얘기, 아니면 두 분 돌아가시면 어디에 뿌려 달라느니, 어디 납골당에 모셔달라는 평소 잘 하지 않던 이야기를 한다. 막내아들과 함께하는 드라이브로 오며 가며 차안에서 이야기하는 그때가 참 좋았다. 맛있는 된장찌개 먹는 일과 좋아하는 장소 드라이브 하는 이 두 가지가 내게는 등대이다. 어머니가 끓여주는 된장이 그냥 상에 올라오는 것과 달리 내가 요청해서 된장찌개 먹고 싶다고 하는 것과 내가 두 분께 드라이브 가자고 말할 때는 아마 두 분은 알고 있었을 거라 생각한다. 병원을 나와서 공무원 준비를 하는 동안 나이 서른이 다 되도록 직장도 못

구한 아들이 안쓰럽다고 생각했던 것 같다. 아들이 공부하다 힘들어하는 중에 외롭고 힘듦이 보였나 보다. 그러니 먹고 싶다는 것, 가고 싶다는 것 따지지 않고, 아무 말 없이 같이 나서주셨다.

드라이브를 하고 돌아오면 기분이 정말 좋다. 별 시답잖은 이야기에도 서로 많은 말을 하고, 오늘 먹은 김밥이 좀 짜더라, 대신 낙지는 싱싱하데 라고 아들한테 말 걸어주는 두 분께 감사하다.

'지나고 나면 큰일이 아니다. 지나고 나면 별로 나쁜 일도 아니다.' 말씀해 주는 두 분은 아버지 스물, 어머니 열여덟부터 시작한 부부생활에 얼마나 많은 힘든 일이 많았었는지 짐작도 할 수 없다. 그 시대 분들이 다들 그렇겠지만 없이 살면서 자식 가르치는 게 얼마나 힘들었을까 생각한다. 드라이브하면서 힘들어하는 아들한테 말 붙여주는 고마움에 내 마음이 풀린다. 그보다 '두 분이 젊을 때 얼마나 힘들었을까 생각하면 내가 하는 고민은 사치다.'라고 생각한다.

사람마다 외로움과 아픔을 견디는 방법이 다르다. 나는 요즘도 힘들 때면 된장찌개를 끓인다. 본가에 찾아가서 끓여달라고 할 수도 없다. 무단히 찾아가서 된장찌개 끓여달라고 하면 꼭 '아들, 힘든 일 있나?'라고 물어볼 것만 같아서다. 누구나 갈

내 삶에 새긴 문장들

곳 잃고 있다고 외롭다고 느낄 때 있을 것이다. 이겨내는 방법도 하나쯤은 있을 거라 생각한다. 아주 거창한 것이 아니라도 좋다. 이겨낼 수 있는 방법, 마음을 진정할 수 있는 방법 하나쯤 있으면 제법 잘 살 수 있을 것 같다.

요즘은 아침저녁으로 어머니 얼굴 볼 때 먼저 물어본다. 안색이 안 좋다. 그럴 때는 분명 이유가 있다. 전 날 고추를 많이 따서 힘들다거나, 깻대를 많이 털어서 팔이 아프다고 한다. 다음 날 병원에 가서 링거한대 맞으시라고 용돈 드리는 게 전부다. 할 수 있는 게 있어서 좋다. 5년 전 아버님을 먼저 보내고 짓던 농사규모도 줄였지만 그래도 출근한다는 생각으로 비닐하우스 밭, 고추밭, 깨밭, 고구마밭에 출근하는 어머니께 해드릴 수 있는 게 있어서 좋다. 잘 보살펴 드려서 할 수 있는 일을 다 하려 한다.

그건 니 생각이고

조연교

집 근처에 하천 산책길이 있어 날씨가 좋은 봄, 가을로 시간이 날 때마다 걷는다. 혼자 걷는 것을 즐기는데 그럴 때 음악이 친구가 되어준다. 특히 스트레스가 쌓인다 싶으면 나는 더 밖으로 나가 걷게 된다.

내가 이직한지 얼마 지나지 않은 시점이었다. 잘 지내던 동료 A가 갑자기 내 인사를 받지 않았다. 나는 영문도 몰랐고 황당했다. 곰곰이 내가 실수한 적이 있었는지 되돌아보았지만, 도저히 짐작조차 되지 않았다. 멀리서 내가 보이면 고개를 의도적으로 돌려 나에 대한 거부를 온몸으로 표현하는 것을 확인했다. 나도 몇 번 인사하다가 그만두었다. 그렇다고 찾아가서 따지지도 않았다. 혹시 이 일을 입 밖으로 내뱉는 순간 기정사실로 될까 염려되었다. 주변 사람에게 알리지도 않았다. 남들에게 구설이 되어 도마 위에 오르는 것도 무서웠다. 부산에서 경북을 왕복하며 멘토 선생님을 찾아가 상담하면서 마음을 다스렸다. 내 문제가 아니겠거니 주문을 걸면서 아침, 저녁으로 산책도 더 열심히 했다. 그러다가 리듬도 경쾌한 장기하의 《그건 니 생각이고》라는 음악을 우연히 듣게 되었다. 이 노래의 가사를 들으면서 나도 모르게 피식 웃음이 났다.

"이 길이 내 길인 줄 아는 게 아니라 그냥 길이 그냥 거기 있으니까 가는 거야! 원래부터 내 길이 있는 게 아니라 가다 보면 어찌어찌 내 길이 되는 거야! 내가 너로 살아 봤냐 아니잖아. 니가 나로 살아 봤냐 아니잖아. 걔네가 너로 살아 봤냐 아니잖아. (중략) 못 알아들으면 이렇게 말해버려 그건 니 생각이고 그대의 머리 위로 뛰어다니는 것처럼 보이는 사람도 너처럼 아무것도 몰라!"

사람들은 모두 각자 자신에 대한 이미지를 가지고 있다. 그런데 내가 가진 나에 대한 이미지와 타인이 그려 놓은 나에 대한 이미지는 일치하지 않을 수도 있다. 아니, 일치하지 않을 가능성이 더 많은 듯하다. 우리 엄마는 뒷산이 무너질까 매일 걱정하신다. 가끔 명절에 남매들이 모이면 이런 엄마를 농담 반, 진담 반으로 놀린다. 우리가 보기에는 아무 일도 아닌데 그것을 확대하고 부풀려 마치 큰일이라도 생긴 양 걱정을 사서 하신다. 우리가 본 엄마의 이미지이다. 정작 본인은 그런 자신의 이미지에 전혀 동의하지 않을 뿐 아니라 그 문제를 잘 인식하지도 못한다. 부모와 자식 간에도 서로가 느끼는 각자의 이미지가 다른 것이다.

나도 마찬가지다. 우연히 안면이 있던 B와 차를 마실 기회가 있었다. 커피에 관해 자신의 취향을 이야기하던 중 "나는 감각이 무딘 편이라 커피 맛을 잘 모르겠다."고 했다. 오랫동안 커피를 마셔왔지만, 아직도 제일 맛난 커피는 달달한 믹스커피라고 말이다. 그러자 B가 눈을 동그랗게 뜨며 이렇게 말했다. 내가 드립커피만 마실 것 같다는 것이다. 완벽주의자처럼 보인다는 말도 덧붙였다. 좋게 표현한 것이지 조금 더 솔직한 언어로 바꿔보자면 깍쟁이, 예민한 사람이라는 이미지로 나를 그려놓은 것 같은 느낌을 받았다. 깜짝 놀라며 나도 모르게 나를 변명하느라 허둥지둥했다. 어디 던져놔도 잘 자고, 층간소음을 느껴보지 못한 감각 둔감자라고 말이다. 그런데 B에게서 뿐만 아니라 비슷한 이야기를 또 듣게 되었다.

최근 같은 프로젝트 사업에 참여하면서 친해진 C그룹과 술자리를 가지게 되었다. 다들 가까운 동네에 살아서 모임을 결성하자는 이야기가 나올 정도로 친해졌다. 술자리의 분위기가 무르익어 갈 때쯤, 얼마 전에 차를 마시며 들었던 내 이미지에 관한 이야기를 꺼내었다. 정말 내 이미지가 그러한지 솔직히 말해주기를 요청하였다. 자리에 있던 대부분의 사람들이 나와 친해지기 전까지는 비슷한 느낌이 있었다고 피드백을 주었다. 나는 스스로 참 털털한 사람이라 생각했기에 그들의 말에 진심으로 놀랐다.

이 사건을 계기로 내가 가지고 있는 이미지와 타인이 나에 대해 그려놓은 이미지가 매우 다르다는 사실을 알게 되었다. 어쩌면 타인이 나를 보고 느끼는 어떤 이미지는 분명 스스로 자각 하지 못한 내 모습의 일부일 수도 있겠다는 생각이 들었다. 때때로 자신을 객관적으로 바라볼 기회가 되기도 한다. 곰곰이 생각해보니 나에게 그런 완벽주의적인 면이 있었던 것이다. 내가 감각은 무디지만, 일과 관련된 면에서는 완벽함을 추구하는 경향이 있고 스스로에게는 엄격한 편이기 때문이다. 이 사건을 계기로 타인이 나를 어떻게 생각하는지 확인하고 객관적 관점에서 점검하는 것도 필요하다는 생각이 들었다. 그 의견을 참고해서 인간관계에 활용할 수도 있고, 개선이 필요하다면 바꿔볼 수도 있다. 이것 또한 성장의 밑거름이 될 수 있겠다 싶었다. 명심해야 할 것은 그런 조언에 감정을 꺼내 들면 안 된다. 부정의 감정이 일어나는 순간 그 감정에 사로잡혀 결코 성장할 수 없게 된다.

타인이 만든 나에 관한 이미지에 동의할 수 없다고 기분이 상하는 순간, 문제가 시작된다. 나도 나의 이미지에 대한 불일치를 확인했을 때 매우 당황스러웠다. 하지만 조금만 더 깊이 생각해본다면 전혀 기분 나쁠 이유가 없다는 사실도 곧 알게 되었다. 타인이 나에 대한 이미지를 어떻게 만들었든 그것은 진짜 내가 아니기 때문이다. 나의 일부일 뿐이다. 좋은 이미지로 만들어 놓든, 그렇지 않았든 내가 어찌할 수 있는 영역이 아니라는 사실만 명심하기로 했다.

나의 인사를 받지 않은 A는 분명 나를 긍정적으로 생각하지는 않았던 것 같다. 개인의 자유와 관련된 문제이다. 나는 원인을 제공하지 않았다고 스스로에게 떳떳했다. 어떤 부분이 A에게 마음에 안 들었는지는 모르겠지만 어찌 되었든 내 문제는 아니니, 위축되거나 속상할 필요가 없었다. 단지 A는 지금 자신이 만들어놓은 나에 관한 가짜 이미지에 인사를 하지 않는 것이라고 생각했다. A가 왜 그런 이미지를 만들어냈는지 그 이유를 궁금해할 필요도 없다. 나는 상관하지 않고 그냥 이렇게 흥얼거렸다. '걔네가 너로 살아 봤냐 아니잖아~. 그건 니 생각이고!'

나는 산책길에서 만난 흐드러진 들꽃, 파란 하늘과 상쾌한 바람을 즐긴다. 기분이 좋으면 무성하게 자란 잡초도 예쁘게 보인다. 꽃은 그냥 꽃이며, 바람은 그냥 바람일 뿐이다. 꽃은 내 기분 따위를 신경 쓰지 않는다. 꽃을 보고 좋아할지, 싫어할지 결정하여 기분을 좌지우지하는 것은 항상 나 자신이다.

어떤 대상을 보고 불쾌한 감정을 일으켰다면 그것은 스스로를 괴롭히기로 작정한 것과 같다. 좋은 감정만 일으키려 노력하는 것이 스스로에게 이롭다고 생각했다. 산책길을 좋아하기로 마음먹었기 때문에 걷는 것은 스트레스 해소 방법이 되어 나를 위로한다. 만약 산책하다 만난 개똥에 불쾌한 감정을 일으킨다면 내 산책의 효과가 떨어질 것이다. 나는 산책의 효과를 극대화하기 위해서 모든 것에 긍정적인 시선을 던지기로 결정했다. 그것은 꽃을 위해서가 아니라 바로 나를 위해서이다.

앞으로 혹시 이유 없이 나를 비난하는 사람을 만나게 된다면 장기하의 《그건 니 생각이고》를 흥얼거리기로 했다.

6

애창곡이 뭐야?

홍정실

98년 수능 전날. 야간 자율학습 마칠 시간이 되어갔다. 반장이 술렁이는 친구들 앞에서 '한 만큼의 결과'가 나올 것이라 말한다. 교실 안이 술렁였다. 담임선생님 얼굴이 문틈으로 쏙 들어온다. 손에 들고 있던 막대로 벽을 탁탁 치고는 옆 반으로 간다. 눈에 들어오지 않는 문제지를 앞에 펼쳐 놓고 빈 칠판만 바라보고 있었다. 하얀 분필 자국이 얼룩처럼 남은 칠판을 보며 정말 졸업할 때가 되었구나 하니 아쉬운 마음이 들었다. "얘들아! 옆 반 반장들하고 아까 얘기를 좀 했거든. 우리 지금까지 고생했잖아. 야자 끝나기 5분 전에 노래 하나 부르기로 했거든. '나는 문제없어' 혹시 모르는 사람 있어? 오늘이 야자 마지막이니까 공부하느라 쌓인 것들 다 풀고 내일 시험 잘 보자. 얼마 안 남았으니까 문제 몇 개만 더 풀자. 시간 되면 다시 말해 줄게!"

'노래라니.' 어리둥절한 채 교실을 둘러본다. 시계 소리와 책장 넘기는 소리만 들리던 교실이 웅성거린다. 책을 보기는커녕 모두 들떠 있다. 시계를 보다 먼저 가방을 싼 친구도 있다. 나도 조용히 책을 덮고 가방을 책상 위로 올렸다. 가방끈에 여러 번 꿰맨 바느질 자국이 눈에 들어온다.

"불 끄면 시작하자. 크게 불러!" 반장은 고개를 문밖으로 내밀고 있다. 다른 반장들과 신호를 주고받는 중이다. "끈다." 딸깍. 교실은 칠흑 같은 어둠 속에 묻혔다. 창을 통해 들어오는 가로등 불빛도 없다.

"이 세상 위에 내가 있고 나를 사랑해 주는. 나의 사람들과 나의 길을 가고 싶어. 많이 힘들고 외로웠지. 그건 연습일 뿐이야. 넘어지진 않을 거야. 나는 문제없어." 누군가의 시작으로 교실 안을, 복도를 울릴 만큼 노랫소리가 커졌다. 어둠에 익숙해졌는지 교실 안 친구들의 실루엣이 보였다. 가사를 전부 알지는 못했지만 비슷하게라도 따라 불렀다. 아는 부분에서는 눈을 질끈 감고 목청껏 불렀다. 그동안 쌓인 고민, 말 못 할 설움, 어쩌지 못하는 휑한 마음도 함께 내질렀다. 답답한 만큼, 속이 터져 나갈 만큼, 억눌렸던 시간 들. 막힌 속이 뚫린 듯 시원하다. 노래의 끝자락에는 눈을 감고 친구들의 노래를 들었다. 친구들이 부러워 다가가지도, 멀어지지도 않은 3년이었다. 슬며시 손등으로 눈가를 훔쳤다. 여기저기서 울음소리가 들렸다. 노래가 끝나도 불이 켜지지 않았다. "애들아. 내일 수능 잘 보고, 그동안 고생했어. 한 만큼의 결과 나올 거야. 내일 힘내자." 반장의 목소리였다.

교실에 불이 들어오자 너도나도 가방을 챙긴다. 문 앞에서 기다렸는지, 소리 듣고 놀라 쫓아온 건지 문이 열리며 담임 선생님이 들어오신다. "아이고. 나는 너희들이 드디어 미쳤는가 했네. 수능 보기도 전에 미치면 안 되는데 하고 얼마나 놀랐는지 알아?" 검고 알이 큰 뿔테안경을 검지로 밀어 올린다. "잘했어. 한 번은 이렇게 미쳐 보는 것도 좋은 추억이 될 거야. 누구 생각인지는 몰라도 잘했네. 자! 그동안 고생한 거 오늘 다 풀었으니 다시 제정신으로 돌아오고. 내일 수능 잘 봐야지? 아침 6시까지 학교 운동장으로 모이는 건 알고 있지? 사인펜 꼭 챙기고, 도시락도 잊지 말고. 밥을 먹어야 시험 볼 기운도 나는 거야. 점심에 시험장 밖으로 못 나오니까 꼭! 까먹지 말고 챙기고. 절대 감기 걸리지 말고. 오늘은 집에 가서 책 펴지 말고 푹 쉬

내 삶에 새긴 문장들

어. 고생했다. 반장! 인사!"

　버스 3대가 시동을 걸어놓은 채 운동장 한가운데 서 있다. 버스 배기가스, 이른 새벽의 공기, 막 날리기 시작한 눈발로 운동장은 구름 속에 있는듯한 느낌이 들었다. 11월의 첫눈이었다. 자전거를 타고 온 탓에 코가 얼어 콧물이 맺혔다. 선생님들은 도착한 친구들을 체크하고 있었다. 아직도 도착하지 않은 친구들 집으로 연락하고, 출석 확인한 친구들을 버스에 태운다. 눈송이가 굵어지고 있었다. 후배들의 응원을 받으며 버스는 출발했다. 1학년 동생이 준 '쌀 엿'을 꺼내 입에 넣었다. 눈을 감고 친구들의 재잘거림을 들었다. 설레고, 편안하고, 달콤하다.

　둘째가 5학년 때였다. 숙제라며 애창곡을 묻는다. 노트에 적어 가는 것이 숙제라 했다. 머릿속을 노래를 떠올려 봤다. 노래방에서 즐겨 부르는 노래, 들을 때 좋은 노래, 좋아했던 노래들 사이에서 애창곡을 고민하기 시작했다. '나는 문제없어'라는 노래로 할까 했다. 소중한 추억이 있는 노래지만, 즐겨듣거나 부르지는 않았다. 딸의 재촉에 최근 자주 듣는 그룹 트와이스의 노래 중에서 골랐다. 애창곡이 된 이유도 쓰라 했다. "들을 때 기분 좋아지고 신나서 좋아한다고 하면 되지. 그렇게 써."라며 대충 말했다.

다음날, 딸이 입이 나온 채 집에 들어왔다. 선생님께 혼나고 친구들이 놀렸다며 시무룩한 표정을 하고 있었다. 선생님도 엄마 애창곡이 아니라 네가 좋아하는 노래 아니냐며 숙제로 인정해 주지 않아 벌을 섰다고 한다. 딸도 억울하겠지만 나도 억울했다. 내가 그 노래를 모를 것 같아서? 추억을 담은 노래라 말했으면 최근 노래를 선택하지 않았을 것이다. 딸은 선생님도 친구들도 아무도 믿어주지 않아 울고 싶었다고 한다. 거기에 몇 친구는 놀리기도 했다니 미안하고 멋쩍은 마음이 들었다. 애창곡이 뭐라고 벌까지 세우나 싶었다. 엄마가 좋아하는 노래는 옛날 노래, 아이가 좋아하는 노래는 요즘 노래라고 땅땅 박아 둔 것도 아닐 텐데. 이런 편견은 누가 만드는 것인지. "엄마가 선생님한데 전화할까?" 진짜 전화해서 항의라도 하고 싶었다. 엄마가 트와이스 노래를 좋아하는 것이 문제 되나요? 원래 방탄소년단 팬인데요. 그게 아이가 혼날 일인가요? 하고 따져 묻고 싶었지만, 딸의 부탁으로 참았다.

방황하고, 힘들던 때, 노래를 질러 대고, 모든 것을 털어 버릴 수 있었던 수능 전날의 몇 분은 여전히 소중하다. 그날의 노래를 찾아 부르거나 듣지는 않지만, 그날 이후로 노래를 좋아하

내 삶에 새긴 문장들

게 되었다.

고민만 끌어 않고 있던 여학생의 시간과 육아와 직장으로 정신없는 지금의 시간을 비교할 수 없다. 이전보다 안정된 삶을 살아서일까? 요즘 노래는 그 시절만큼 감동을 주지 않는다. 하지만 여전히 나에게 힘을 주고 흥을 준다.

고민 없는 사람 없고, 힘들지 않은 사람 없다. 저마다 극복하는 방법도 다르다. 나는 울고 싶을 때는 드라마를 봤고, 기분이 울적하거나 고된 작업을 할 때 노래를 듣는다. 지치고 외면하고 싶을 때, 노래는 마음을 보듬어 주고 일어설 수 있게 도와주었다. 신나는 노래에 맞춰 어깨를 들썩이느라 일이 힘든지 모른다. 나처럼 다른 사람들도 늦은 밤의 영화, 감동적인 드라마, 흥에 겨운 노래로 힘든 시간을 성큼성큼 지나길 바란다.

'애창곡이 뭐야?'라는 질문에 머리가 아팠다. 노래를 좋아하는 나에게는 그저 다 같이 좋은 노래일 뿐이다. 시간이 지나면 이전 노래는 흘려보내고, 새로운 노래가 나오면 그 노래를 듣는 것이 당연한 것 아닌가? 모든 노래가 나의 애창곡이다. 위로받고, 힘이 되는 노래를 굳이 하나만 고르라 하는 것은 엄마가 좋아! 아빠가 좋아! 하는 질문과 무엇이 다를까? 난 다 좋다.

나에게 쓰는 편지

황세정

　'이제 나의 친구들은 더 이상 우리가 사랑했던 동화 속의 주인공들을 이야기하지 않는다. 고흐의 불꽃 같은 삶도, 니체의 상처 입은 분노도, 스스로의 현실엔 더 이상 도움이 될 것이 없다고 말한다. 전망 좋은 직장과 가족 안에서의 안정과 은행 계좌의 잔고 액수가 모든 가치의 척도인가 돈, 큰 집, 빠른 차, 여자, 명성, 사회적 지위 그런 것들에 과연 우리의 행복이 있을까?' 어릴 적에 좋아하던 가수 신해철의 '나에게 쓰는 편지'라는 노래의 가사다. 연예인에는 관심 없던 내가 유일하게 좋아했던 가수였다. 특히 노랫말을 좋아했는데, 단순한 사랑을 노래

하는 가사가 아닌 인생의 고민을 담은 가사라 맘에 들었다. 고흐가 어떤 불꽃 같은 삶을 살았는지, 니체는 왜 상처를 입을 만큼 분노했는지는 몰랐다. 그저 '책은 현실에 도움이 되지 않는다고 말하는 사람들이 많구나!' 하는 정도는 느낄 수 있었다. 나는 어른이 되어도 현실적으로 살기보다는 꿈과 이상을 잊지 않으며 살고 싶었다. 돈, 큰 집, 빠른 차 등에는 우리의 행복은 있지 않다는 노랫말에도 강하게 공감하며…. 아직도 나는 어릴 적 좋아했던 이 노랫말처럼 살아가기 위해 무던히 애쓰며 살아간다.

평범하게 자랐고, 성격도 지극히 평범한 나이지만 가끔 '특이하다'라는 얘기를 듣는다. 나는 현실감각이 떨어지는 이상주의자이다. 아이들을 학교 성적과 상관없이 하고 싶은 것을 스스로 선택할 수 있는 아이로 키우고 싶었다. 아이들이 어릴 때 자녀가 어린 엄마들과 이런 얘기를 하면 맘이 통하고, 동의하는 분들을 종종 만날 수 있었다. 그렇지만 자녀가 좀 커 취학을 앞두거나 초등학생을 둔 엄마들과 얘기하면 '지금이야 그런 말을 하지만 현실은 다르다. 키워봐라. 학교에 가면 성적과 상관없이 아이를 키울 수가 있는지.'라며 아이가 아직 어려 뭘 모른다고 한다. 지금 첫째가 고등학교 2학년인데도 나는 아이들에게 학교 성적을 잘 받으란 말은 하지 않는다. 그런 말이 목까지 올라오는 것을 참는 것이 아니라 학교 성적보다는 자신이 하고 싶은 것과 잘할 수 있는 것을 찾아내는 것이 더 중요하다고 생각한다. 그러기 위해서 앞으로 잘 쓰이지 않을 어려운 수학 공식에 대입해 수학을 푸는 것보다 창의적이고 주도적으로 생각할 수 있는 안목이 더 필요할 것이다.

육아서적에서 나오는 육아법은 현실에서 실천하기 어려운 것도 있다. 예를 들면 양육자는 항상 일관성이 있어야 한다고 많은 육아서적에서 조언한다. 같은 상황에서 엄마가 감정적으로 다르게 행동하면, 아이들은 헷갈리고 불안해한다는 것이다. 맞는 말이지만 엄마도 사람이라 감정을 통제해 행동하기가 쉽지 않다. 그리고 아이들은 부모의 뒷모습을 보며 자라니 잔소리 대신 먼저 모범을 보이는 것이 훨씬 효과적이라고 말한다. 하지만 부모들은 '나는 그렇게 하지 못했기 때문에 너는 그렇게 해야 한다'라는 이유로 행동이 아닌 말로 가르치려고 할 때도 있다. 책과 현실은 달라 현실에선 실천하기 어렵다고 말하기도 하지만, 나는 책에 있는 그 '이상적'인 자녀 양육법을 그냥 못 본 척 넘길 수가 없다. 현실과 이상, 이 두 마리 토끼를 다 잡을 수 없다. 책을 통해서이든, 강의를 통해서이든 결심한 것을 실천하려면 대가를 치러야 한다. 나의 감정이 아이들을 대하는 태도가 되지 않기 위해 인내해야 하고, 잔소리 대신 행동으로 보여주려니, 시간도 오래 걸리고 힘도 든다. 그리고 현실적인 부족함을 감수해야 한다. 성적에 대한 스트레스가 없으니 아이들은 밝고, 착하며, 어른을 공경하는 아이들로 자라고 있지만, 학업성적은 그다지 좋지 않다. 가끔 사춘기에 접어들면서 예민해져 가족과는 대화도 하지 않으려는 아이들 때문에 걱정인 엄마들이 어떻게 하면 아이들이 그렇게 밝은지 물어본다. 그럼 학습에 대한 스트레스를 1도 주지 않기, 엄마도 하지 못 할 일은 하라고 하지 않기, 엄마의 감정이 아이를 대하는 태도가 되지 않도록 하기 등을 얘기하면 그게 가능하냐고 반문한다. 당연히 불가능하다. 100% 지킬 수 있는 사람이 있을까? 나도 실패할 때가 많다. 고비 야마다의 그림책 《돌을 다듬는 마음》이란 책이 있다. 어느 조각가의 멋진 작품을 본 소년은 멋진 조각을 만들어보고 싶지만, 실패가 두려워 시작하지도 않는다. 조각가는 그런 소년에게 말한다. "실패가 두려워 얼어붙는 건 당연하다네. 흔히들 그래서 시작조차 하지 못하지. 그런데 어딘가로 가고 싶다면 방법은 단 한 가지뿐이야. 그 방향으로 첫걸음을 딛는 거지." 조각을 시작한 소년은 실패를 거듭한다. "난 지긋지긋해요!"라고 소리치는 소년에게 "자네는 길을 만들어가는 중이야." 그가 나지막이 말했다. 길을 만들어가는 중이다. 그냥 그렇게 하는 것이 옳다고 생각하면, 결심하고 매일매일 조금씩 해

나가는 것뿐이다. 현실은 다르다며 고개를 돌려버리지 말고, 붙들고 조금씩 노력하다 보면, 어느 날 약간은 익숙해진 나를 발견하게 된다. "용기와 열정, 인내심도 보여. 맞아 자네가 얼마나 성장했는지 뚜렷이 보여. 여기서 멈추지 않았으면 좋겠어."

얼마 전 남편이 일을 그만두었다. 첫째는 고2, 그 아래로 중2, 중1 세 남매를 키우고 있고, 아직 집 장만도 하지 못했고, 은행 통장 잔고는 없는 정도가 아니라 빚을 갚아가고 있는 가정형편이다. 게다가 나도 하던 일을 접고 새로운 일을 시작하기 위해 준비하던 중이라 남편이 일을 그만두면 수입이 제로인 상태가 된다. 일을 그만둘까 고민하는 남편에게 그만두라며 편을 들어 주었다. 매일 이른 시간에 출근해 늦게까지 일하는 경우가 많아 늘 피곤해 보였다. 남편도 좋아하는 일, 하고 싶은 취미생활, 배우고 싶은 것이 있을 텐데 매일 일만 해야 한다면, 삶이 얼마나 재미가 없을까. 안쓰러운 마음이 늘 있었다. 돈을 벌기 위해 사는 것이 아니라, 사람답게 살아가기 위해 돈을 버는 것이라는 나의 이상과 당장 남편이 직장을 그만두면 생활이 어려워질 것이 뻔한 현실 사이에 선택해야 하는 상황에서 또 이상을 선택한다. 돈, 큰 집, 빠른 차, 은행 잔고, 사회적 지위. 이런 것들에 행복이 있을까 묻는 노래 가사에 끊임없이 '없다'라며 공감하던 어린 시절처럼, 또 내가 옳다고 생각하는 것을 포기하지 않기 위해.

새로 시작한 일은 내가 꿈꾸던 삶의 한 부분을 차지하던 그림책 서점 주인이다. 여전히 돈과는 거리가 먼 직업을 선택했다. 폐차 직전의 차를 타고, 명품 같은 것엔 관심도 없지만, 내가 하고 싶은 일을 하며, 한발 한발 걸어가며 느끼는 행복감이 그것들보다 훨씬 나를 설레게 한다. 돈을 벌기 위해 나와 가족들의 시간 대부분을 써 버리기엔 삶은 소중하고, 해야 할 것들이 많다. 조금 덜 쓰고, 덜 벌어 남는 시간을 좀 더 가치 있는 일을 하고 싶다.

'나만 혼자 뒤떨어져 다른 곳으로 가는 걸까 가끔은 불안한 마음도 없지 않지만, 걱정스러운 눈빛으로 날 바라보는 친구여, 우린 결국 같은 곳으로 가고 있는데….' 위 노래 다음 부분에 나오는 가사이다. 내 마음이기도 하다. 가끔은 내가 가는 이 길이 현실을 너무 무시하는 것은 아닌지, 나만 혼자 뒤떨어져 다른 곳으로 가는 건 아닐까 불안한 마음이 생기고, 조급해지기도 한다. 하지만 노래를 들으며, 이런 고민이 나만의 고민이 아님을 알게 되고 안도감을 느낀다. 나의 서툰 이 글이 '돈, 큰집, 빠른 차, 여자, 명성, 사회적 지위' 이런 것들엔 행복을 찾지 못하는 평범한 사람들, 나와 같은 고민을 하며 철없는 꿈을 꾸며 살아가는 이에게 내가 그랬듯 친구를 만난 반가움이 되길 바란다.

제6장

내 곁에 있는 사람들

(가족, 친구, 지인들이 내게 해준 한 마디)

1

너네 남매는 좀 달라

김주아

　나는 3남매이다. 지금은 3남매를 흔하게 볼 수 있진 않지만 내가 어릴 때는 동네에 3남매가 많았다. 집에서 유일한 여자였기 때문에 다들 더 귀염받고 자라지 않냐고들 물어보지만 나는 오빠랑 남동생이랑 자라서 그런지 남성스럽게 자랐다. 인형놀이보다는 나가서 흙장난, 자전거, 롤러 등을 타면서 오빠 친구들과 어울렸다. 아파트 내 놀이터에서 우리 남매는 곧잘 놀곤 했다. 놀이터에서 놀고 들어올 때쯤 엄마는 항상 빵이나 과자를 사주셨다. 그게 내 어릴 때 하루 생활패턴이었다. 하지만 IMF 이후 많은 것이 변했다. 내가 흐릿한 기억이 아닌 정확한 기억이 있는 것도 이때쯤이다. 가장 기억에 남는 날은 오빠는 밖에서 티브이를 보고 있었다. 엄마가 방에서 나오지 않아 엄마를 찾으러 방에 들어갔는데 엄마는 화장대에 엎드려서 울고 있었다. 충격적이었다. 나에겐 항상 울지 말고 이야기해, 울지 말라고 이야기했던 엄마가 숨죽여 울고 있었다. 그 모습은 어린 나에게 꽤 큰 충격으로 다가왔다. 엄마에게 왜 우냐고 물어보니 엄마는 돈이 없다며 울었다. 그때부터인 거 같다. 우리 집의 형편이 안 좋아졌다고 느껴졌던 것이 그 후 우리는 시골로 이사를 하게 되었다. 시골로 이사를 하니 엄마 아빠의 얼굴은 더더욱 볼 수가 없었다. 일하느라 워낙 바빴기 때문에 할머니가 어린 3남매를 돌봐주셨다. 할머니는 나이가 있다 보니 놀아줄 수 없었고 우리 3남매는 우리끼리 노는 방법을 배웠다. 장날이면 할머니는 이른 아침 장날에 가시고 남은 우리 남매에게 밥을 차려주는 사람은 늘 오빠였다. 겨우 초등학생 1학년 남자아이가 주방에 들어가 계란 프라이를 해주고 김치를 볶아서 밥이랑 비벼서 우리에게 주었다. 오빠가 만들어준 그 김치 비빔밥의 맛은 아직도 기억이 난다. 그리고 오빠는 항상 친구들이랑 놀 때 나랑 동생을 데리고 가주었다. 그때 처음 낚시라는 것을 해보았는데 나랑 동생이 서 있으면 오빠는 친구들에게 이것저것 빌려와 친구들이랑 노는 것보다 나랑 동생에게 더 초점을 맞춰 주며 놀아주었다. 그때 놀다가 낚싯배 선착장 작은 틈에 동생이 빠졌었다. 주위 어른들이 동생을 구해주었고 오빠는 동생을 업고 나를 데리고 집으로 갔다. 집으로 가서 동생에게 옷을 주면서 놀란 동생을 살뜰히 챙겼다. 이뿐만이 아니다. 내가 어디 넘어져서 무릎에 피가 나 걸어오면 오빠는 늘 연고를 발라 주었다. IMF는 초등학생 1학년 남자아이가 일찍 철이 들어버리게 했다. 항상 오빠는 다감했다. 취업 준비하던 때 공채에 떨어져 우울해 있는 나에게 곧 때가 온다며 다독여 주기도 하고 첫사랑의 실패로 울고 있을 때 좋아하는 디저트를 사주었다. 이런 기억이 많으므로 오빠에겐 늘 잘해주고 싶다. 오빤 기억을 못 할 수도 있지만 내 어린 시절 부모님의 역할은 오빠가 했다. 남동생의 좋은 기억은 어릴 때 없다. 진심이다. 동생을 기억하고 있는 내 첫 기억은 동생이 우유병을 물고 잠이 들면 그때를 기다려 그 우유병을 동생한테서 뺏어 장롱 안에 들어가 내가 몰래 먹은 기억이다. 연년생인지라 늘 나랑 필요한 것이 비슷했고 교육받는 시기도 비슷해서 같은 유치원도 다녔다. 유치원에서 매일 울면서 나를 찾아왔다. 우리 반에서 나랑 같이 있어야 울지 않는 아이였다. 동생이 내 옆에 있으니 당연히 나는 내 또래 여자 친구들과 어울리기 힘들었다. 성장하면서 연년생인지라 얼마나 치고받고 싸웠는지 모른다. 엄마 아빠에게 왜 동생을 낳았냐며 울면서 이야기한 적도 많았다. 심지어 내 동생은 사춘기 때 내가 부끄러우니 옆에서 걷지 말라고도 이야기했었다. 성인이 되기 전까지 남동생은 나에게 투닥투닥 거리는 존재였다. 하지만 우리 둘 사이가 많이 변했다. 성인이 되고 동생은 군대를 다녀왔고 갑자기 대학교를 자퇴했다. 다니던 대학교에는 미래가 안 보인다며 자퇴서를 내었다고 했다. 워낙 자기 입장이 곧은 아이라 부모님도 말리지 않으셨다. 그 후 동생은 백화점 보안요원이라는 일을 했다. 동생이 일하고 있을 때는 내가 취업 준비로 한창 바쁠 때였다. 하루는 너무 듣고 싶은 특강이 서울에서 열렸다. 수업료가 20만 원이었다. 수중에 있는 돈을 계산하면서 머리를 싸매고 있었다. 그 모습을 본 동생이 하고 싶은 건 해야 한다며 꽤 큰 돈을 주었다. 누나인데 동생한테 돈을 받는 것이 미안하기도 하고 자존심도 상해 꼭 갚겠다고 말했다. 그러자 동생이 '당장 갚으려고 또 아르바이트하지 말고 누나 나중에 성공하면 갚아'라고 해주었다. 그리곤 더 필요하면 혼자 스트레스받지 말고 언제든 이야기하라고 했다. 그 말은 진짜였다. 동생은 공채가 뜰 때면 메이크업 비용이나 교통비를 주었다. 취업 준비 중 나를 제외하고 모든 스터디원이 합격했다. 집안에서 훌쩍이고 있었다. 그런 모습을 보더니 동생은 나한테 카드를 주며 얼마를 쓰던 상관이 없으니 나가서 누나 기분을 좋게 할 수 있는 건 무엇이든지 하라고 해주었다. 마음이 예뻤다.

그 후 나는 청년센터에서 일하게 되었고 동생은 다니던 보안요원 일을 그만두고 전문대를 다녔다. 그때 내가 받은 모든 것을 돌려주려 노력했다. 첫 월급을 타서 동생이 필요한 것을 사주었고 돈이 필요할 때마다 내가 빌린 돈을 돌려준다는 생각으로 동생에게 금전적인 지원도 아끼지 않았다. 그럴 때마다 동생은 왜 이렇게 잘해주냐고 물었지만 쑥스러워 "그냥"이라는 답만했다. 어릴 때부터 서로가 서로에게 어떤 존재인지 잘 알고 자랐다. 부모님이 없을 때 의지할 수 있는 곳은 친구도 아니고 연인도 아니고 오빠랑 남동생이었다. 지금도 부모님은 모르는 나의 비밀들을 오빠랑 동생은 알고 있다. 서로의 생일이나 집안의 대소사가 있는 날이면 늘 모여 회의하고 결정한다. 특히 우리 중 누군가 힘든 일을 겪었을 때 우리 세 명은 더 단단해진다. 오빠가 작년에 힘든 일을 겪었을 때 부모님이 많이 힘들어했지만 제일 힘든 건 그 일을 겪었을 오빠라는 것을 알았다. 동생과 나는 더욱더 아무렇지 않게 오빠를 대했다. 나와 동생이그렇게 행동하니 부모님도 서서히 안정을 찾아갔다. 또한 우리가족이 이렇게 견고해져서 오빠는 그 큰일도 잘 넘어갈 수 있었다. 이런 모습을 보면서 주위 사람들은 '너희 남매는 좀 달라'라고 말하며 부럽다고 말해주었다. 어떻게 그렇게 되는지 방법도 물어보기도 했다. 정말 친했던 친구들, 정말 사랑했던 연인과 같은 시절 인연은 하루아침에 마음이 변할 수 있다고 생각한다. 그래서 나는 나의 이야기를 하지 않는 편이다. 하지만 오빠랑 동생인 이런 시절 인연이 아니고 나의 평생 파트너이기 때문에 늘 내 모든 최선을 다하고 있다. 그리고 내가 느끼는 감정에 대해서도 모두 이야기한다. 나뿐만 아니라 그 둘도 나에게 늘 최선을 다해준다. 옆에 있는 사람이 당연하다고 생각하는 순간 그 인연은 끝을 향해 달려가고 있다고 생각한다. 우리는 가족이니까 '이쯤은 괜찮겠지'라는 생각보다 우리는 가족이니까 늘 같이 있으니까 더 잘해주어야 한다는 마음을 가지고 가족을 대하면 어느새 주위의 부러움을 사고 있을 것이다.

그건 아무나 할 수 있는 게 아냐

송슬기

　동네를 걷다 보면 '아는 척을 당할 때'가 많다. 주변을 잘 둘러보지 않고 목적지에 집중하거나, 다른 생각을 하며 걸을 때가 많기 때문이다. 관심받는 것이 싫은 만큼, 남 일에 크게 관심을 두지 않는 편이다. 그런 내가 친한 지인들 사이에서는 별명이 '오지랖이 태평양'이다. 아이러니하지만 가족들, 친한 지인들에 한해서만큼은 다르다. 내게 도움을 요청하지 않아도, 먼저 나서 과할 정도로 챙긴다. 내 모습이 못마땅한 남편은 늘 나를 '호구'라고 놀린다.

요즘 인플루언서로 활동 중인 지인 K와 소통이 잦다. 최근 SNS 계정을 개설하고부터 사용법이 익숙하지 않아 도움을 많이 받았다. 얼마 전까지만 해도 사는 이야기가 전부였는데, 요즘에는 SNS 관련 이야기들을 더 많이 나눈다. 어떤 주제와 방식으로 소통할 것인지, 전달하고자 하는 메시지에 대한 피드백을 주고받는다. 좋은 점을 이야기할 때도 있지만 주로 개선점에 관해 소통한다. 단점으로 보이는 부분을 가감 없이 말해, 더 나은 게시물을 만들 수 있도록 조언한다. 비록 전문가는 아니지만 나의 말 한마디가 일반 SNS 사용자를 대변한다는 생각에, 열과 성을 다해 의견을 전달한다.

유명인, 정부 부처, 기업…. 요즘은 일에서든 삶에서든 소셜 미디어를 적극적으로 활용하는 사람 많다. 수많은 크리에이터들이 증명하듯, 한 개인이 '영향력 있는 사람이 되는 것'도 과거에 비해 쉬운 세상이다. SNS를 잘 활용하는 것이 곧 경쟁력인 셈이다.

인플루언서가 되겠다는 생각보다 대세의 흐름을 따라가 보고 싶었다. 최신의 정보를 나누며 다양하게 소통할 수 있는 플랫폼을 경험하고 싶다는 호기심이 들었다. 콘텐츠로 젊은 부자가 된 사람들=크리에이터 혹은 인플루언서은 SNS에 자신만의 '콘셉트'

를 잘 녹여야 한다고 말했다. 요즘 말하는 '퍼스널 브랜딩'이라고 했지만 내겐 너무 어렵기만 했다.

SNS에 게시글을 남기기 시작했다. 책을 읽고 난 후 인상적인 문장과 함께 내 생각을 짧게 썼다. 고민하지 않고 단순하게 사용했다. '나의 감상이 다른 독자의 경험을 좀 더 풍성하게 할 수 있지 않을까?' 하는 생각에서였다. 반면, K는 나와 달랐다. 게시글 하나에도 정성을 들였다. 적극적으로 자신을 드러내고 팔로워들과 소통도 했다. K의 글에는 댓글과 '좋아요'수가 수백 개씩 달렸다.

K와 알아 온 지 17년, 내 주변에 영향력 있는 인플루언서가 있다는 사실이 신기했다. 이야기를 나눌 땐 재미도 있었다. 매력적인 SNS 글쓰기, 감성 사진 편집하기 등의 노하우를 공유했다. K의 사업 로고와 사업 관련 카드 뉴스를 나름대로 작성해 전달했다. K가 잘 되면 내가 잘되는 것만 같아 더 열렬히 응원하고 도왔다. K가 고마워하며 말했다.

"너는 눈썰미가 있어. 그것을 통해 글을 발행하고…. 넌 남의 장점도 잘 봐주는 재주가 있어. 그리고 남이 잘되는 것을 지켜보기 좋아하고, 거기에 조언과 헌신을 다하지. 그건 아무나 할 수 있는 게 아냐. 내 말을 참고만 하지 말고 가진 달란트를 쓰자."

내 삶에 새긴 문장들

오지랖이라고 생각했다. 어렵다고 하소연만 해도 내 일처럼 나서서 적극적으로 나섰다. 무기력 때문에 내 일은 아무것도 하지 않으면서 남의 일이 우선이었다. 도움에 대한 감사를 받으면, 꼭 내가 성취한 것 같은 대리만족이 들었다. 다른 사람들의 문제를 해결했다는 생각에 내가 꼭 능력이 있는 사람이 된 것 같은 착각을 했다.

이런 내 성격을 알고, 도움이 필요할 때만 연락하는 지인도 있었다. 최선을 다해 도왔지만, 결과가 좋지 않아 내 탓을 하는 사람들 때문에 속이 상한 일도 많았다. 상대를 배려한답시고 내가 가진 것들을 포기하기도, 어렵게 기회를 만들었지만 내 도움을 반기지 않았던 날도 있었다. '절대 오지랖 부리지 말아야지' 다짐하면서도, 쉽지 않았다.

남편은 "간이고, 쓸개고 다 빼줘라"라며 어처구니없어할 때가 많았다. 오지랖 때문에 상처받으면 나보다 더 속상해하고 화를 냈다. 좋은 기회를 다른 사람에게 양보하면 답답해했다.

나도 내 성격을 고치고 싶었다. 지인이 가끔 "어떻게 하지?"라고 물어올 때면 의도가 있다는 것을 눈치로 알았다. 도움을 달라고 직접적으로 말하지 않고 빙빙 돌려서 말할 땐, 애써 외면하려고 노력하기도 했었다. 하지만 내가 나서 해결해야, 결국 마음이 편했다. 지독한 오지랖이었다.

일반적으로 '오지랖'은 상황을 제대로 파악하지 못한 채 충고하는 경우, 부탁하기도 전에 조언하는 것을 말한다. 친분이나 좋은 감정 없이 도움을 주는 것도 마찬가지이다.

쓸모 있는 사람이라고, 성숙한 사람이라고 인정받고 싶어 오지랖을 부렸었다. 내 만족이었다. 지인의 말을 듣고 생각을 바꿔 본다. '오지랖이 넓은 사람' 대신 '필요한 도움을 주는 사람.' 자신을 긍정해 본다.

행동도 조금씩 달라진다. 먼저 나서지 않는다. 상대가 질문을 하거나 어려움을 말하면 우선 말부터 끝까지 듣는다. 단순히 하소연하는 말인지, 문제를 해결하길 원하는지 살핀다. 그리고 상대에게 내 도움이 필요한지 먼저 물어본다. 내가 할 수 있는 일, 도움이 필요한 일은 망설이지 않는다. 최선을 다해 도와준다. 도움에 대한 감사를 당연하게 생각하지도 않는다. 돕는 것을 좋아하는 내 마음에만 집중한다.

블로그에 꾸준히 글을 쓴 지 6개월째다. 어느 날은 강의 내용을 정리하고, 어느 날을 읽은 책에 대한 내 느낌을 쓴다. 일상을 글감으로 쓰기도 한다. 이웃과는 진심으로 소통한다. 댓글은, 내 글을 읽는 사람뿐 아니라 나에게도 영향을 준다.

"따뜻함이 있어 마음이 좋아집니다."

"요즘 저의 고민인데, 쓰신 글을 보고 저도 차분히 마음을 정리하겠습니다."

"긍정 마인드 배워갑니다."

"울림이 있는 글을 통해 저를 돌아봅니다."

글을 쓰면서 선한 영향력을 전하고 싶다는 마음, 도움을 주고 싶다는 마음이 생긴다. 내 삶도 조금씩 변한다. 불평 대신 감사하는 마음을 먼저 가지려고 노력한다. 누군가를 위로하기 위해 내 마음 먼저 위로한다. 작은 성공 경험으로 긍정과 확신의 마음을 가진다. 단 한 명이라도 나의 이야기로 공감과 위로를 받을 수 있기를 바란다. 나도 하고 있으니 '당신도 할 수 있다'고 작은 용기도 주고 싶다. 희망을 전하기 위해, 나도 희망을 꿈꾸며 살아간다.

내가 같이 울어줄게

안영란

느린 아이를 키운다는 것이 어떤 것인지 모른 채 시행착오를 겪었다. 쉽지 않은 일이지만 그 시간 들이 마냥 힘들기만 한 것은 아니었다. 유빈이의 장애는 잔잔하기만 하던 일상에 파문을 일으켰지만, 작은 것에도 감사할 줄 알고 세상을 아름답게 바라보는 계기가 되었다.

유빈이의 장애등급을 받기로 했다. 5살에 장애등급을 받으려니 주위에서는 너무 빠른 게 아니냐는 반응도 있었다. 장애등급을 받아버리면 인정할 수밖에 없다는 게 서글퍼도 혜택을 받으며 아이의 치료에 집중하고 싶었다. 장애를 받아들였다고 말했지만, 완전히 받아들이고 내려놓지 못했다. '인정'이란 말은 아프다. 그러나 이젠 인정해야 했다.

병원을 예약하려니 고민이 생겼다. 장애 전담 어린이집 입소를 위해 방문했던 대학병원 정신건강의학과 과장님은 아이를 보자마자 '자폐'를 진단했다. 아이를 1분도 관찰하지 않고 자폐라 진단하는 게 싫었다. 다시는 그 병원에 가지 않겠다 했다. 하지만 결국 다시 찾게 되었다. 등급 판정을 위해 필요했기에 뾰족한 수가 없었다.

예약하고 한 달을 기다려 진료를 보러 갔다. 정신건강의학과는 미로처럼 찾는 길이 조금 복잡했다. 안내 표지판이 없었다면 찾기 어려웠을 것이다. 입구에는 무장한 보안요원이 자리 잡고 있다. 특성상 보안요원이 입구를 지키는 것 같다. 나도 모르게 위축됐다. 의자에 얌전히 앉아 있지 못하는 유빈이의 손을 잡고 복도를 거닐며 진료 시간을 기다렸다. 소아 정신건강의학과 과장님 진료를 봤다. 1년이란 시간이 흘렀지만, 과장님은 아이를 기억하고 있었다. 호명 반응도 좋아지고 많이 컸다고 말씀하셨다. 얼굴이 화끈거렸다. 이 병원을 오느냐 마느냐 고민하며 안 좋은 기억을 떠올렸던 게 부끄러웠다. 나의 마음가짐이 문제였다. 조금은 가벼운 발걸음으로 유빈이 손을 잡고 진료실을 나왔다.

심리검사 날짜를 예약했다. 무려 3개월이나 기다려야 했다. 아픈 아이가 많은 것인가? 그러고 보니 유빈이가 치료실을 다닌 뒤로 내 눈엔 유난히 발달치료실이 많이 보인다.

더딘 3개월의 시간이 흐르고 검사일이 되었다. 임상심리사가 먼저 아이를 데리고 들어갔다. 조금 있으려니 나를 부른다. 아이와 의사소통이 전혀 안 되니 결국 엄마인 내가 질문지에 체크를 해야 했다. 여러 장의 질문지를 읽고 작성하던 중 임상심리사가 기본적인 몇 가지 질문을 해서 성실히 답했다. 모든 질문지에 체크한 뒤 검사지를 받아서 든 임상심리사가 아이의 노는 방법, 호명 반응, 상동 행동 등을 꼼꼼히 지켜보며 메모했다.

"20개월에 조기 개입한 것치곤 너무 발달이 안됐네요" 임상심리사의 말에 굵은 눈물이 볼을 타고 흘렀다. "당신 아이 자폐다"라는 말을 들었을 때도 울지 않았었다. 임상심리사의 말은 가슴 아프고 서러웠다. 회사와 치료실을 오가며 일주일에 4일을 수업을 다녔다. 그 시간이 부질없고 나의 노력이 부정당하는 기분이었다. 임상심리사는 조용히 휴지를 건네주었다. 편히 울 수 있게 설문지에 시선을 고정하고 눈물이 잦아들기를 기다려주었다. "자폐스펙트럼 중 제일 힘든 사례에요. 모방도 전혀 없고, 의지도 없고, 관심도 없어요. 이제 이해됩니다. 왜 그리

발달하지 않았는지… 어머니 아이는 자랍니다. 그 속도가 느려도 발달하고 있어요" "감사합니다. 마지막 말씀에 희망이 생기네요. 선생님 몇 급 나올까요?" 망설이던 임상심리사가 답했다. "아직 결과가 나오질 않아 조심스럽지만, 2급 정도 예상하시면 됩니다. 결과는 3주쯤 걸릴 거예요"

유빈이 손을 잡고 병원을 나섰다. 길가에 개나리가 피어있다. 꽃들은 어찌 저리 계절을 알아서 피는 것일까? 개나리를 바라보던 나의 눈은 내 손을 꼭 잡은 아이의 얼굴로 옮겨졌다. '너는 늦게 피는 꽃일 거야 늦어도 좋으니 이쁘게 활짝 피어줄래' 바라보는 시선이 느껴졌는지 나를 올려다보며 웃는다. 봄 햇살 같은 미소에 나도 따라 웃었다.

검사 결과가 나왔다. 읍사무소에 신청할 서류들을 꼼꼼히 살핀 후 장애등급 신청서를 접수했다. 신청서가 접수되면 국민연금공단으로 보내고 공단에서 심사 후에 장애등급을 결정해서 통보해 준다고 했다. 서류를 접수한 지 2주 정도 시간이 흘렀다. 참을성 없는 나는 공단에 전화해 결과가 나왔는지 물었다. 공단 직원은 "심사가 조금 오래 걸렸다"라며. 자폐성 장애 1급으로 나왔다고 했다. 예상치 못한 말에 당혹스러워 눈물이 났다. 2급이려니 하다가 더 높은 급수가 나오니 어찌할 바를 몰랐다. 울먹이는 목소리를 알아채고 나를 위로해주었다. 일면식도 없는 사람에게 위로받으니 더욱 눈물이 났다. 가까스로 감사하다 말하고 전화를 끊었다. 주체할 수 없는 감정에 한동안 소리 내어 울었다. 눈물이 그치질 않았다. 정실이에게 전화했다. 그냥 막연하게 떠오르는 얼굴이 정실이였다. 정실이는 유빈이를 장애 전담 어린이집에 보내며 알게 된 동생이다. 그동안 거북이 아들을 키우며 남편에게도 할 수 없던 말들, 속상함을 나누며 서로를 응원했던 동생이라 가장 먼저 생각이 났다.

전화를 받은 정실이는 나를 달래며 왜 우냐고 물었다. "장애등급이 나왔어. 1급이래 2급이겠지 생각했는데, 오늘 공단에 물어보니 1급이래 눈물만 나" "언니 1급이나 2급이나 종이 한 장 차이예요. 우리 막둥이도 종합 1급이에요 아직 등급 갱신이 남았잖아요. 남은 시간 동안 열심히 치료받고 노력해서 등급 재판정 때 급수 낮추면 되지. 그때도 1급 나오면 울어요. 내가 같이 울어줄게요. 그러니 지금은 울지 마요. 우는 시간도 아까워요. 힘내요. 언니" 정실이의 말을 들으니 멈출 것 같지 않던 눈물이 멈췄다. 정신이 번쩍 들었다. 그래 운다고 달라지는 건 없다. 정실이는 내게 긍정의 에너지를 주고 좋은 방향으로 나아가게 해준다.

장애등급을 받으면 5년 뒤 등급 갱신한다. 갱신하고 난 후 받는 등급이 아이가 평생 가지고 갈 장애 등급이 된다.

내 삶에 새긴 문장들

같이 울어주겠다는 정실이가 있어 든든했다. 인생에서 희로애락을 함께 할 수 있는 누군가가 있다는 것은 큰 행운이다. 어리석은 사람은 인연을 만나도 인연인 줄 알지 못하고, 보통 사람은 인연인 줄 알아도 그것을 살리지 못하고, 현명한 사람은 옷자락만 스쳐도 인연을 살릴 줄 안다는 글을 읽었었다. 유빈이로 인해 좋은 인연들을 만났다. 이 인연을 잘 살려 나가고자 한다.

지금 멈추어야 계속할 수 있다

오기택

　서울에 있는 병원에 근무하고 있는 것이 운이 좋았다고 말
하는 사람들이 있다. 지금의 나와 같은 경험을 해봤으면 좋겠다
싶었다. 힘들어하는 누군가의 마음에 공감하기란 쉽지 않다. 살
면서 다른 사람의 위기나 어려움을 경험해 보지 않고는 그 마
음을 이해하기 어렵다. 대학을 졸업하고 바로 취업이 되지 않아
마음만 졸이며 채용원서만 잔뜩 넣고 있던 시기였다. 동기 중에
서도 성적이 좋아 금방이라도 취업이 될 줄 알았다. 졸업을 하
고 2월, 3월이 지나고 4월이 되어서야 가고 싶은 병원 모집 공
고가 올라왔다. 비정기 모집이어서 공고를 아는 사람들이 거의

　　　　　　　　　　　　　内 삶에 새긴 문장들

없었고, 시기를 봐도 연초에 대부분 취업을 했기 때문에 4월에는 지원할 수 있는 사람도 거의 없었다. 전년도에 3개월 동안 서울 아산병원에서 실습했던 것이 전부였다. 병원 실습은 별 어려움이 없었지만, 혼자 고시원에서 생활하는 게 힘들었다. 혼자 저녁 먹는 것도 낯설고, 서울말 쓰는 사람들과 대화하는 것도 힘들었다. 물러설 수 없었다. 이번에 지원하는 병원에 채용이 안 된다면 직종의 특성상 취업이 날이 갈수록 어렵기 때문이다. 나는 임상병리학을 전공했고 병원에서 근무했다. 임상병리사 臨床病理士, Medical Laboratory Technologist는 크게 세 가지 분야에서 일한다. 첫 번째로 진단검사의학과 診斷檢査醫學科, Labotatory medicine에서 주로 혈액이나 소변 등의 검체 檢體를 활용해 질병을 진단하기 위한 검사를 전문으로 하는 부서이고, 두 번째로 신경과 神經科, the department of neurology에서는 주로 뇌파 검사를 하는 부서, 세 번째로 병리과 病理科, pathology department에서는 적출된 장기로 조직검사를 하는 분야이다. 학교에서는 주로 진단검사의학과와 병리이론을 중점적으로 배운다. 채혈 연습부터 실제 적출된 장기를 잘라 화학약품 전처리 후 현미경 진단을 위한 슬라이드를 만드는 작업까지 한다. 임상병리사는 법적으로 의료기사에 해당하기 때문에 진단 할 수 있는 권한은 없다. 병원에 가면 흔히 볼 수 있는 방사선사, 물리치료사, 치위생사 등도 마찬가지로 의사가 진단하기 위해 검사를 전문으로 하는 의료기사다.

　병원에서는 학교에서부터 배우고 실습과 실무를 통해 익힌, 연습 된 신입직원을 채용하기를 원한다. 그래서 경력이 6개월 이상 단절된 직원은 원하지 않는 것이 이 직종에서 일반적이다. 졸업 후 어디가 됐든 바로 전공 분야에서 근무하지 않으면 그간 배웠던 것들이 녹슬기 때문일 터다. 신입이 일해 봐야 얼마나 하겠느냐고 생각할 수도 있겠지만, 현장에서는 뒤치다꺼리를 하더라도 뭘 알아야 일을 시킬 수 있기 때문에 경험을 중시한다. 동국대학교 병원에서 채용공고가 올라왔을 때 대충 짐작했다. 아마도 신규 중에서 이직한 사람이 있어서 새로 뽑는 거라고, 그래도 좋았다. 아니 가야만 했다. 지방에는 가고 싶은 병원이 부산 외에는 없었고, 외로운 서울 생활이었지만 실습생이 아닌 직원으로 근무한다면 해볼 만하다 싶었고, 할 수 있다는 마음이 컸다. 그러던 차에 전화가 왔다.

　준비한 서류를 챙겨 아침 일찍 차를 몰았다. 오전 11시까지는 도착해서 원서접수를 해야 했다. 내려오는 시간까지 감안해 오전 6시에는 길을 나서야 했다 중부내륙 고속도로를 타고 1시간 반쯤 운전할 때 교수님께 전화가 왔다. 어디냐고 물어보시는데, 원서 접수하려고 서울 가고 있다고 했다. 대뜸 잘 됐다면서 한군데 더 다녀오라고 말했다. 거기도 서울인데 마침 빈자리 하나가 생겨서 사람을 구하고 있는데 아직 공고를 낸 건 아니고, 지인으로부터 연락이 왔다고 했다. 마침 서울에 가는 길이니 들렀다 가겠다고 했다. 추가로 준비한 원서가 없었지만 갑자기 연락을 받았던 터라 우선 만나보기로 했다. 안 갈 이유가 없었다. 서울대학병원이었으니까.

동국대학교 병원에 서류를 접수하고 바로 서울대학교병원으로 갔다. 워크숍에 참가하고 선배들을 만나러 병원 주차장까지는 올라가봤지만 병원 내부에 들어가는 건 처음이었다. 1층 로비를 통해 이정표를 보고 찾아간 곳이 지하에 있는 병리과였다. 만나 뵙기로 한 분의 사무실로 갔다. 기사장. 기사장이었다. 의사를 제외하고는 병리과에서 이분이 대장이다. 교수님 전화부터 기사장님을 만나는 것까지 몇 시간 만에 일어난 일이다. 몇 마디 하지도 않았다. 학교생활은 어땠는지 또 성적은 어땠는지 이미 교수님이 말해 둔 것 같았다. 차를 한잔하고 언제부터 출근할 수 있냐는 물음에 집도 구해야 하니 1주일 정도는 걸릴 것 같다고 했다. 그러더니 10일 줄 테니 준비해서 출근하라 했다. 얼떨떨했다. 잠시 멍해 있는데 온 김에 직원 채용 시 제출해야 하는 검진을 받고 가라 했다. 그리고 갖고 있는 사진이 있으면 달라고 했다. 신분증을 미리 만들어두기 위해서다. 너무 순

식간에 일어난 일이라 또 기사장님 얼굴만 보고 있었다. 채용
됐으니 서류 준비하고, 집도 구해서 10일 후에 출근하란다.

여러 번 병원에 원서를 넣고 면접을 봤지만 이렇게 짧은 시
간에 채용이 확정된 적은 없었다. 좋아할 겨를도 없었다. 서류
야 준비하면 되지만 살 집을 어떻게 한담…. 어쩔 수 없이 고시
원에서 몇 달 지내보기로 했다. 집에 와서는 일주일 동안 잔치
만 했다. 그간 애쓴 보람이 있구나 하며 가족들은 함께 기뻐해
줬다. 동네 친구들도 축하해줬다. 하지만 학교 동기들은 좀 달
랐다. 내로라하는 병원 중에서도 제일인 서울대학교병원에 들
어간다 하니, 운이 좋았다. 교수님께 어떻게 부탁했냐… 이렇게
말하는 이도 있었다. 동기들 얘기가 거슬리기도 했지만 크게 신
경 쓰지 않았다. 내가 면접 보고 내가 채용된 건데 지들이 무
슨 그런 말을 하냐고 대수롭지 않게 넘겼다.

출근을 하고 3개월이 될 때 위기가 닥쳐왔다. 인재들만 모
아놓은 이곳에서 같이 근무하고 살아남기란 정말 어려웠다. 서
울 사람 대하는 것도 쉽지 않았다. 특히 일하는 중에 나도 몰랐
던 트라우마가 나타났다. 적출된 인체 장기를 포르말린으로 전
처리하고 진단과 판독을 위한 슬라이드를 만드는 과정에서였
다. 포르말린 냄새가 실습할 때 배웠던 것과 달리 숨이 막힐 정
도로 강력했다. 더욱 힘든 건 판독을 위한 슬라이드를 만들기

　　　　　　　　　　　　　　　내 삶에 새긴 문장들

위해 사용하는 시약이 손에 닿으면 바로 암에 걸릴 수 있는 것이었다. 물론 장갑도 끼고 무균실에서 작업했지만 손에 안 묻을 수가 없다. 사람이 만지는 거라 어쩔 수 없다. 포르말린 통은 발에 차이듯 많고, 면역염색 시약은 손만 닿으면 암에 걸리다 하고, 똑똑한 사람들 사이에서 능력치도 낮고, 견딜 수가 없었다. 이런저런 핑계를 대고 여기서 빠져나갈 생각만 했다.

몇 날 며칠 동안 고민해도 답이 안 나왔다. 형한테 연락했다. 별말 안 하고 담배만 몇 개비 피워대면서 잘 있는지, 집에는 별일 없는지 물어보기만 했다. 이 말이 다였다. 어릴 때부터 형한테 불평이나 불만을 하지 않고 살았다. 그런 형이 단번에 내 상황을 이해했다. "내일이라도 내려와"라고 했다. 내가 하고 싶은 말을 형이 먼저 해줬다. 아니 그래야만 했다. 당시엔 높은 건물만 보였고, 고시원에 불을 지르고 사람들이 다치는 뉴스가 나와도 크게 개의치 않았던 때였다.

함안에 내려와서 3년 동안 공무원 시험을 준비했다. 최종 합격하고 가족들과 저녁을 먹었다. 밖에서 담배 한 대 피울 때 형한테 물었다. 그 당시에 나한테 해준 말 기억하느냐고, 왜 그렇게 얘기했냐고 물었다. 형은 오른손 검지와 중지 사이에 끼운 담배를 크게 한 번 마시고는 이렇게 얘기했다. "살아야지! 그때 멈췄어야 하는 게 맞다. 그래야 계속 살 수 있다 아이가⋯. 그러니 이렇게 축하하는 자리가 또 온다 아이가!" 내가 듣고 싶었던 말이었을지 모른다. 아니 그 말을 듣고 싶었다. 그래서 그때 멈추게 해준 형한테 고맙다. 내 편 들어줘서 고맙다.

5

자유롭게 살기 위해서 넘어야할 산, 성장

조연교

올해 초, 독서 모임에 가입하였다. 모임에 참여하게 된 계기는 세상은 너무 빨리 변하는데, 나만 멈추어 있는 것 같았기 때문이었다. 출근을 하면 늘 하는 일만 반복하였고, 퇴근 후에는 손가락 하나 까딱하지 않고 축 처져있기 일수였다. 그 생활이 반복되자 뭔가 방법을 찾아야겠다고 생각했다. 나는 성장을 위해 멈추어 있다는 생각이 들면 늘 마음 한구석이 불편하고, 불안이 슬금슬금 일어나는 기분이 든다. 그러나 나의 의지만으로 독서를 하려고 생각하니 작심삼일이 될 것 같았다. 방법을 찾던 중 우연히 친한 친구의 소개로 독서 모임에 가입하였다.

그곳에 가면 모두 '성장'이라는 공통 주제를 가지고 이야기 하곤 한다. 어떤 주제의 책을 골라도 우리가 나누게 되는 책을 통해 결국 각자의 성장과 연결되기 때문이다.

독서 모임은 한 달에 두 번, 토요일 아침 7시. 시내의 한 강의실을 빌려서 진행된다. 독서 모임에 참석하기 위해서 나는 2주에 한 권씩 책을 완독하고 서평을 작성한다. 모임에 참석하는 토요일이면 새벽 5시에 일어나야 한다. 주중에 쌓인 피로를 제대로 풀지 못하고 억지로 새벽에 일어나면 '내가 왜 이러고 있나?' 싶기도 하다. 하지만 독서 모임이 끝나고 나면 '그래도 오길 잘했다' 싶다.

독서 모임은 참여할수록 단점보다는 장점이 많다. 나는 평소 내가 관심 있는 분야의 책들만 골라서 읽다 보니 내가 관심 없는 분야에 대한 이해도가 상당히 낮다는 사실을 알게 되었다. 특히 경제 분야는 기본 상식도 없다는 것을 알게 되었고, 심지어 주식에는 부정적 인식까지 갖고 있었다는 것을 깨달았다. 그래서 적극적으로 경제 공부에 시간을 쏟기도 했다. 이렇듯 새로운 분야에 대한 책 읽기는 대단히 흥미롭다.

장점은 또 있다. 같은 책을 읽고 타인의 이야기를 들을 수 있다는 것이다. 세상은 사람 수만큼 각기 다른 생각들이 존재한다. 그 이야기들은 모두 자신의 경험과 결합하여 녹아나기

내 삶에 새긴 문장들

때문에 그 사람의 생각을 반영한다. 그래서 그들을 조금 더 이해할 수 있게 된다. 독서 모임에 참석하는 것은 곧 나의 한 뼘 성장과 직결되는 듯하다.

어느 날 나는 독서 모임에서 '자유와 성장'이라는 키워드를 가지고 발표할 기회가 생겼는데, 나의 관심이 반영된 주제였다. 나는 장자의 대붕 이야기와 자유를 향한 토끼의 동화를 연결하여 설명하였다. 그 내용은 아래와 같다.

먼저 장자의 대붕 이야기이다. 옛날 북쪽 바다에 '곤'이라는 물고기가 살았는데 그것이 변해 '붕'이라는 새가 되었다. 등이 몇천리인지 알지 못할 정도로 큰 붕은 바다가 움직일 정도로 센 바람이 불 때만을 기다려 힘껏 날아올랐다. 이 모습을 지켜보던 메추라기가 대붕을 비웃으며 말했다. "우리가 아무리 날아올라도 수풀 사이인데, 저놈은 왜 구만리를 올라 남쪽으로 가는 거지?"

스위스 동화 토끼 이야기에도 비슷한 내용이 있다. 조그마한 갈색 토끼는 토끼 공장에 잡혀 들어와 회색 토끼를 만난다. 회색 토끼는 그곳에서 자기가 먹을 것만 잘 먹고 살이 찌면, 여기보다 훨씬 좋은 곳으로 나가게 된다고 믿고 있다. 반면, 갈색 토끼는 자신이 그동안 맡았던 풀 향기와 당근의 맛을 잊지 못하여 회색 토끼를 꼬드겨 함께 탈출을 하게 된다. 공장 밖으로 나온 그들을 맞이한 것은 풍요로운 자연만은 아니었다. 빠르게 움직이는 자동차와 자신을 잡으려는 동물과 인간을 만난다. 공장 속의 안락함에 이미 길들어져 있던 회색 토끼는 급기야는 병에 걸리고 만다. 갈색 토끼는 친구를 위하여 다시 지나온 길을 더듬어 공장으로 돌아간다. 그리고 갈색 토끼는 자연을, 회색 토끼는 공장을 선택하게 된다.

이 이야기에는 공통점이 있다. 바다를 건너고 싶어 하는 대붕과 자유를 그리워하는 갈색 토끼는 서로 닮아있다. 현실에 안주하는 메추라기는 공장의 철장 안에 길들여진 회색 토끼를 연상시킨다. 대붕이 바다가 움직일 정도의 큰 파도와 바람이 있어야 저 너머로 건너갈 수 있듯이 갈색 토끼가 자동차, 동물, 사냥꾼을 감내해야 자연에서 자유를 만끽할 수 있다.

나는 스스로에게 물었다. '너는 자유를 위해 역경에 맞서는 대붕이나 갈색 토끼가 되고 싶은가?' 아니면 '현실에 안주하는 메추라기나 회색 토끼가 되고 싶은가?' 나는 전자를 선택하고 싶었다. 우리는 독서 모임에서 자유와 현실 안주 중 어떤 것을 선택할 것인지 각자의 이야기를 서로 나누었다.

내 삶에 새긴 문장들

나는 저 바다 건너에 무엇이 있는지는 전혀 알지 못한다. 그러나 현실에 만족하여 아무것도 하지 않는 삶을 살고 싶지는 않다. 머무는 삶은 비록 역경에 맞설 필요는 없지만 현실의 비위를 맞추어야 하는 삶이다. 나는 이것이 타인의 인정에 집착하던 예전의 삶으로 돌아가는 느낌이 든다. 그 삶을 뒤돌아보면 조금 비굴한 내 모습과 마주하는 것 같아 부끄러움이 밀려온다. 이제는 그것들과 이별을 선언하고 자유롭게 살고 싶다. 단순히 인간관계에서 벗어나겠다는 이야기가 아니다. 지극히 개인적인 내 자유의 의미는 독립적이고 단단한 나를 먼저 세우는 것이다. 이를 통해 스스로 자유를 만끽하며 살고자 한다. 더 이상 내 관심사가 인간관계나 타인의 인정 등에 국한되지는 않을 것이다.

주변에 사람이 있으면 감사히 생각하고 그들이 떠난다면 그것대로 인정하고자 노력하였다. 그렇게 살게 되니 사람들과 더 좋은 관계를 유지할 수 있었다. 인간관계에 쏟는 에너지를 자유를 위한 날개 짓으로 변경하였다. 그 에너지는 새벽잠을 포기하는 희생과 한 자라도 더 읽으려는 노력에 쓰인다.

나는 오늘도 새벽부터 일어나 시간을 쪼개어 책을 읽는다. 한 권의 책을 다 읽게 되면 뿌듯함이 느껴진다. 내 작은 성장의 달콤함이다. 이제는 책을 다 읽었다는 단순한 결과보다 책을 읽는 그 과정의 중요성도 조금씩 알게 된다.

과거의 나는 언제나 바다 건너에 무언가가 있는지 궁금해했고, 답을 찾기 위해 헤매고 다녔다. 그러나 장자가 대붕을 빌어 내게 이야기하고 싶은 것은 바다 건너에 무언가가 있을 것이라는 희망의 메시지가 아니라고 생각한다. 중요한 것은 대붕의 날개짓이었다. 태풍과 같은 큰바람에 맞서는 그 날개짓!

바다 건너 뭐가 있든 그 너머의 무언가에 관심을 쏟지 않는다. 새벽잠을 깨우며 성장을 위해 노력하고 있는 나의 작은 실천이 더 중요함을 대붕의 날개짓에서 배웠다. 지금 여기서 책을 읽고 있는 것. 글을 쓰고 있는 것. 그리고 그것들을 즐기고 있는 이 과정이 그저 나만의 정답임을 안다.

네가 멋진 거야

홍정실

찬영이가 태어나기 전, 세 아이를 키울 때다. 녀석들은 색연필이나 크레파스로 벽에 낙서했다. 잔소리 이후에는 식탁 아래, 벽 모서리에 낙서했다. 벗겨지고, 손때묻어 지저분하고, 낙서로 얼룩진 벽지를 바꾸고 싶었다. 도배에는 관심도 없었고 하고 싶지 않았다. 벽지 위에 페인트를 칠하기로 했다. 알고 있는 지식은 없지만, 핸드폰이라는 믿음직한 강사가 있었다. 페인트에 대해 물감을 공부했다. 우울증이 있었지만, 무언가에 집중할 때는 우울할 시간도 없었다. 무수한 질문들에 대한 답을 찾고 확신이 설 때, 페인트와 물감을 구매했다. 며칠 동안 인터넷에 떠도는 벽화 도안을 찾았다.

설레는 마음으로 페인트칠이 된 거실 벽에 그림을 그리기 시작했다. 밑그림을 그리려니 원도 삐뚤고 비율도 엉망이었다. 머리는 크고, 몸은 작다. 지우개로 지우니 페인트도 같이 벗겨졌다. 방법을 찾기 위해 머리를 굴렸다. 밑그림 없이 그림을 그려보기로 했다. 제법 그림이 됐다. 여기저기 방마다 그림을 그려댔다. 그리다 보니 경험도 쌓이고, 요령도 생긴다.

식사 한 번에 아는 언니들의 집 벽면이나 현관문에 벽화를 그렸다. 재료비로 받기에는 부끄러운 솜씨였다. 부탁을 거절하기 힘들었던 나였다. 경험 삼아 연습 삼아 그려주기 시작했다. 호기심이 많았던 나는 벽화 말고도 관심이 있는 것들을 실행에 옮겼다. 페이스 페인팅도 간단한 도안을 내려받아 연습했다. 아이 생일파티에서 온 어린 친구들에게 페이스 페인팅을 해줬다. 잘 그리느냐는 중요하지 않았다. 아이들은 한껏 들뜬 마음으로 순서를 기다렸다. 청바지에 그림을 그리는 핸드페인팅도 해보고, 예쁜 글씨POP는 인터넷으로 영상을 보고 자격증을 따기도 했다. 나이를 먹을수록 참을성이 없어졌는지, 고민하는 것을 좋아하지 않았다. 하고 싶으면 하고, 몇 번 해보고 안 되면 포기했다. 취미 삼아 하는 것이라 혼자 연습하고 영상을 보며 눈에 익혔다. 전문가처럼 잘하자는 마음이 없어도 만족했다. 멍때리는 시간, 고민하는 시간이 아까워 뭐라고 하자 한 것이기 때문이다.

아파트 도서관 출입문에 그림을 부탁하는 오순 언니의 전화를 받았다. 첫째 명관이의 친구 엄마였다. 지원금이 적지만 그 가격에 맞춰 그려주면 안 될까 한다. 친하게 지내던 언니의 부탁이라 해주고 싶지만, 실력이 문제였다. 아파트 주민 모두가 보는 곳이라 부담되었다. 나는 만족하지만, 남들의 눈에도 만족할지 미지수다. 고민은 오래가지 않았다. 혹여나 '그림이 형편없다' 욕하는 사람이 있다면 페인트로 가릴 생각으로 승낙했다. 내가 보내준 몇 개의 도안 중 해바라기 아래에서 이슬을 받아먹는 곰을 골랐다. 도안을 뽑아 달라 부탁하고, 물감이나 페인트가 다른 곳에 묻지 않도록 커버링 테이프를 붙였다. 그날은 날이 흐려 페인트가 잘 마르지 않아 작업도 늦어졌다. 뜻대로 되지 않아 신경이 곤두섰다.

1시. 초등학교 저학년 하교 시간에 맞춰 도서관을 운영했다. 아이들을 배웅하기 위해 나온 엄마들이 하나둘 보이기 시작했다. 노란 버스가 도서관 앞에 서고, 문이 열리자 우르르 아이들이 내린다. 와글와글, 북적북적, 깔깔깔. 장난치고 뛰어나가는 아이, 소리 지르며 쫓아가는 아이, 엄마를 보고는 달려가 안기는 아이. 초등학생 하굣길은 소란스럽고, 활기찼다. 아이들, 엄마들의 시선이 그림을 그리고 있는 나에게 몰린다. 아직 형태도 갖추지 못한 그림을 보며 질문이 쏟아진다. 관심 가져주는 사람들이 있어 기분이 좋다가도 부끄럽다.

두껍게 바른 물감이 마르길 기다리며 커피를 마시고 있었다. 인사만 가끔 하던 옆 라인 사는 엄마가 도서관에 들어선다. 목 인사하는 나를 보며 그림을 전공했는지 묻는다. 뜬금없는 질문에 당황했다. 팔짱을 끼고 따지는 듯한 말투다. 미대 졸업인지, 학원에서 배운 건지 물었다. 대학도, 학원도 다니지 않았다 하고 왜 묻는지 물었다. "제대로 배운 것도 아니고 이런 그림을 돈 받고 그려요? 이 정도 누가 못 그려. 초등학생도 그리 그리겠네." 하며 앞에 있던 책을 들어 펼친다. 기분 나쁜데 인정할 수밖에 없었다. 얼굴이 굳어졌다. 손 놓고 집에 가야 하나? 무시하고 마저 해야 하나 고민했다. 일을 크게 키우고 싶지는 않고, 기분이 상했다는 것을 알리고 싶어졌다. '아무나 다'하는 그림, 당신도 그려 보라 권했다.

타고난 그림 실력이 있는 것도 아니었다. 학교 다닐 때 미술 시간을 좋아했다. 그뿐이었다. 남들과 다르다면 나는 실행에 옮겼다는 것이다. 관리실에 볼일이 있어 나갔던 오순 언니가 들어

내 삶에 새긴 문장들

왔다. 어색한 분위기를 느꼈는지 무슨 일이냐 묻는다. 기분은 상했지만, 별일 아닌 듯 표정을 꾸미고 상황을 설명했다. 신기하다 하고 예쁘다고 말해주는 아이들이 있으니 그것이면 됐다고 마음을 고쳐먹었다.

언니가 괜찮냐며 음료수를 건넨다. 괜찮다고 하면서 고개를 들지 못했다. 음료수병에 쓰인 작은 글씨를 읽어대며 딴청을 부렸다. '대학은 나왔어야 했나!' 싶은 마음이 들었다. 전공은 아니어도 대학 나왔다 하면 그냥 갔을까? 생각이 많아졌다. 그림 그리러 올 때는 기분 좋았지만, 자격을 말하니 할 말이 없다. "이제 벽화 못 그리겠어요."라는 말을 하자 언니가 어깨를 다독인다. "누구나 한다는 말은 쉽지. 그런데 안 하는 게 아니라 못 하는 거야. 너니까 이만큼 그리는 거야. 그 사람만 말만 듣고 기죽지 마. 너는 충분히 잘하고 멋있어." '너니까'라는 말에 기분이 좋아졌다. 특별한 사람이란 소리처럼 힘을 주는 말이었다.

막내를 임신하고, 출산을 앞두고 있었다. 도서관 관장이 바뀌고 전화가 왔다. 첫째, 둘째 아이와 친구인 엄마였다. 군 지원을 받아 도서관 내부까지 공사했다고 한다. 곰이 그려져 있던 문도 새것으로 교체되었다. 문이 밋밋하니 다시 그림을 그려 달라 부탁했다. 안에 비어있는 공간들도 그림으로 채우고 싶다고 했다. 막내 찬영이가 백일이 지났을 무렵 유모차에 태우고 세 녀석까지 데리고 도서관으로 향했다. 세 아이가 찬영이를 돌봐주고, 나는 페인트를 칠하기 시작했다. 찬영이는 울지도 않고 잠만 잤다. 젖도 먹여가며, 기저귀도 갈아주며 그림을 그렸다. 곰의 머리를 그리고 있었다. "밑그림도 안 그려요? 이게 그림이 돼요?" 처음 보는 사람이었다. 팔짱을 끼고 그림을 그리고 있는 나를 보고 있다. 왜 다들 팔짱을 끼고 난리인지 모르지만 "네, 돼요." 했다. 상처는 거절이다. '안 사요, 안 믿어요' 하는 것처럼 대충 대답하고 하던 일을 했다. 옆에서 보든지 말든지 신경 쓰지 않았다. 집에 돌아오는 길에 '오늘은 흔들리지 않고, 기죽지 않은 것'에 잘했다 나를 칭찬했다.

가슴에 날아들어 박히는 말보다, 그 말을 받아들이는 마음이 중요하다. 지금도 툭 던지는 한마디에 몇 날 며칠 아플 때가 있다. 인정하고, 아파하며 필요한 만큼 개선하려 노력한다. 수없이 쏟아지는 말들을 외면하며 살 수는 없다. 칭찬과 좋은 말만 들으며 살기 힘들고, 하며 살기도 힘들다. 그러니 좋은 말은 귀하게 듣고, 힘든 말은 적당히 걸러 들을 필요가 있다. 상한 음식이 몸을 상하게 하는 것처럼, 안 좋은 말은 마음을 상하게 한다. 힘든 말을 습관처럼 하는 사람은 상대하지 않는 것이 맞

내 삶에 새긴 문장들

다. 마음 편하게, 즐겁고 행복하게 살기도 부족한 시간을 가슴 후벼파는 말로 힘들 이유가 없다. '너니까. 네가 멋진 거야'라는 말만 기억하기로 했다.

7

사랑한다는 말

황세정

'사랑한다'라는 말이 참 흔한 세상이다. 드라마에나 영화, 노래를 통해서 늘 듣는다. 그렇지만 사랑함이 부족한 세상이기도 한 것 같다. 마음을 둘 곳이 없어 사랑을 찾아 헤매고 헛헛한 마음을 채워 줄 무언가를 찾아 헤맨다. 그 마음을 채울 것이 없어 술, 음식, 또 다른 것들로 채워보지만, 물로 채운 배처럼 금세 꺼져버리고 다시 채울 무엇인가를 찾아야 한다. TV의 뉴스나 드라마를 보다 보면 이런 생각이 든다.

남편과 나는 21살에 만났다. 그 후 7년을 연애하다가 결혼하고 세 명의 자녀와 함께 살아간다. 내 나이가 이제 45세이니 함께 보낸 세월이 족히 23년은 된 듯하다. 남들이 들으면 뭐라 할지 몰라 쑥스러운 마음도 있지만, 남편은 아직 나를 '사랑하는 세정아'라고 부를 때가 많다. 그 나이에 그렇게 살고도 사랑이라니, 그걸 믿나 하는 사람들도 있을 테다. 그렇지만 나 역시 남편을 사랑하고, 남편의 사랑이 진심임을 안다. 나와 인생이라는 여행을 함께 가는 동반자, 남편의 사랑이 나를 든든하게 한다.

대학교 다닐 때 만난 남편은 무슨 마음이었는지, 나를 처음 봤을 때 '이 사람과 결혼해야겠다'라고 생각했단다. 나 참. 평생에 나를 이렇게 좋다고 하는 사람은 남편뿐이니 지금 생각하면 여러모로 감사한 일이긴 하다. 남편은 내가 어딜 가든지 동에 번쩍 서에 번쩍 나타나니 홍길동인 줄…. 알고 보니 나와 함께 다니던 친구들이 우리가 어디로 가는지 미리 알려줬단다. 그 후에도 남편은 나의 친구들과도 친해져 우리가 가는 곳에 따라다녔다.

그때부터 지금까지 23년 동안 변함없는 남편은, 나의 생일이나, 결혼기념일에 이벤트는커녕 선물 한번 챙겨준 적이 없다. 어쩔 땐 아예 까먹기까지 해서 섭섭하게 하기도 한다. 뒤돌아보면 남편에게 선물을 받은 적이 두세 번 되려나 모르겠다. 외식하고, 영화 보고 하는 것이 그나마 특별한 날 우리가 하는 특별한 이벤트다. 하지만 나를 먼저 챙기고 배려하는 것 또한 23년 동안 변함이 없다. 나는 예민하고, 겁많은 쫄보에 내성 100퍼센트의 트리플 A 성격은 다 가진 AB형이다. 남편을 만났으니 다행이지, 웬만한 사람은 나의 성격을 감당이나 했겠나 싶다. 사람들과 친해지기 어렵고 낯을 엄청나게 가려서 남편은 나와 나의 친구들과 있는 자리엔 늘 있었지만, 나는 남편이 친구들과 있는 자리엔 함께 가지 않았다.

회사의 교육을 받느라 다른 지역에 며칠 출장을 가면 화장실을 가지 못해 결국 변비약을 먹고는 화장실에서 나오지 못한 적도 있다. 사람들과 잘 어울리지 못해 남편이 없으면 늘 혼자 뚱하니 있는 경우가 다반사이다. 밖으로만 나오면 잠도 못 자고, 화장실 가기도 어렵고, 사람들과 잘 어울리지도 못하니, 남편과 함께하는 여행이 아니라면 싫어한다.

자다가 무서운 꿈이라도 꾸면 다시 잠들지 못하고, 무섭다고 호들갑이다. 내가 조그만 일에 놀라거나 무서워해도 '그만한 일에 왜 그러냐?' 핀잔주는 일 없이 '괜찮다'라고 말해준다. 무슨 일이든 꼭 한번은 실수하고야 마는 나에게 괜찮다고 말하고 도와준다. 남편은 세심하게 나를 배려한다. 내가 무엇을 불편해하는지, 싫어하는지, 무서워하는지 알고 미리 챙긴다. 남편은 내 편이다. 내성적이고 예민한 내가 밖에서 일하면서 겪은 화나

　　　　　　　　　　　　내 삶에 새긴 문장들

는 일을 푸념하며 쏟아내면, 늘 공감하고 같이 흥분해 준다. 너무 힘들어하면 그깟 거 안 해도 되니깐 괜찮다, 이만큼만 한 것도 어디냐, 진짜 잘했다. 진짜 멋지다. 라며 진심 어린 칭찬도 아끼지 않는다.

결혼기념일이나 생일에 선물을 들고 나타나거나, 이벤트를 준비하지 않지만, 일상에서 늘 잘하고 있다고 믿어주고, 아껴주고, 나의 단점까지도 인정하고 함께하는 태도에서 남편의 사랑을 충분히 느낄 수 있다. 일상에서 하루하루 말로만이 아닌 행동으로 쌓아온 남편이 말하는 "사랑하는 세정아"라는 말에는 힘이 있다. 처음엔 너무 나에게 맞춰주니 다른 사람들과 만남이 더 불편하고 귀찮아지는 건 아닐까, 남편을 의지하게 되는 건 아닐까 걱정도 했다. 하지만 남편의 사랑이 나를 자라고, 여물고, 성장하게 하였다. 뭔가 모를 든든함이 생겼다. 어쩌면 나 자신이 제법 괜찮은 사람일지도 모른다는 생각도 들었다.

사랑은 대물림 된다. 사랑의 부족도 대물림된다. 오은영 박사님 《화해》라는 책에서 "자식을 학대하거나 난폭하게 대하는 것은 대물림되기 쉬워요. 자식을 학대하거나 난폭하게 다루는 부모 밑에서 자란 사람은 자식을 학대하지 않고 편안하게 대하는 법을 배우는 것이 쉽지 않습니다."라고 조언한다. 슬프게도 가정폭력이 대물림 되는 모습을 많이 봤다. 모두다 그런 건 아니지만, 부모의 폭력과 무관심 속에서 자란 아이가 부모가 되어 자녀를 폭력으로 키우는 경우가 많다. 가정폭력 아래서 자란 아이들은 사랑이 부족해 사랑을 찾아 헤매다가 다른 사람이 자기에게 조금만 관심을 가지면 의지하고 따르다 사기를 당하기도 한다. 사랑받기 위해 사람들의 요구를 쉽게 거절하지 못하고 들어주다 몸도 마음도 지쳐 힘들어하는 친구가 있었다. 도대체 왜 그렇게까지 하느냐 물으면 결국은 관심, 사랑받기 위해서이다. 사랑의 빈자리는 혼자서는 채울 수 없나 보다. 전해 받는 사랑으로 채울 수 있나 보다. 서로의 사랑을 채우기 위해 사람은 사람과 함께 살아가는 게 아닐까.

세실 메츠게르 작가의 《꽃으로 온 너에게》라는 책에서는 어느 외딴곳에 투명한 곰이 살고 있다. 곰의 머리 위엔 언제나 회색빛 구름이 떠다녔고, 차가운 그늘이 드리워 있다. 곰이 사는 곳 옆집에 오데트 아주머니가 이사를 온다. 아주머니의 정원에는 아름다운 꽃이 피어나고, 부드러운 선율이 음표가 되어 흘러나왔다. 투명한 곰을 늘 따라다니던 회색 구름은 오데트 아주머니가 보내준 꽃으로 인해 사라진다. 곰의 세상에도 따스한 온기로 가득 차게 된다.

부모님에게서 채우지 못했던 나의 사랑의 부족분은 감사하게도 남편을 만나 사랑이 채워지고, 아이들에게로 흘러가고 있다. 오데트 아주머니처럼 남편은 나에게 꽃을 선물했고, 따뜻해진 나의 세상에서 아이들은 자란다. 가끔 남편이 나를 처음 봤을 때부터 '이 사람과 결혼해야겠다'라고 생각을 했단 말을 생각한다. 흔히들 인연이라고 하지만, 남편과 내가 만나게 된 건 분명 이유가 있을 거란 맘이 든다. 부족한 내가 남편이란 선물을 받은 건 사랑하며 살라는 뜻인지도 모르겠다. 이 세상에 있을 수많은 투명한 곰에게 꽃을 선물하라고. '사랑'이란 말이 넘쳐나지만, 사랑이 부족한 세상에 사랑을 나누며 살아가라고. 하지만 나는 여전히 사람을 대하는 것이 쑥스럽고 어색하다. 사랑을 나누고 표현하는 것이 쉽지 않다. 또 천천히 해보는 수밖에. 넉넉하지 않은 사랑이라도 조금씩 전하며 사는 사람이 되어갈 수 있도록 말이다.

문장 하나로 삶이 달라진다

김주아

　새로운 도전은 늘 성장의 자양분이 됩니다. 이번 글쓰기는 한 번도 해보지 못한 도전이라 스스로 한계에 부딪히진 않을까라는 생각이 들었습니다. 하지만 글을 쓰고 같이 글을 쓰는 작가님들의 응원을 받으며 글을 썼고 쓴 글이 마무리될 때쯤 스스로에게 한계를 두는 것은 주위 사람들, 환경이 아닌 나였다는 것을 깨닫고 반성하게 되었습니다. 이번 글을 쓰며 옛날의 나를 마주하게 되는 경우가 많았습니다. 마주하며 예전의 일들을 잘 버텨낸 지금의 저에게 고생했고, 많이 성장했다며 칭찬해주었습니다. 앞으로 힘든 일, 행복한 일, 슬픈 일 살아가며 희로애락이 있을 때마다 글을 적겠습니다. 글이 주는 힘은 어떤 것보다 효능감이 있기 때문입니다.

송슬기

　　책 속, 한 줄 문장에 밑줄을 그었습니다. 내 삶으로 가져 오니, 인생에 작은 변화가 생겼습니다. 힐링 북 컨설팅. 무기력한 삶에서 글쓰기를 통해 인생 수업을 만났습니다. 일상을 기록합니다. 힘들었던 과거를 마주하는 용기를 배웠고, 좌절과 실패를 통한 성장도 경험했습니다. 쓰고 보니 나의 이야기가 마치 한 편의 드라마 같습니다. 비로소 '힐링'의 의미를 조금 이해합니다. 내가 받은 위로만큼 누군가에게도 기댈 수 있는 어깨, 맞잡을 수 있는 따뜻한 손이 되고 싶습니다. 희망을 노래하며 하루를 살아갑니다.

에필로그

"속도를 줄이고 인생을 즐겨라. 너무 빨리 가다 보면, 놓치는 것은 주위 경관뿐이 아니다. 어디로, 왜 가는지도 모르게 된다." 미국의 가수이자 코미디언 에디캔터가 한 말이다. 어디로 가는지 모른 채 앞만 보고 달렸었다. 글을 쓰지 않았다면 '나'를 알아가는 시간도, 주위를 둘러볼 여유도 없었을 것이다. 키보드에 손을 얹고 첫 글을 쓰던 순간을 잊지 못한다. 나만의 속도로 걷기로 했다. 가끔 하늘도 보며 살고자 한다. 이 책이 진정한 삶의 시작이다.

오 기 택

　　담백하게 살고 명예롭게 퇴직하기 위해 '10원어치의 사
명감'은 갖고 사는 10년 차 공무원 작가입니다. 누군가를 진심
으로 돕는 마음은 인생을 더욱 가치 있게 만들어 줍니다. 돕는
마음을 사명감과 같다고 생각합니다. 진흙 묻은 장화를 신거나
땀 냄새에 절어서 방문하는 민원인도 제 가족이 방문한 것처럼
밝은 미소와 친절한 인사로 응대하는 공직자가 되어, 그들의 입
장에서 일 처리하고 할 수 있는 최선을 다해 도와드리는 담백
한 작가로 살고자 합니다.

인생을 어떻게 살아야 하는지 학교에서 알려주지 않아 스스로 찾아야 했습니다. 행복이 무엇이었는지 되짚어 보았고, 행복이 무엇인지 다시 정의하게 되었습니다. 지금은 나만의 행복을 누리고자 노력하고 있습니다. 인생에 정답은 없습니다. 누구나 자기만의 해답을 찾는 과정일 뿐입니다. 그리고 그 과정은 어쩌면, 지금 눈앞에 버젓이 있는 것을 잡기만 하면 될지도 모릅니다. 저는 돌아서 왔지만 누군가는 지름길을 갔으면 합니다.

홍정실

　　나는 여전히 꿈을 꾸고, 하고 싶은 일이 많다. 무엇을 위
해, 누굴 위해 아등바등 살았을까? 네 아이의 엄마로, 누구의
아내로만 살았다. '엄마'로 지낸 시간에 아이들의 시간이 있고,
'아내'로 산 시간에 남편의 시간이 있다. 이제는 '나'로 살면서 나
의 시간과 꿈을 위해 살아 보려 한다. 떠밀리듯 살아온 날을 뒤
로하고, 꿈을 이루기 위해 한발씩 나아가 본다. 늦었다고 생각
하고 주저앉기보다, 늦었어도 시작하기로 했다. 내 꿈은 지금부
터 시작이다.

황세정

　글을 쓴다는 것이 이리 어려운 일인 걸 몰랐습니다. 다른 사람이 차려놓은 밥상을 넙죽넙죽 먹듯, 남이 써 놓은 책을 편히 읽기만 했어요. 막상 글을 쓰려니 마음처럼 쉽지 않고, 어떻게 표현해야 할지 몰라 우왕좌왕하며 시간을 보내기도 했습니다. 글을 쓰며 사람 사는 모습이 다른 듯 비슷하다는 걸 알았어요. 비슷한 모습이라 위로가 되기도 했습니다. 나의 글이 누군가에게도 힘이 된다면 좋겠다는 마음을 담았습니다.

좋은 말이 너무 많다

내 삶에 새긴 문장들

초판인쇄 2022년 11월 24일
초판발행 2022년 11월 28일

지은이 송슬기 외 6명
발행인 조현수
펴낸곳 도서출판 더로드
기획 조용재
마케팅 최관호, 최문섭
교열 · 교정 이승득

주소 경기도 고양시 일산동구 백석2동 1301-2
          넥스빌오피스텔 704호
전화 031-925-5366~7
팩스 031-925-5368
이메일 provence70@naver.com
등록번호 제2015-000135호
등록 2015년 6월 18일

정가 **16,800원**
ISBN 979-11-6338-336-9 (03810)